TRÊS CHANCES PARA O ACASO

Carey Goldberg
Beth Jones e
Pamela Ferdinand

TRÊS CHANCES PARA O ACASO

Tradução de
Vera Whately

EDITORA RECORD
RIO DE JANEIRO • SÃO PAULO
2014

CIP-BRASIL. CATALOGAÇÃO NA FONTE
SINDICATO NACIONAL DOS EDITORES DE LIVROS, RJ

G564t   Goldberg, Carey
        Três chances para o acaso / Carey Goldberg, Beth Jones,
Pamela Ferdinand; tradução de Vera Whately. – 1. ed. – Rio de
Janeiro: Record, 2014.

        Tradução de: Three Wishes
        ISBN 978-85-01-09638-8

        1. Ficção americana. I. Jones, Beth. II. Ferdinand, Pamela.
III. Whately, Vera. IV. Título.

14-15929   CDD: 813
                                     CDU: 821.111(73)-3

TÍTULO ORIGINAL EM INGLÊS:
Three Wishes

Copyright © 2010 by Carey Goldberg, Beth Jones and Pamela Ferdinand

Texto revisado segundo o novo Acordo Ortográfico da Língua Portuguesa.

Todos os direitos reservados. Proibida a reprodução, no todo ou em parte, através de
quaisquer meios. Os direitos morais das autoras foram assegurados.

Editoração Eletrônica: Abreu's System

Direitos exclusivos de publicação em língua portuguesa somente para o Brasil
adquiridos pela
EDITORA RECORD LTDA.
Rua Argentina, 171 – Rio de Janeiro, RJ – 20921-380 – Tel.: 2585-2000,
que se reserva a propriedade literária desta tradução.

Impresso no Brasil

ISBN 978-85-01-09638-8

EDITORA AFILIADA

Seja um leitor preferencial Record.
Cadastre-se e receba informações sobre nossos lançamentos e nossas promoções.

Atendimento e venda direta ao leitor:
mdireto@record.com.br ou (21) 2585-2002.

Para nossas famílias

Sumário

A decisão   9
Carey

O plano   27
Beth

O romance   49
Pam

Os percalços   73
Carey

A transferência   97
Beth

O limite   112
Pam

A questão   124
Carey

A escalada   148
Beth

A segunda transferência   179
Pam

O bolo Carey	206
A adaptação Beth	229
A amizade Pam	248
Epílogo Um: Carey	289
Epílogo Dois: Beth	293
Epílogo Três: Pam	297
Conclusão: o esperma	301

A decisão

Carey: — Concordo, 1,95m é um pouco demais.
Beth: — Um louro do sul que gosta de *terriers* e queijo Fontina não é o que procuro. Mas confiei em você.
Pam: — Eu também confiei, o que tornou minha decisão mais fácil.

Carey

— Alô?

O telefone tocou assim que me deitei, toda feliz, levando para cama um romance e uma caixa de cereais. Livre da pressão de um prazo de entrega, nada restauraria melhor minhas forças do que comer enquanto lia. Mas o quarto arejado da minha casa geminada em Cambridge não era um refúgio total. O copidesque do *New York Times* podia me fazer perguntas urgentes sobre uma matéria que eu havia escrito para a edição do dia seguinte, e eu teria de estar sempre disponível.

— Alô? — falei novamente, mas ninguém respondeu. — Alô?

Nenhuma resposta. Apertei o fone contra o ouvido e distingui a voz abafada do meu namorado, um cientista cosmopolita com quem eu estava saindo havia quase um ano.

Um namoro com idas e vindas e com um início tão intenso que achei que estávamos apaixonados no terceiro encontro. Mas logo depois tivemos uma briga feia e nos arrastamos no relacionamento durante um longo período. Eu, em geral, era transigente, mas, por algum motivo, não conseguia esquecer o que aconteceu.

Aos poucos, me dei conta de que estava ouvindo uma conversa entre meu namorado e uma amiga dele, uma médica simpática que eu tinha conhecido. Ele certamente havia apertado por acaso um botão do seu celular, ligando para o último número chamado: o meu.

— Então, como vai sua vida amorosa? — perguntou a médica.

— Voltei com Carey, mas é claro que ainda temos problemas.

— Por que você não sai com outras mulheres, então? — perguntou ela.

— Não quero magoar Carey... Não quero mesmo.

— O que você acha que está procurando?

— Em primeiro lugar, alguém por quem eu realmente me sinta atraído.

Meu corpo começou a tremer ao registrar a profunda rejeição, antes mesmo que a cabeça pudesse absorver tudo. Gostaria de dizer, em minha defesa, que em geral sou considerada atraente e já me disseram que sou bonita, mas não preencho, de forma alguma, os requisitos de todos os homens. Sou alta, corpo curvilíneo, maçãs do rosto salientes, um sorriso amplo e cabelos escuros — cacheados ou ondulados, dependendo do clima. (Ele acabou se casando com uma ruiva rechonchuda, tão pequena que podia comprar roupas para adolescentes.)

Liguei para seu telefone fixo — o celular estava ocupado, obviamente — e terminei o namoro. Tremia tanto que tive dificuldade para falar.

Tive muitas outras situações como essa. Rejeições dos outros e rejeições a mim mesma. Tudo culminou no momento em que tomei a maior decisão da minha vida — na véspera dos meus 39 anos, enquanto fazia uma matéria em uma cidade remota no norte de Maine, deitada numa cama qualquer de um hotel, olhando para o teto.

Era biologicamente meia-noite, pelo menos como defini. Eu era bem-sucedida em termos profissionais e chefe do escritório do *New York Times* em Boston, mas um fracasso em termos românticos. Estava entrando na meia-idade e continuava incuravelmente solteira. O prazo que eu me impusera se esgotara. Se realmente quisesse um filho antes que fosse tarde demais, teria de fazer a coisa por conta própria. Estava na hora de abdicar de um grande amor e me tornar mãe solteira.

Foi um momento ruim, mas não inteiramente. O que me parece durante tantos anos uma ideia deprimente, um fracasso, tornou-se animadoramente viável, ao contrário das eternas frustrações com o amor. Era a substituição do desejo por um homem pelo desejo por filhos. Subitamente, senti um alívio surpreendente.

Mas também era triste, muito triste, decidir ser mãe solteira. Como se estivesse encostada na parede durante uma festa e não fosse convidada para dançar. Ninguém me queria. Ninguém me amava.

* * *

Durante cerca de sete anos, enquanto a União Soviética entrava em colapso, trabalhei como correspondente em Moscou, um sonho de longa data, enviando matérias principalmente para o *Los Angeles Times*. Eu poderia ter continuado por lá, mas, aos 34 anos, voltei para os Estados Unidos e fui trabalhar no *New York Times*, determinada a Ter Uma Vida.

Eu tinha consciência do meu passado, muita consciência. Sabia que alguns dos meus relacionamentos fracassados poderiam ter dado certo se eu tivesse esperado mais e exigido menos. Mas não havia tempo. Tempo algum. Eu, que sempre lutei para atingir minhas metas, não conseguia atingir o objetivo que se apresentava diante de mim. Analisei o problema à exaustão.

— O que mais quero é me apaixonar, casar e ter uma família, mas isso não pode ser forçado — contei à minha melhor amiga, Liz. — É o tipo de coisa que não se aprende na escola. A gente não pode entrar numa lista de espera. Não pode se candidatar diretamente. Pode apenas tentar se preparar, e mais nada.

O tempo esgotou-se antes que eu pudesse encontrar uma resposta.

Meus pais se separaram antes do meu nascimento. Foi uma separação tão rancorosa que minha mãe não permitiu que meu pai fosse ao hospital me conhecer quando nasci. Ele era médico, professor e escritor de sucesso. Mas tinha um temperamento violento, fumava dois maços de cigarro diariamente, e seu complexo de superioridade levou-o a concluir, por experiência pessoal, "que um homem só bate em uma mulher, Carey, quando não tem outro recurso", como me disse certa vez.

Minha mãe, uma mulher calorosa e muito engraçada, mudou-se para a casa dos pais e me criou, junto com meu irmão, até meus 2 anos. Então, para nossa grande sorte, casou-se com Charlie Ritz, um homem amoroso, sensato e paciente — que se tornaria meu padrasto, mas que foi meu verdadeiro pai em todos os sentidos, exceto em termos genéticos. Ele sempre dizia que não poderia nos amar mais se fôssemos seus filhos biológicos. Por volta dos 55 anos, minha mãe sofreu um acidente de carro que a deixou em coma permanente. Durante quase dois anos, ele passou horas ao lado dela, observando-a enquanto a esperança de recuperação diminuía aos poucos. Quando ela deu o último suspiro, ele estava segurando sua mão. Até hoje, ele nunca tirou a aliança.

Quem sabe eu teria a sorte da minha mãe e encontraria um amor tardio? Pelo menos eu podia pensar que, tendo um filho sozinha, não enfrentaria um divórcio terrível.

Dois dias depois do meu aniversário, disse ao meu pai que tinha decidido me tornar mãe solteira.

— Em qualquer coisa que você fizer, terá meu apoio — disse ele, com firmeza e um olhar triste. — Tenho certeza de que será uma ótima mãe.

Pude notar sua decepção, mas lembrei-me de que, quando o conheceu, minha mãe tinha dois filhos pequenos. Portanto, ele não podia pensar que essa decisão me faria desistir de encontrar um amor, podia?

Procurei um ginecologista numa clínica para mulheres, um lugar moderno e acostumado a ajudar casais de lésbicas e mulheres solteiras a engravidar. Sentei-me diante do médico em uma minúscula sala de exame, perguntando-me se ele era solteiro.

— A fertilidade varia incrivelmente de mulher para mulher — disse ele — e é difícil prever as consequências de esperar muito tempo para encontrar o homem certo. — Ele acrescentou que tinha desenvolvido uma regra prática para casos como o meu. — Se você acha que será muito infeliz porque deixou escapar a oportunidade de ter um filho, deve tê-lo logo.

Consultei uma terapeuta mais velha, especializada em fertilidade; era uma mulher de aspecto frágil, adorada por seus pacientes. Outro consultório do tamanho de um closet.

— É a questão moral que está me preocupando — falei. — Como posso oferecer a um filho uma situação que não é ideal desde o início?

— E de que você acha que uma criança precisa?

Eu nunca tinha pensado em fazer uma lista.

— Amor — respondi. — Um ambiente seguro e estimulante. Um círculo de pessoas que a amem e que possam ajudá-la a atingir seu potencial. Coisas assim.

Ela manteve-se em silêncio com um ligeiro sorriso, absorvendo minhas palavras. Depois, perguntou:

— Você pode proporcionar isso?

Minha mãe, que teria sido uma avó ideal, entusiasmada, divertida e capaz de aceitação incondicional, estava morta. Mas meu pai morava a poucos quarteirões de mim, em Cambridge. Ele tinha mais de 70 anos, mas ainda era saudável e seria um ótimo avô. Meus irmãos e minha melhor amiga, Liz, moravam em cidades distantes, mas eu contava com boas amigas em Boston, algumas desde a época da adolescência. Tinha dinheiro para contratar uma excelente babá — o dinheiro deixado pela minha mãe, minhas economias feitas em Moscou e ações na bolsa. Meu emprego tomava muito tempo, mas eu estava chegando ao fim do período como chefe do escritório em Boston e estava disposta a diminuir o ritmo de trabalho em função de um filho. Fui abençoada durante toda a vida com certa serenidade e achava que isso levaria facilmente a uma estabilidade maternal.

— Sim — respondi, finalmente. — Posso proporcionar tudo isso.

Fiz algumas perguntas à minha amiga Sally, mãe solteira, que tinha a vivacidade e a força interior dos sulistas. Encontrei-a num parquinho repleto de neve, brincando com seu filho de 2 anos.

— Carey, foi a melhor coisa que fiz na vida — disse ela.

Quando puxamos o menino lourinho num trenó sobre a neve quase derretida, seu rostinho de querubim, rosado por causa do frio, brilhou, extasiado.

Comecei a pensar em doadores. Fiz listas de amigos, considerando características positivas e negativas. Passei a falar sobre meu plano para ver se alguém seria contra.

Um casal de amigos, que já tinha um filho, ofereceu-me o esperma do marido.

— Para mim, ter um filho é a melhor coisa do mundo — disse ele.

A esposa dele falou que a criança poderia fazer parte daquela grande família. Mas algumas outras amigas, mães, avisaram que esse tipo de arranjo podia se tornar muito complicado.

Bancos de esperma começaram a parecer uma opção cada vez melhor.

— Você quer ser minha acompanhante durante o curso de gestantes? — perguntei à minha irmã, Morgan, ao telefone.

Ela ficou emocionada.

— Se nós fôssemos normais, você me convidaria para seu casamento — respondeu ela. — Mas, como não somos, fico muito honrada com seu pedido.

O plano, que deveria ser mantido em segredo, espalhou-se por todos os lados, mas eu sabia que era a principal culpada. Contei para duas mães mais velhas que trabalhavam no *Times*. Elas me encorajaram, mas também avisaram que eu devia estar preparada para muitas mudanças de vida. Uma delas falou que um filho viria em primeiro lugar para mim nos próximos anos. A outra, em tom aprovador, acrescentou que eu deveria me divertir um pouco. E me aconselhou a fazer exames de sangue para checar meu nível hormonal. Não contei nada aos meus editores. Os chefes querem saber do seu trabalho, não do seu trabalho de parto.

Decidi desacelerar meu ritmo de vida, mas Sally me convenceu a não apressar esse processo. Eu devia caminhar passo a passo e deixar que cada decisão amadurecesse até parecer realmente certa.

Mantive um perfil num site de encontros — Matchmaker.com — por hábito, ou como um último fio de esperança. E escrevi no meu diário: "Se você, um dia, ler o que estou escrevendo, quero que saiba que eu realmente tentei durante semanas, meses e anos encontrar um pai para você."

Fiz muitas pesquisas on-line — doadores de esperma, possíveis encontros amorosos e informações sobre fertilidade. Agradeci aos inventores por toda a tecnologia que fazia chegar à minha mesa de trabalho respostas para algumas das mais profundas necessidades humanas.

— Que tal esse sujeito? — perguntei a Liz durante uma dentre muitas ligações tediosas que só uma grande amiga poderia tolerar. — Ele se formou em medicina em Harvard, é louro, olhos azuis, tem 1,80m, pesa 75 quilos, é sociável e gosta de música clássica.

— Espere um instante! — disse ela. — Está falando de um possível doador ou de um possível relacionamento?

— De um doador, mas tenho menos informação sobre ele do que teria num site de relacionamento. Como dados tão pobres como esses podem ajudar alguém a tomar a decisão mais importante da humanidade? Pelo menos num site de encontros você pode conhecer o sujeito, tomar um café e seguir seu instinto. Nesses bancos de esperma, todos os mecanismos que desenvolvemos durante milhões de anos para selecionar um homem são invalidados!

Liz parou um instante para pensar e, então, continuou:

— É preciso priorizar, sabendo que as informações são poucas. O que você mais procura?

— Boa saúde, mas creio que todos são saudáveis; caso contrário, não seriam aceitos como doadores. Em seguida, o que mais valorizo entre as coisas que uma pessoa pode herdar e que, ao que parece, não incluem caráter e moral, é inteligência.

— E eles informam o QI?

— Alguns bancos informam, mas a maioria, não; nem no perfil mais detalhado, que paguei para ver. Geralmente não dizem em que faculdade os doadores estudaram. Alguns informam as notas que alcançaram no vestibular, a ocupação e nível de escolaridade. Mas não falam sobre a pessoa. Em comparação, uma transa de uma noite com um sujeito que conhecemos num bar parece extremamente íntima...

Liz ainda era solteira, apesar da sua estonteante beleza nórdica. Ela e eu discordávamos sobre um ponto central: se não pudéssemos ter ambos, eu escolheria ter um filho, e ela, um homem.

— O que não quero — disse ela — é que você desista do seu sonho de ter um companheiro e tornar sua família completa. Você é uma mulher bonita, simpática, brilhante, calorosa e criativa. E está aberta para relacionamentos. Acho que é apenas uma questão de *timing*. A decisão de procurar um doador de esperma não invalida seu sonho. Posso entender sua tristeza, mas espero e acredito que você não deixará de procurar o parceiro que tanto deseja.

Depois de semanas de angústia, acabei me decidindo pelo doador 8282 do California Cryobank, o maior banco de esperma do país. As notas dele no vestibular eram melhores do que as minhas. Ele tinha seis irmãos e queria ser cientista e escrever livros populares. Eu queria escrever livros de ciências. "Se um dia nos encontrássemos", pensei, "teríamos uma conversa muito interessante".

O banco de esperma me ofereceu uma alternativa para conhecê-lo: uma entrevista em áudio. Com uma voz grave que parecia inteligente e com um sotaque nitidamente sulista, ele disse:

— Olá. Sou o doador 8282. Tenho 1,90m e peso 110 quilos. Meu biotipo é médio; sou louro e tenho olhos azuis. Minha pele é clara, mas posso ficar ligeiramente bronzeado. Minha mãe nasceu na Suíça e meu pai, na Bélgica. Minha raça, conforme estabelecida pelo California Cryobank, é branca.

A moça que o entrevistou perguntou por que ele se especializara na área de evolução. Ele respondeu com um tom confiante e professoral, embora um tanto hesitante:

— Para mim, a evolução é... é como uma força essencial que moldou a nós todos, e compreender isso é fundamental para podermos nos compreender."

Encomendei oito frascos do seu esperma, ao preço de 175 dólares cada, e comecei a roer as unhas, esperando que ninguém chegasse a eles primeiro.

Os frascos vieram no fim de março e foram para o freezer de uma clínica. Os meios para ser mãe estavam nas minhas mãos — ou marcados com meu nome num freezer, pelo menos. Cabia a mim fazer as coisas acontecerem. Mas continuei hesitante.

— Então, Liz... — falei, durante uma de nossas cinquenta conversas telefônicas sobre o assunto. — Ouça esse e-mail enviado por um sujeito do site Matchmaker.com: "Oi, Carey, gostei das suas respostas, por isso estou escrevendo. Eu diria até que talvez nossas opiniões e sensibilidades sejam iguais. Por exemplo, adoro ler os autores russos desde adolescente. Não conheço Platonov, mas acho que a poesia de Mandelstam é muito comovente. Mas você não se entristece quando pensa na desolação daquela época da história russa? Não posso dizer muito. Nunca estive na Rússia, muito menos trabalhei em Moscou como repórter. Sou formado em antropologia e publiquei uns artigos sobre viagens, mas minha área é o sudeste da Ásia." Etc. etc. etc. "E você? Que repórteres ou escritores mais admira? Passe bem, Sprax."

Houve um longo silêncio ao telefone enquanto Liz digeria o texto. Ela tendia a conter meu entusiasmo, levando-me de volta à minha precaução habitual.

— Sprax? Que nome é esse? — perguntou ela.

— Não tenho ideia. Mas ele parece muito melhor do que aqueles que só pensam em esquiar. E uma coisa é certa: nunca vou saber a opinião de um doador de esperma sobre Mandelstam.

— Ele é claramente um relacionamento e não um doador, certo?

— Sim, vou me encontrar com ele essa noite — falei, examinando minha maquiagem no espelho para garantir que não estava exagerada. — O problema com os doadores já terminou. Os frascos 8282 devem chegar hoje.

No nosso primeiro encontro, Sprax e eu nos sentamos lado a lado num auditório em Boston, ouvindo um alpinista descrever suas proezas na Groenlândia. Quando olhei para baixo, notei que seu joelho era enorme comparado ao meu.

Embora usasse calças largas, como aquelas que soldados do exército usam, seu joelho era um conjunto tão robusto de músculos, ossos e ligamentos que eu desejaria aquele homem, mas ele não me desejaria. Ele era bonito e atlético demais, ombros largos, cabelos castanho-claros, rosto amplo e feições escandinavas. Era também inteligente e viajado. Nós poderíamos passar boas horas juntos, mas um cara como aquele nunca sai durante muito tempo com a garota metida com livros, não é?

De certa forma, ter frascos de esperma num freezer amainou a dor de uma possível rejeição. Eu não precisava dele. Quando saímos do auditório, disse o que realmente achei da palestra:

— A coisa toda teria sido muito mais emocionante se houvesse umas crianças no alto de um abismo de 1.500 metros que precisassem ser salvas, não acha?

No nosso segundo encontro, fomos a um pequeno restaurante persa, comemos berinjela assada e falamos sobre coisas íntimas. Sprax foi criado dentro dos princípios da religião mórmon, mas rebelou-se contra as leis rígidas e foi excomungado. Seu espírito parecia livre, propenso a divagações. Ele falou sobre uma ampla variedade de subculturas, desde nerds do MIT e seus trabalhos em informática até artistas da

Indonésia. Tentei me comparar a ele e falei sobre a Rússia e o *Times*. Conversamos também sobre meus planos de vida.

— Estou pensando em ter um bebê — falei, de repente.

— Mas não precisa se preocupar... Será uma produção independente. Já tenho os frascos de esperma.

Ele pôs as mãos na cabeça, como se dissesse "isso é bem complicado", e mudou de assunto — na verdade, não muito.

— Tentei doar esperma uma vez... — comentou, começando a contar uma história engraçada sobre os rigores dos testes nos quais ele não conseguiu ser aprovado.

Sprax, na minha cabeça, era uma rejeição prestes a acontecer. Mas continuamos nos vendo durante semanas porque... porque era bom.

— Eu realmente gosto de estar com você — disse ele durante um abraço longo, mas inocente, na minha cozinha impregnada do aroma de vinho e do cheiro doce do refogado de legumes que fervia na panela.

— É bom, não é? — perguntei, dando um passo atrás para ver seus olhos azuis. Ele era bem mais alto do que eu, o que é uma raridade entre os homens, e, de um jeito bobo, eu adorava ter a altura adequada ao lado dele.

— Mas isso me assusta um pouco — comentou. — Não quero cair em outro relacionamento.

— Vamos com calma — falei. — Não sei no que estamos entrando, mas é uma coisa boa.

Contei a ele que conhecê-lo lembrava-me dos desenhos que fazíamos quando éramos crianças, riscando todas as cores do arco-íris em um pedaço de papel, passando lápis preto por cima e raspando o desenho para ver as cores surgirem.

— Está aqui em algum lugar — disse ele.

— Eu sei — assegurei, movendo-me para mexer o enso-pado no fogão.

Em maio, viajamos para o norte — eu faria uma matéria de turismo para o *Times* — e subimos até o exageradamente chamado Grand Canyon do Maine. Em certo ponto, conseguimos ver a catarata do golfo Hagas. Ele pôs o braço à minha volta e me deu um beijo.

— Obrigado por me trazer aqui — agradeceu.

No dia seguinte, remamos em um caiaque do lago Moosehead até a imponente península do monte Kineo e, quando vimos o esplendoroso rochedo de granito, ele se inclinou e me beijou de novo.

Foi um momento daqueles em que pensamos: "Quando eu morrer, não poderei dizer que não vivi."

Tivemos algumas brigas e desentendimentos, basicamente quando ele me guiava nas escaladas, mas, como um todo, as coisas estavam cada vez melhores entre nós. Meu novo plano era me divertir no verão e começar a pensar em ter um filho em setembro — com ou sem ele. Não fazia sentido esperar que ele concordasse em me ajudar, é claro; tínhamos nos conhecido havia apenas umas semanas e trocado alguns beijos. Mas Sprax era um homem cheio de vida, seguro e irresistível, que tinha conseguido demolir uma antiga parede da qual eu precisava me livrar. Nenhum doador de esperma poderia competir com ele.

Talvez eu tenha sido ingênua, mas contei a ele sobre meu novo plano. Estávamos pensando em passar duas semanas escalando no fim de setembro, e eu disse que talvez fosse muito cansativo se eu estivesse grávida. Disse também, com certo nervosismo, que estava esperando para ver o que aconteceria conosco.

— Acho que nos conhecemos há pouco tempo para tomarmos uma decisão para o resto da vida — respondeu ele.

— Só quero dizer que terei o bebê por conta própria e que você não deve se sentir pressionado. Não seria justo termos um filho se estamos tão inseguros.

— Você já pensou que terá sempre a sensação de que está faltando alguma coisa, não importa com quem esteja? — perguntou ele. — Em certo ponto, é preciso arriscar.

— Sempre tive esse problema. Não sei como alguém consegue...

O romance acabou. Tivemos uma conversa difícil na mesa da cozinha, dissemos que nos encantamos um com o outro, mas que as coisas haviam mudado nos últimos dias. Ele falou que se sentia pressionado a assumir um compromisso, mesmo que eu não dissesse isso diretamente. Falei que ele era bonito por dentro e por fora, mas que, se tinha dúvidas sobre nós, o melhor seria enfrentar a situação. Decidimos terminar o namoro e continuar amigos.

— Você ainda é a pessoa com quem mais gosto de estar — disse ele.

Que ótimo!

Quando eu estava me adaptando à nossa nova situação e começando a me orientar em relação ao doador 8282, Sprax voltou atrás. Passamos um dia memorável em uma longa caminhada em New Hampshire e voltamos para casa às duas horas da manhã, com os pés incrivelmente doloridos. No caminho, ele confessou:

— Estou angustiado de novo. Acho que quero ser mais do que seu amigo.

— Não confio no que você está sentindo — respondi.

Passeamos de caiaque pela baía de Boston. Na ilha Peddock, catei pedaços de vidro e encontrei um sapato velho na areia. Conversamos sobre a letra de "Stairway to Heaven". Carreguei-o nas costas, com todos os seus 110 quilos de músculos.

— Seja como for, espero que seus planos para ter um filho deem certo — disse ele, segurando minha mão enquanto atravessávamos um riacho na praia.

Estávamos juntos de novo, mas não demoramos a ter problemas. Ele resolveu cancelar um passeio que tínhamos planejado porque queria escalar uma rocha mais alta e mais difícil com amigos, inclusive uma linda holandesa. Concordei, mas me vi soluçando no carro ao voltar do trabalho. Meu único pensamento coerente era esperar encontrar um homem que realmente se importasse comigo. Quando vi Sprax naquela noite, falei que devíamos desistir do nosso relacionamento. Ele tentou tirar essa ideia da minha cabeça. Sua insistência foi o bálsamo de que eu precisava.

Tristes, porém muito mais próximos, acabamos na cama. Paixão deve ser aquele sentimento que você tenta desesperadamente ter, passando por blocos de intelecto e rochas de emoções. Foi o que senti. Sempre imaginei que tudo dá certo depois de uma noite de paixão estrondosa. Mas, não. As manhãs nascem e trazem de volta todos os problemas.

Chegou o dia da grande viagem. Utah, Seattle, monte Rainier e finalmente o clímax: uma semana escalando as montanhas Bugaboo, no alto das cadeias rochosas canadenses, perto de Banff. Era um paraíso para alpinistas, próximo ao lago Louise, um ponto turístico.

Bugaboo era diferente de tudo que eu tinha visto; as montanhas eram míticas, projetando agulhas de granito. Na cabana em Conrad Kain, vimos as geleiras aninhadas em rochas do tamanho de casas e carros. Ocasionalmente, ouvíamos o barulho de outra pequena porção de neve caindo da rocha acima de nós e afundando no riacho glacial que corria junto a flores alpinas e musgos. Pinheiros finos e amarelados nos mostravam o que realmente era um ângulo de 90 graus; fora isso, havia apenas declives.

De seis horas da manhã às duas da madrugada seguinte, subimos e descemos a agulha de Bugaboo. Eu era a maior responsável por essa lentidão. Em certo ponto, perto do pico, uma tempestade terrível nos atingiu e tivemos de nos proteger na tenda do guia. Quando atingimos o cume, às cinco horas, outra tempestade. A eletricidade estática da rocha deixou meus cabelos encaracolados arrepiados, como uma górgone. Eu era ignorante demais para sentir medo, mas Sprax gritou para que eu descesse rápido. Desci, mas não gostei da forma ríspida como ele falou comigo.

A descida foi um tormento. Tivemos de usar corda, puxando um ao outro, a ponto de Sprax dizer, alguns dias depois, que ainda tinha a sensação estranha de estar preso a mim — e não de uma forma boa.

Disse a ele, mais tarde, que, embora tivéssemos chegado ao cume, a montanha ainda saíra vencedora. Mas, sem sabermos, com nosso relacionamento ainda num limbo profundo, criamos a primeira fina camada do que se tornaria uma confiança mútua.

Em 27 de setembro, duas semanas depois da viagem, fiz minha primeira inseminação.

Na noite anterior, Sprax ficou comigo, apoiou-me e admitiu que a ideia de uma gravidez "por acidente", e não com um doador anônimo, passara por sua cabeça. Mas foi tudo o que disse. Na manhã seguinte, telefonei para a clínica e disse que faria minha inseminação.

— Ótimo! — disse a recepcionista.

"Seria ótimo mesmo?", pensei. Ninguém tinha reagido ao meu plano dessa maneira.

Eu estava tão nervosa que perdi a entrada da clínica e tive de fazer uma curva irregular para voltar. Lá, todos foram simpáticos e incrivelmente informais, e o procedimento foi rápido e simples.

Posicionei-me como se fosse fazer um exame ginecológico, com os pés no alto. A enfermeira, Ann, tocou o colo do meu útero com a mão enluvada, introduziu um espéculo com luz para localizar o muco cervical e injetou o esperma através de um "canudo" plástico transparente.

E pronto. Ela apertou minha mão e acabou.

O plano

Beth: — Eu queria me casar aos 30 anos e ter um filho aos 35. Casei com Russell quando tinha 29. Um *timing* perfeito. Pelo menos foi o que pensei.

Carey: — Às vezes, quanto mais tentamos pôr as coisas no lugar, mais confusas elas se tornam.

Pam: — Afinal, *quem* consegue cumprir os próprios planos?

Carey: — Nós definitivamente não conseguimos.

Beth

NA PRIMEIRA VEZ QUE NOS encontramos, Russell me levou para fazer canoagem no rio Sudbury. Era verão. Saímos da doca em Concord com um kit padrão para um piquenique de primeiro encontro: uma garrafa de vinho Chardonnay, queijo brie, uma baguete, duas maçãs e a esperança de que esse encontro pudesse nos trazer sorte.

Ele usava uma camisa branca larga, jeans e óculos escuros Armani com armação dourada. Eu estava bronzeada, e meus cabelos, cacheados por causa da umidade do mar e dourados ao sol, estavam mais compridos do que nunca. Eu havia saído de Manhattan um ano antes e começara a mudar meu visual nova-iorquino, trocando as botas pretas por tênis, e minissaias (a maioria, pelo menos) por shorts cáqui.

Remamos em volta das algas e passamos por chorões. Conversamos sobre generalidades e rimos.

— Gostei de você — falei. — Você é muito engraçado.

Ele baixou os óculos, olhou para mim, pôs o remo no fundo da canoa, abriu a garrafa de vinho e sorriu.

— Um brinde ao que poderá acontecer — disse ele, despejando vinho nos copos de plástico.

— E ao que espero que aconteça. — Coloquei meu remo no fundo da canoa e nos deixamos levar pela corrente. Uma cena muito vitoriana. Ele conhecia o rio e sabia onde cada braço nos levaria, o que me fez considerá-lo extremamente autoconfiante. Engraçado, inteligente e bonito de uma forma diferente, com um nariz grande, que nunca chamara minha atenção. Gostei de imediato do seu jeito. Ele era engenheiro e trabalhava num complexo e sigiloso projeto de navegação submarina. Eu tinha me formado havia pouco tempo; durante parte do dia, dava aulas de inglês para estrangeiros e editava minha dissertação de mestrado; no resto do tempo, aproveitava a praia.

Vi um tronco coberto de tartarugas pintadas.

— Vamos até lá? — sugeri, mostrando as tartarugas. — Mas tenha cuidado... Parece raso. — Achei que pareceria uma mulher inteligente e engajada com o meio ambiente se investigasse a área. Quando chegamos perto daquela lama, continuei: — Espere um pouco. Estou vendo três tartarugas, mas talvez haja mais.

Então, saí da canoa e subi num tronco podre.

— Olhe... — Peguei uma tartaruga e tentei me equilibrar. — Acho que cada tartaruga tem características próprias. Não há duas iguais.

— Como as pessoas — retrucou ele. Uma conversa cheia de clichês, típica de um primeiro encontro.

Enquanto eu devolvia a tartaruga a um galho de árvore submerso, Russell começou a remar, afastando-se para o meio do rio. Ele sorriu por cima do ombro e, quando estava longe, largou o remo, pegou seu copo e tomou um gole de vinho.

— Saúde — disse ele, deixando-me em cima do tronco.

Não achei graça. Nem mesmo um sujeito da pior categoria me deixaria em um pântano num primeiro encontro, sem canoa e equilibrada num tronco instável. Quando ele decidiu voltar, a canoa virou, seu sorriso desapareceu e ele escorregou para dentro da água. A profundidade era de uns 70 centímetros, mas o suficiente para ensopar suas calças e cobrir a camisa branca de lama.

Foi a primeira vez que sua tentativa de fuga foi altamente ineficaz, mas não a última.

— Posso rir? — perguntei enquanto ele se arrastava em direção à canoa, tirando os restos enlameados do nosso piquenique do fundo do rio.

— Não — respondeu, e não estava brincando. — Se rir, deixo você aqui.

Ele tentou salvar a baguete ensopada, mas acabou jogando tudo para as tartarugas. Depois de um tempo, ele sorriu. Quando chegamos em terra firme, ele estava rindo também.

Oito anos depois, cheguei de uma viagem à Jamaica numa noite gelada em Boston. Meu avião havia atrasado quatro horas; o aeroporto estava quase vazio. Eu me sentia feliz por voltar, mas o percurso para casa, em geral feito em vinte minutos, levou uma hora. O táxi parou em frente ao nosso prédio na rua Beacon, e, quando olhei para cima, vi Russell, iluminado por trás, espiando a rua do nosso apartamento no quarto andar. Estávamos casados havia seis anos e meio e nunca tínhamos ficado separados por duas semanas. Passei seu aniversário fora e tentei ligar para ele várias vezes. Não consegui completar diversas ligações e, nas vezes em que fui bem-sucedida, a secretária eletrônica não respondia. Imaginei que fosse um defeito no telefone e que ele não tivesse tempo para consertar. Ele só me ligou no meu penúltimo dia em Montego Bay.

— Desculpe — disse, numa ligação cheia de ruídos. — Perdi seu número e desliguei a secretária sem querer.

Antes que eu chegasse à porta do prédio, vi Russell descendo as escadas. Corri para ele, arrastando a mala pelo chão gelado. Em geral, ele me esperava no apartamento, trabalhando no escritório, e só sabia que eu havia chegado quando ouvia minha chave girar na fechadura. Larguei a mala e fui abraçá-lo, mas ele deu um passo atrás.

— É melhor você subir — afirmou ele, às pressas, sem me cumprimentar. Sem sequer um tapinha no ombro.

— Por quê? O que aconteceu? — Puxei seu braço, para ele olhar para mim, imaginando que alguém tivesse morrido.

Russell pressionou minhas costas.

— É melhor você subir. Precisamos conversar.

No apartamento, notei a princípio uma garrafa de uísque no chão da sala, ao lado do sofá-cama aberto. Depois, uma foto antiga da mãe dele, falecida havia muito tempo, perto do despertador. Eu nunca tinha visto meu marido beber uísque. Ele tinha dormido no sofá.

— Por favor, sente — disse ele.

— Não quero sentar. — Dei um passo atrás. Ele também não se sentou. Olhou o retrato da mãe e virou-se para mim. Houve um longo silêncio.

— Quero me divorciar e não quero falar sobre o assunto.

— Uma declaração. Uma paulada na cabeça.

Eu me sentei no chão, enganando-me com relação à beira do futon, sem sequer tirar o casaco.

Ele me ofereceu um uísque, mas não aceitei.

— Sinto muito — continuou. — Sinto mesmo. Foi a melhor forma que encontrei para dizer. Como se arrancasse um esparadrapo, eu acho. — Então, ele me entregou uma folha de papel com duas colunas. — Preparei essa lista para você — prosseguiu ele, sentando-se ao meu lado. — Espero que ajude a compreender. São os pontos negativos e positivos do nosso casamento. Pelo menos para mim.

Um cérebro analítico, se já existiu algum.

Ele tinha feito uma linha no meio da página, provavelmente com uma régua.

Abaixo do título "Pontos negativos do meu casamento", ele escreveu: "interesses pessoais distintos", "sexo pouco satisfatório" e "atividades de lazer incompatíveis". Abaixo de "Pontos positivos do meu casamento", escreveu "excelente senso de humor", "boa forma física e emocional" e "trabalhos interessantes".

Russell tinha feito uma reserva no Holiday Inn que ficava na nossa rua, mas se ofereceu para dormir no sofá naquela noite se eu não quisesse ficar sozinha. Mesmo no meu estado de choque, achei sua oferta absurda.

— Se você vai sair, por favor, saia agora. — Foi o melhor que consegui dizer. Palavras difíceis, mas seria muito pior deitar na cama e tentar descobrir o que tinha acontecido sabendo que ele estava bebendo uísque no sofá.

— Espere. — Ele pegou meu braço, levou-me para a cozinha e abriu a geladeira. Vi uma enorme quantidade de comida: garrafas de suco de tangerina, ótimos queijos, frutas maduras, saladas, coquetel de camarão. Era sua ideia de troca. Depois de quase sete anos de casamento, ele estava indo embora, mas estocou a geladeira. — Comprei tudo que você gosta, até suco de tangerina, que nem sempre é fácil de encontrar. — Sua mão passava pelas prateleiras como se fosse um apresentador mostrando os prêmios num concurso de televisão.

— O que vou fazer com tanta comida? — perguntei. — Não é isso que eu quero.

— Pensei que poderia ajudar. — Era absolvição via coquetel de camarão.

Quando Russell saiu, telefonei para meus pais na Jamaica. Eles ainda tinham duas semanas de férias naquela casa arejada de frente para o mar do Caribe.

— Mãe — falei, chorando em meio ao ruído e percebendo como era fácil ligar para lá. — Estou sozinha.

— Onde está Russell? Ele não buscou você no aeroporto? — Sua reação estranha foi quase adorável.

— Não. Ele nunca me busca no aeroporto. Ele saiu de casa. Quer se divorciar.

— O quê? Quer se divorciar? *Ele* quer se divorciar de *você?*
Balancei a cabeça, mas não consegui falar.

— Artie! — gritou ela para meu pai, cobrindo o fone com a mão, mas eu podia ouvir a conversa. — Ah, querida, sinto muito!

— Aquele filho da puta — disse meu pai.

— Sinto muito — repetiu minha mãe através dos estalos na linha. — Queria poder fazer alguma coisa.

— Torcer o pescoço dele, por exemplo! — gritou meu pai. Minha mãe ignorou o comentário.

— Realmente sinto muito — enfatizou.

Tive o desejo infantil de que estivesse perto de mim, mas ela não poderia fazer nada.

Foi uma longa noite em que não consegui me esquentar.

Quando Russell foi embora, pensei repetidamente no verão anterior e no meu teste de gravidez positivo.

Depois de examinar as duas tiras sob todos os ângulos, deitei-me na cama, onde Russell lia. Era uma noite quente e úmida.

— Estou grávida — contei.

— Você está grávida? Tem certeza?

— Certeza.

— Você precisa ter certeza. — Ele largou o livro e continuou. — Precisa ter toda a certeza, porque isso irá mudar as coisas.

— Achei que sua reação seria de felicidade — falei. Minha mágoa transformou-se em sarcasmo. — Mas felizmente essa impressão passou logo.

Ele soltou o ar.

— Não é o momento mais conveniente. E não adianta ficar feliz ou infeliz até você ter certeza. — Ele pegou o livro e voltou a ler. Duas semanas depois, abortei.

Fui ao médico sozinha.

— Tenho certeza de que não estou mais grávida — disse a Russell. Achei que ele tocaria em mim e diria alguma coisa para me consolar.

— OK. Isso é bom. É melhor planejar essas coisas.

* * *

Seria mentira dizer que o tempo que passamos juntos não foi memorável ou divertido. Mais de uma vez, levamos nossas bicicletas para a Itália. Com pouco dinheiro, um guia turístico e apenas o que podíamos carregar nas nossas cestas, passeamos pelos campos floridos da Toscana e pela fronteira com a Suíça em Lake District. Uma vez, quando tive vontade de pintar, ele comprou uma caixa cheia de aquarelas, pastéis, tubos de tinta a óleo, pincéis, uma paleta e pequenas telas. Durante anos, rimos juntos.

Certa noite, pouco antes do dia de Ação de Graças, Russell chegou em casa e, enquanto eu cozinhava batatas-doces, disse-me que novamente precisaria trabalhar o fim de semana todo. A cozinha era pequena; eu tinha uma faca e um descascador de cenoura nas mãos. Não pensei em esfaquear ou esfolar Russell, mas, quando me virei, ele deu um passo atrás e bateu a porta com força. Quando a única forma de chamar a atenção do seu marido é fazê-lo pensar que você está a ponto de matá-lo, seu casamento provavelmente está numa profunda crise.

Na véspera do Natal, Russell disse que ainda não queria ter filhos, que seu trabalho — uma empresa *start-up* ligada à internet — exigia todo o seu tempo e sua energia, que não conseguia controlar tudo que estava acontecendo profissionalmente e que queria ter certeza de que alguma coisa na sua vida era controlável. Filhos equivaleriam a administrar um pesadelo.

— Quando? — perguntei. — Quando você acha que estará pronto?

— Preciso de pelo menos seis meses.

Estávamos caminhando até a casa de um colega de trabalho dele para jantar. Não adiantava discutir: eu não podia forçá-lo a ter filhos. Minha cabeça começou a doer. Quis voltar para casa, ir para a cama, transar, engravidar e começar a vida que tínhamos planejado. Eu vivia tão zangada com ele e sentia-me tão sozinha e triste no casamento que minha vontade era estrangulá-lo ali na rua. Mas, ao mesmo tempo, eu queria que ele me abraçasse.

— Quanta alegria para um feriado — falei, encolhida por causa do frio e marchando pela calçada atrás dele. — Acho que não devo esperar um presente do Papai Noel.

Ele bufou, com raiva.

Russell andava depressa, à minha frente, sem olhar para trás.

— Você é judia. Que diferença faz estarmos na época de Natal?

— Por que isso é tão difícil para você? — perguntei.

Ele só respondeu essa pergunta nas sessões de terapia, programadas por ele, que começamos 12 horas depois da minha chegada da Jamaica.

Enquanto eu cuidava de uma queimadura infeccionada por causa de uma água-viva em Montego Bay, Russell organizava sua vida. Ele agendou uma sessão de terapia para nós — às oito da manhã seguinte à minha volta — com uma terapeuta baixinha chamada Deedee, que estava enrolada numa pashmina e rodeada por dois cães pastores babões e maiores do que ela.

— Quando levamos aquele susto com sua gravidez — revelou ele, durante a sessão —, descobri que eu não queria ter filhos com você. Quero ter filhos, um dia. Mas não com você.

Deedee já sabia disso, é claro que sabia. Ele a procurara enquanto eu estava fora. Inocentemente, no entanto, acreditei que estávamos ali para tentar salvar nosso casamento. Mais tarde, chamei as sessões de "terapia de rompimento".

Na terceira semana após minha separação, um dos meus irmãos, que é advogado e morava em Nova York, descobriu Benjamin Grossman, um gorila barbudo que cuidaria do meu divórcio. Grande Benny, como o chamávamos, contou-nos que ocasionalmente usava colete à prova de bala durante os depoimentos, que tinha representado divorciadas importantes de Boston e que conseguiria tudo que eu merecia. Segundo Grande Benny, ele era meu anjo vingador num colete à prova de balas.

Meu advogado pediu que eu descrevesse meu casamento por escrito, mostrando "as coisas boas, ruins e péssimas". Minhas 13 páginas incluíam fatos reveladores: Russell não retornara meus telefonemas quando passei uma semana na Jamaica; malhava três vezes por semana, às seis horas da manhã, com uma personal trainer de 20 anos; não jantávamos juntos havia mais de um mês, e ele negava quando eu perguntava se estava tendo um caso com sua personal.

— Eu sei que é muito difícil ouvir isso — reconheceu Grande Benny —, mas você sabe que nenhum homem encontra sua personal trainer três vezes por semana, às seis horas da manhã, se não tiver um caso com ela. Sinto muito, mas já vi esse filme uma centena de vezes. Quanto mais depressa você entender isso, mais depressa poderemos te ajudar.

A desculpa de Russell para sua falta de tempo — e para sua necessidade de aliviar a tensão na academia — era sua empresa, Conine, que envolvia apenas dinheiro, sem inventário nem funcionários. Russell e seu sócio criaram o Gametown, o primeiro jogo efetivamente em tempo real, jogado por multiusuários na rede. Depois de três anos de desenvolvimento e testes num antigo depósito de azeite de oliva em Boston, disponibilizaram o resultado para as massas. Era um jogo viciante, entorpecente e popular.

Os investidores se viraram para Boston. Como um grupo de fadas madrinhas cheias de dinheiro, injetaram fundos na Conine e conseguiram vender o Gametown para a Lycos por 52 milhões de dólares. O acontecimento coincidiu, convenientemente, com meu divórcio.

— Russell deve estar morrendo de raiva por não ter se separado um ano antes — disse meu pai certa vez, após esses números virem à tona.

Na mesma época em que a Lycos fez a oferta, Grande Benny e eu nos encontramos com Russell e seu advogado. Russell sugeriu um acordo *muito* baixo. Grande Benny riu e perguntou:

— Você deve estar brincando, não é?

Russell olhou para mim, sorriu de maneira desesperada e solícita, e disse:

— Dá para comprar algumas daquelas casas de tijolos vermelhos em Brookline, que você gosta, e ainda sobra algum dinheiro.

Grande Benny virou-se para o outro advogado:

— Ele está brincando, não está?

O advogado balançou a cabeça. Grande Benny suspirou, fechou a pasta e disse:

— Obrigado pela presença. Não temos mais negócios a tratar hoje. Vamos embora. Esperaremos sua próxima oferta — disse ele, puxando minha cadeira.

O que Russell não esperava é que suas contas fossem bloqueadas pelo meu advogado. Ele não poderia mexer no dinheiro da venda enquanto não concluíssemos um acordo ou um divórcio litigioso.

Uma das coisas que mais me ajudou foi o trabalho. Eu amava o que fazia. Minhas aulas por todo o país me satisfaziam e distraíam.

Nas aulas sobre resistência ao estresse, ministradas em escolas públicas grafitadas em Newark, no leste e no centro-sul de Los Angeles, em Roxbury, Massachusetts, em cursos para os familiares de alunos e nos consagrados saguões de Harvard — a empresa para qual eu trabalhava, The Mind/Body Medical Institute, era afiliada à Escola de Medicina de Harvard —, constatei como nossa determinação pode ser um elemento decisivo. Como algo tão básico como respirar é poderoso. Aprendi a relaxar, nem que fosse por um minuto.

Numa escola de ensino médio de Newark — onde vi um aluno enfiar uma faca no olho de um colega, onde um terço das meninas engravidava, onde os traficantes de drogas disparavam os sistemas de alarme para atravessar as saídas de emergência e evitar os detectores de metal —, descobri o melhor trabalho da minha vida. Os alunos aprenderam que, se usassem a respiração e sua energia criativa, encontrariam uma calma que não viam nas ruas.

— Vocês têm tudo o que precisam para se acalmar, mesmo que o mundo ao redor esteja doido — expliquei durante uma aula.

— Sei... — disse um dos alunos, em tom de zombaria.
— Basta eu respirar para tudo melhorar. Você é que está doida.

Talvez eu estivesse, mas, embora não pudesse eliminar a violência que os cercava, ensinei a eles algumas técnicas básicas de resistência ao estresse — como usar a respiração pelo diafragma ou baixar a cabeça sobre a carteira e acompanhar uma visualização guiada — que diminuíam o ritmo da respiração, dos corpos e das mentes. Os incidentes de violência na escola foram reduzidos e a atenção e os trabalhos em sala melhoraram.

Os professores almoçavam em um laboratório abandonado, onde punham a cabeça em mesas empoeiradas, fechavam os olhos e passavam raros 15 minutos quietos. Eu levava o mínimo de paz àquelas salas de aula destruídas e guardava um pouco dela para mim.

Quando chegou a época da preparação para o depoimento de Russell, Grande Benny me mostrou um vídeo com várias estratégias que um cliente podia usar no confronto com o advogado da parte contrária. Assisti ao vídeo numa pequena sala de reunião. Ele fechou a porta e se colocou atrás de mim, massageando meus braços do ombro até o cotovelo.

— Você precisa relaxar — disse ao meu ouvido, com voz suave. — Depoimentos são desgastantes. Posso ajudá-la a ficar relaxada. — Mas não relaxei. Respirar fundo não adiantou.

O depoimento levou quatro horas. Descobri coisas que eu não queria saber sobre a vida sexual de Russell com a personal trainer, algumas tão desagradáveis que eu não sabia que expressão manter no rosto.

Sentei-me em frente a ele, do outro lado da mesa, sabendo que não conseguiria me manter impassível ao ouvir meu ex-marido falar sobre nossa vida de uma maneira distante e remota. Ou ao ouvi-lo dizer à estenógrafa que passara a morar com sua personal trainer em comemoração ao dia dos namorados. Nunca recebi sequer um cartão nesse dia.

Russell recusou-se a admitir que dormia com ela antes da separação. Quando perguntado, respondeu que não se lembrava em que dia tudo começou. Isso vindo de um homem com uma capacidade fantástica para memorizar sequências de números.

Eu estava bem-vestida e parecia sexy. Queria deixar claro para Russell que tinha uma ótima vida sem ele e que tudo estava sob controle do meu lado da mesa.

E, de certa forma, tudo estava mesmo. Mas não há mulher que queira ouvir histórias sobre a atual relação do ex-marido tendo advogados como testemunhas e uma estenógrafa anotando tudo que era dito.

Acabei encontrando a paz onde ela sempre esteve: no meu silencioso apartamento. Erradiquei os últimos vestígios de Russell, queimei suas coisas com minhas amigas, pintei as paredes, joguei fora todos os lençóis em que ele tinha dormido, todos os talheres que tinha usado, todos os móveis que ajudara a pagar e trouxe novamente cores ao meu mundo. Uma parede da sala foi pintada de vermelho. A sala de jantar se tornou verde, e a cozinha, amarela. É incrível o que uma nova mão de tinta pode fazer. Eu fazia cursos e ia ao cinema. Acho que todos descobrimos forças ocultas quando é preciso e seguimos em frente com o que for necessário: tintas, sacolas de lixo, novos talheres, amigos para ajudar a limpar a bagunça.

Eu havia gastado muito tempo tentando manter Russell interessado no nosso casamento. Quando ele foi embora, usei um pouco dessa energia para fazer novas amizades. Ao perceber que não era preciso me esforçar tanto para que ele me quisesse, descobri que o mundo estava cheio de gente interessante.

Conheci Pam numa visita a um cemitério realizada por uma comunidade espírita de New England e guiada por uma amiga em comum. Eu adorava me ocupar e estava pronta para investigar ou fazer qualquer coisa, inclusive uma visita matinal a um cemitério, num fim de semana, para aprender sobre pessoas que acreditam que suas vidas são tão ricas depois da morte como durante a vida. Enquanto me mantinha ocupada, não pensava na implosão do meu casamento, no meu divórcio ou no futuro.

O cemitério de Forest Hills é bonito, com tantas árvores quanto sepulturas. Um casal gótico tirou centenas de fotos, escondidos atrás de túmulos elaborados e mausoléus. Uma moça magra e silenciosa andava ao nosso lado. Pam, esguia e com um olhar inocente, levantou as sobrancelhas. Ela era um pouco mais alta do que eu, com cabelos castanhos e ondulados. Tinha um ar despojado, mas cuidado — não com a intenção de fisgar um herdeiro rico de algum espírita, mas como se achasse que valia a pena estar bonita para o mundo.

Ela estava fazendo a visita sozinha, como eu.

— Você parece incrivelmente normal para esse grupo — disse ela.

— Incrivelmente — concordei. — Considerando que estamos visitando um cemitério numa manhã de sábado.

Caminhamos lado a lado, e, embora eu não tenha notado, gostei de estar ali com alguém, mesmo sem termos planejado. Acertamos o passo e passamos o restante da visita juntas. Creio que ela também gostou.

Todos os túmulos românticos — "querida esposa", "devotado marido" — faziam com que falássemos de nossas vidas. Estávamos numa situação semelhante: solteiras, mas determinadas a não caçar homens insatisfatórios em cemitérios ou em qualquer outro lugar.

— Eu gostaria de ser "querida" para alguém — disse Pam, com um suspiro.

— Antes de morrer — falei.

— Verdade. Não só para a posteridade.

O casal gótico passou rapidamente por nós. Descobrimos que a tia do poeta e. e. cummings mandara gravar o nome do sobrinho com letras maiúsculas contra o desejo dele.

— Sou jornalista — disse ela quando perguntei sua profissão.

Fiquei entusiasmada, como se saísse pela primeira vez com um homem e quisesse repetir a dose. Jornalismo era meu sonho perdido. Escrevi alguns artigos de viagens para o *New York Times*, mas parei, achando que, sem um diploma de jornalista, não conseguiria competir com repórteres que começaram a trabalhar em torno dos 20 anos.

— Eu invejo você — confessei. — É o que eu gostaria de fazer.

— É ótimo, mas nem tudo são flores. A gente viaja muito e recebe muitos telefonemas no meio da noite sobre crimes.

— Mas vocês podem nos contar tudo o que ocorreu no meio da noite. Nós só sabemos quando lemos o jornal durante o café da manhã.

— Em muitas manhãs, eu preferiria estar tomando café, especialmente se encontrasse alguém para me fazer companhia.

No fim da visita, parecia que já nos conhecíamos. Quando fomos pegar nossos carros, trocamos números de telefones.

— É melhor do que nos conhecermos num bar — brincou Pam, tirando uma folha do bloco e anotando seu telefone.

— Não sei se a maioria das pessoas concordaria. — Escrevi meu número no mesmo bloco. Apesar de estarmos no estacionamento do crematório, aquilo parecia um ótimo encontro. Relutei em ir embora, pensando que talvez nunca mais a visse.

Desde o início, ficou claro que Pam era uma romântica incorrigível. Ela mantinha um olhar distante quando falava, com esperança de realizar seu sonho de encontrar uma "alma gêmea".

— Alma gêmea? — perguntei na primeira vez em que ela usou o termo. — Como você definiria uma alma gêmea? — Cínica como sou, era difícil não revirar os olhos cada vez que ela usava essa frase.

— Alguém que eu considere como meu destino. Não acredito em intervenções sobrenaturais, mas sim na existência de alguém destinado a mim e vice-versa.

— Que ideia mais vitoriana!

— Eu sei, eu sei. Não posso fazer nada. Sempre fui cafona mesmo.

Nossa amizade se consolidou depois que passamos uma noite numa sessão espírita moderna numa antiga casa colonial, com a pintura descascada, num bairro residencial cheio de árvores. Uma primeira saída com uma nova amiga. Minha mãe, que estava me visitando, foi conosco.

Nada mais distante de um evento para pessoas solteiras do que uma sessão espírita.

Eu soube que realmente gostava de Pam quando o médium daquela noite, um homem pequeno e magro, de meia-idade, fixou sua atenção nela.

— Vejo um cavalheiro atrás de você, usando um chapéu de feltro. Será algum conhecido seu? Parece trazer uma bandeja de biscoitos para você — disse ele. Pam tinha grandes olhos castanhos e, embora fosse alta, tinha um ar franzino. Parecia um alvo fácil, mas eu sabia que não se convenceria de que o fantasma de um tio morto pairava atrás dela. Nossa visita era sociológica, não espectral.

— Não — respondeu ela, sem hesitação. — Não é ninguém que eu conheça. E sou alérgica a farinha de trigo.

— Dá para acreditar naquele sujeito? — perguntou quando saímos dali. — Quanta falsidade! E a senhora idosa na minha frente? Ele disse que tinha visto o marido dela, Frank. Imagine quanto dinheiro ela vem dando a eles ao longo dos anos para acreditar que Frank está se movendo furtivamente naquela sala empoeirada. Tudo não passa de uma fraude!

Ao voltarmos para casa, minha mãe disse:

— Gostei de Pam. Ela é cheia de energia.

O divórcio prosseguiu, assim como o negócio com a Lycos, que chegava à fase final. Eu vivia com as reservas que tinha no banco, pedia dinheiro emprestado aos meus pais e tentava não gastar mais do que podia. Ganhava pouquíssimo, e Russell levara seu alto salário consigo, portanto minhas finanças eram um desastre.

Mais tarde, desvencilhei-me da terapia de casal com Russell e Deedee. No início da primavera, me dei conta de que, ao me expor, eu ajudava Russell a preparar seu próximo relacionamento, servindo como laboratório para ele aprender e aprimorar suas aptidões interpessoais. No dia em que ele contou à terapeuta que eu não depilava as pernas com muita frequência, e que isso era motivo para um pedido de divórcio, Deedee não teve escolha senão dizer que ele estava sendo preconceituoso e que certamente também tivera suas imperfeições ao longo dos anos. Russell pareceu intrigado e concluiu que era improvável que eu desaprovasse algum hábito seu, mas que talvez ele fosse *um pouco* crítico demais e que seus julgamentos não tivessem beneficiado nosso relacionamento. No futuro, ele seria mais cuidadoso com os sentimentos alheios.

Durante uma sessão, Russell olhou para Deedee com um ar sério. Depois, virou-se para mim com um gesto de assentimento.

— Terapia *é* uma coisa realmente proveitosa — disse ele. — Estou aprendendo muito sobre mim. Fico pensando sobre o que falamos aqui e vejo que posso usar essas novas aptidões para não magoar os outros. — Virou-se para mim, sorriu e disse: — Obrigado por isso.

Eu deveria ter ido embora imediatamente. Mas ainda me sentia enfraquecida e atingida pelo passado e acreditava, erroneamente, que meu futuro também seria assim.

Numa manhã quente, quando saímos da sala de Deedee, ele me parou, pegou nosso cartão de crédito conjunto e cortou-o ao meio.

— Isso é alguma coisa simbólica? — perguntei. Quando ele tentou me dar o cartão e eu não peguei, guardou-o no bolso.

— Não — respondeu, sacudindo os ombros. — Eu queria que você soubesse que não estou mais usando o cartão.

No fim do que veio a ser nossa última sessão de terapia, Russell já estava no consultório quando cheguei.

Depois que Deedee falou comigo e ele me cumprimentou com seu típico movimento de cabeça insignificante, a terapeuta respirou fundo.

— Eu gostaria que vocês imaginassem um acordo ideal para o divórcio.

Quando Russell olhou para o lado, e não para mim, fiquei desconfiada.

— Estou falando de um acordo financeiro, não emocional — continuou Deedee, aproximando sua cadeira de mim. — O que você acha razoável? O que fará com que se despeça sem raiva nem ressentimento?

— Uma divisão igualitária — respondi. — Em termos de dinheiro, cinquenta por cento.

Russell quase pulou do sofá, deixando os cachorros de Deedee agitados.

— Cinquenta por cento de quê? Da *minha* empresa? Você quer cinquenta por cento da *minha* empresa? Você nunca se interessou pelos meus negócios. Quer ir ao escritório todos os dias também? Como você pode achar que ficará com uma parte da *minha* empresa?

Aquilo não me parecia uma terapia.

Peguei minha bolsa e levantei-me para sair, com a intenção de nunca mais ver Deedee.

— Espere um instante... — disse ela.

Fiquei ali, com a mão na maçaneta. Ela pegou um bloco e me perguntou, com toda a seriedade enquanto segurava uma caneta:

— Com base nas suas contribuições ao casamento e sabendo que nunca trabalhou nos escritórios da Conine, você acha realmente que tem direito a beneficiar-se financeiramente das ações ou de qualquer venda futura da empresa?

Olhei para ela. Deedee, Russell e os cachorros olharam para mim.

— Essa é uma pergunta relevante numa sessão de terapia? É melhor falarem com meu advogado. — Ao dizer isso, saí.

Eu estava trabalhando quando Grande Benny me ligou. Minha colega de trabalho estava atrás de mim, falando ao telefone. O sol entrava pelas janelas.

— Você está sentada? Porque... — Ele riu. — Porque... Que rufem os tambores... — Ele deu uma batidinha no fone. — Você, minha querida cliente, é uma mulher muito rica!

Meu acordo de divórcio chegava a mais de 10 milhões de dólares em ações.

Passei a semana seguinte em estado de choque. Mais um dia no tribunal e eu seria uma mulher divorciada. Uma divorciada realmente rica; sem filhos, mas com muito dinheiro. Poderia pagar minhas dívidas, poderia deixar meu trabalho. Poderia viajar. Poderia criar uma fundação. Poderia me recuperar bem. Poderia comprar um bebê no mercado negro. Poderia comprar dois bebês no mercado negro. E contratar duas babás. Nunca mais teria de ver Russell. Nem Grande Benny. Estava quase tudo terminado.

E assim foi. Chegamos ao tribunal bem cedo, um dia antes do meu aniversário de 37 anos, e esperamos numa sala cheia de casais separados por bancos, advogados e suas futuras vidas. Ninguém falava; desconfiei de que a maioria estava sonolenta e aliviada por parar de gastar tempo e dinheiro com esses advogados. Eu usava um vestido curto de seda azul. Grande Benny chegou mais perto de mim e disse que tinha gostado do vestido.

Fomos os primeiros a ser chamados naquela manhã. O juiz perguntou se desejávamos rescindir o processo, se desejávamos permanecer casados, se tomávamos essa decisão voluntariamente. Inclinamos a cabeça em sinal de assentimento, esforçando-nos para responder a todas as perguntas, evitando olhar um para o outro, loucos para dar o fora dali.

O juiz bateu o martelo na mesa e declarou-nos divorciados. Por um instante, eu não soube o que fazer. A gente dá um beijo de despedida no ex-marido quando é declarado o divórcio? Fica com um ar de alegria? Diz o que realmente pensa dele? Pisquei e fiquei parada ali até Grande Benny dizer para irmos embora, guiando-me pelo ombro até a porta.

No saguão, Russell e eu inclinamos a cabeça num aceno, como se tivéssemos sobrevivido a um duelo. Apertamos as mãos. Depois, demos um passo atrás.

— Boa sorte — falei.

— Para você também — disse ele.

Nenhuma cena dramática. Apenas passos ecoando pelo piso de mármore do tribunal ao sairmos em direções opostas.

O romance

Pam: — Não posso fazer nada. Eu acredito em almas gêmeas.
Beth: — Ah, doce Pam, quanta ilusão!
Carey: — O que vamos fazer com você?

Pam

Eu estava ferrada. Faltava meia hora para esgotar o prazo quando a conexão da internet no meu quarto do hotel em Vermont caiu. Desesperada, tirei e recoloquei o cabo do computador. Telefonei para a recepção. Era tarde demais para fazer alguma coisa; todos os outros quartos estavam reservados.

— Isso não pode estar acontecendo — disse, baixinho, para mim mesma, olhando para as palavras iluminadas na tela do meu laptop. A centenas de quilômetros da redação do *Washington Post*, eu provavelmente teria de ler o texto para algum assistente que o redigitasse.

A matéria era importante. O primeiro estado a abolir a escravatura estava a caminho de reinventar o casamento por meio de "uniões civis" entre casais gays de todo o país. Eu havia acompanhado a controvérsia por meses, ouvindo debates furiosos e recriminações pessoais que colocavam vizinho contra vizinho e religiosos conservadores contra casais gays.

"Por uma votação de 79 contra 68, o plenário fez mais do que consolidar a tradição independente de Vermont ao criar uma instituição paralela ao casamento, que reconhece legalmente um compromisso para a vida inteira entre homem e homem ou mulher e mulher. E redescobriram um termo: 'união civil'."

Era um momento histórico, mas minha matéria só seria publicada se eu pudesse enviá-la. Liguei para Carey, minha nova colega do *New York Times*, que trabalhava num quarto próximo ao meu.

— Carey, não sei o que fazer. Posso mandar minha matéria do seu quarto?

— É claro — disse ela. — Estou enviando a minha. Venha daqui a um minuto.

Fui até o quarto dela. Eu usava meias e sequer coloquei sapatos. Concorrentes e amigas, nós vivíamos à procura de notícias por toda a área de New England. Íamos juntas a cenas de crimes e conferíamos depoimentos em coletivas de imprensa, sem entregar muito. Aos poucos nos tornamos amigas.

Liguei o cabo de conexão à internet ao meu computador e olhei para fora. Uma pequena multidão saía de um cinema tradicional do outro lado da rua. Vários casais, com rostos risonhos e iluminados pelas luzes da antiga marquise, voltavam para casa de mãos dadas, passando por lojas feitas de tijolos e granito. O inverno rigoroso recusava-se a dar lugar à primavera; as árvores continuavam sem folhas e as calçadas, cobertas de gelo. E ali estávamos nós, duas mulheres solteiras na casa dos 30 anos, curvadas sobre nossos laptops, digitando sob um ar tenso.

Carey e eu estávamos envolvidas pelo romance dessa matéria: o desejo de casais gays unirem-se até a morte, na saúde e na doença, como qualquer outro casal. Eu não tive a sorte de encontrar alguém que se dispusesse a pensar numa união eterna. Muito menos a lutar por isso num tribunal.

Sentadas na beirada da cama de casal, esperamos minha matéria ser recebida e os editores ligarem. Uma caneca vazia de café e os restos de um sanduíche trazidos pelo serviço de quarto encontravam-se numa bandeja perto de um minibar. Quando vi os picles parcialmente comidos, lembrei-me de que não tinha jantado.

— Conheci uma pessoa — disse Carey, quebrando meu transe de fome. Seus lindos cabelos pretos eram completamente cacheados. Quando ela tirou um cacho que cobria seu rosto, vi um ligeiro brilho nos seus olhos, apesar do cansaço.
— O nome dele é Sprax, e estamos nos dando muito bem.

— Sprax? — perguntei.

— Um nome pouco comum, mas ele é inteligente e bonito. Estudou no MIT e é alpinista. Não sei... Vamos ver no que vai dar...

Dava para ver que havia mais por trás daquela história. Sua voz era calma, mas ela deu um sorriso matreiro.

— Ele sabe que vou tentar ter um bebê e aceitou bem a ideia. — Então, ela abriu um largo sorriso.

— É mesmo? E ele aceitou?

Carey tentara conhecer alguém pela internet antes de muita gente. Agora estava diante de outro plano de vanguarda.

— Como tentar ter um bebê? Com ele?

— Não, Pam — respondeu Carey, como se fosse uma pergunta idiota. — Encomendei uns frascos com esperma e estou pensando em usá-los. Na verdade, recebi os frascos no dia em que conheci Sprax.

Em seguida, ela explicou toda a parte técnica: os bancos de doação, as despesas, o procedimento. Era um mundo novo, afinal. Um universo onde gays podiam fazer votos perpétuos (pelo menos em um estado). Onde mulheres solteiras heterossexuais podiam coordenar carreira, relacionamentos e filhos. Um lugar onde muita gente ansiava pelo tradicional — amor, compromisso, família —, mas em que as formas de trilhar esse caminho se tornaram qualquer coisa, menos tradicional.

Percebi o alívio e a determinação de Carey. Basicamente, ela tinha conhecido dois homens, cada um com sua própria promessa. A urgência de tantas mulheres para fazer um novo relacionamento funcionar e ter filhos já não existia nela. Para mim, era um ato corajoso e um tanto radical.

— Posso conhecer Sprax melhor sem precisar adiar meu plano de ter um filho — disse ela.

Otimista e talvez idealista, eu não tinha desistido de encontrar um amor e, ao mesmo tempo, um pai para meus filhos. Imaginei se Sprax realmente aceitaria esse plano e ficaria com Carey a longo prazo, especialmente se ela engravidasse do doador de esperma. Mas não senti que tinha o direito de perguntar.

— Parece que Sprax e o doador 8282 são muito parecidos: altos, louros, intelectuais e interessados em tecnologia — falei.

— Você tem razão! — exclamou ela.

— Então vamos ver quem chega primeiro?

Nós rimos.

— Sim, acho que é isso aí — disse ela.

* * *

Aos 20 anos, eu imaginava que me casaria, teria cinco filhos e moraria numa fazenda em Vermont. Não ficou claro como conseguiria realizar esse sonho rural durante os 15 anos que passei trabalhando em jornais, fazendo matérias sobre assassinatos sangrentos, bairros arrasados por tufões e terroristas julgados por tentativas de uso de bombas. Eu sabia que queria um parceiro e que não poderia ter filhos depois de certa idade, mas não transformei isso numa prioridade.

Durante toda a vida, fui lenta para flertar, lenta para namorar e lenta para transar. Eu era uma menina tímida e estudiosa e me chamavam de "O Cérebro". Tinha olhos castanhos e profundos, cabelos cacheados e avermelhados, braços finos, pernas longas e seios pequenos, que, francamente, não cresceram muito com a idade. Meu nariz era torto e, até eu ser operada depois que terminei a faculdade, impediu que eu me considerasse mais do que "meio bonitinha", como uma amiga da infância disse certa vez, sem perceber como sua declaração doeu.

Eu era louca por meninos, apesar de nunca conseguir ter um. No ensino médio, Danny, que tinha uma voz rouca e cílios longos, conquistou meu coração enquanto competíamos pelas notas mais altas nos testes de matemática e soletração. Será que ele sairia comigo?

— Ele disse que você é inteligente demais — contou-me uma amiga. — E que gosta da Laura.

Laura tinha cabelos crespos e covinhas. Eu usava macacões com zíper que minha mãe encomendava na Sears.

Minha mãe me garantiu que o homem certo apareceria quando eu fosse mais velha. Ela se casou com meu pai aos 21 anos.

— Ah, querida, eles só estão intimidados — dizia, acariciando meus cabelos. — Muitos meninos têm dificuldade para lidar com meninas inteligentes. Além disso, ele é baixo demais para você.

Em outra ocasião, ela disse que o menino era alto demais. Minha mãe falava qualquer coisa para eu me sentir melhor.

Eu acreditava quando ela me garantia que um admirador estaria esperando por mim no "mundo real" e tentei não me preocupar quando passei pelo ensino médio e pela faculdade sem um namorado. Agarrei-me à esperança de que o homem certo apareceria diante de mim um dia, um príncipe encantado carregado de amor incondicional que surgiria subitamente. Como se minha mãe e eu o tivéssemos invocado.

Quando me formei em jornalismo, quase todos os homens com quem tive contato eram editores ou criminosos — e, mesmo que eu fosse desesperada ou louca o suficiente para sair com eles, minhas viagens e longas horas de trabalho não me davam muito tempo para uma vida pessoal.

Primeiro, trabalhei num jornal londrino especializado em commodities, que exigia que eu mantivesse contato com fontes que se assemelhavam aos metais que comercializavam. Conheci comerciantes de chumbo franceses com rostos cinzentos e ternos escuros, negociantes de ouro com unhas feitas e gravatas de grife e vendedores de platina com anéis chamativos e carros luxuosos, que ofereciam vestidos de noiva com adornos de seda e brilhantes. Eu me esforçava para decifrar os caminhos do mercado financeiro, mas tinha apenas 24 anos e não conseguia sequer equilibrar minhas finanças.

Depois, fui para Miami, onde gastava mais de duas horas para ir e voltar todos os dias de South Beach para uma redação quase sem janelas nas proximidades de Everglade, que mais parecia um escritório secreto do FBI. Então, Boston, onde notícias importantes me forçavam a cancelar jantares com amigos à noite e a faltar às aulas de remo no rio Charles pela manhã. A correspondência empilhava-se na mesa do meu quarto. As roupas não eram lavadas.

"Sinto muito mais uma vez" tornou-se meu refrão.

Quando a correspondência se avolumou, os convites para jantar diminuíram e comecei a faltar a todas aquelas aulas caras, deixei a redação do *Boston Globe*. Eu não estava cansada de ser jornalista, mas tirei os olhos do meu bloco de anotações e percebi que precisava começar a pensar se era tarde demais para ter tudo. Senti uma cutucada. Eu queria um amor, uma vida intelectual e filhos. Queria tudo isso, mas temia que não acontecesse. Assim como muitas amigas solteiras com carreiras.

— Sou como um avião voando em círculos, esperando o sinal para aterrissar — disse Clare, uma amiga britânica que dividira um apartamento comigo. Ela chegara a um alto posto numa firma de contabilidade internacional e passava férias nas praias da Tanzânia ou pedalando pelo Líbano. Era brilhante e chique e, a meu ver, inexplicavelmente solteira.

— Sabe o que dizem? — perguntei a ela. — Que a gente não pode ter um emprego, um carro, uma casa e um homem ao mesmo tempo. É preciso abrir mão de alguma coisa.

Pensei em como pagaria minhas contas, encontraria um homem e, teria um filho e um trabalho compensador ao mesmo tempo. Será que deveria arranjar um emprego como relações-públicas, que pagasse bem e me desse tempo para procurar um parceiro e ter um filho, comprometendo minha carreira de jornalista e talvez minha sanidade mental? Deveria me mudar para um apartamento mais barato para escrever e me concentrar mais em encontros amorosos? Cortei o café, mas mesmo assim não conseguia dormir, tentando coordenar todos esses fatores na cabeça enquanto meu estômago revirava.

Eu me sentia em casa em Boston, então trabalhei como freelancer até o *Washington Post* me chamar para fazer uma matéria, depois outra, depois muitas outras. O jornal se tornou meu trabalho mais fácil. Os editores eram inteligentes, profissionais e gentis, e finalmente consegui um salário e um contrato para trabalhar regularmente. Vivia a quilômetros das fofocas e da politicagem das redações; numa semana, eu estava conversando com a atriz que fazia Maria von Trapp no musical *A noviça rebelde* em Vermont; na outra, cobrindo um funeral da família Kennedy em Cape Cod. Eu podia terminar as entrevistas e chegar em casa a tempo para jantar. Podia trabalhar, encontrar um parceiro e ter uma família.

Enfim, aos 31 anos, com tempo para respirar, consegui escrever essa fase da minha vida.

Carey me ajudou. Por insistência dela — "Você precisa, *precisa,* mostrar sua foto para saberem como você é" —, postei uma foto minha no lago Walden em dois sites de relacionamento: JDate.com, para judeus solteiros, e Match.com, para todos os outros. Na foto, eu usava uma camiseta, carregava uma garrafa d'água e tinha um grande sorriso. "Aí está uma moça informal, que gosta de viver ao ar livre." Não daria muito trabalho. Era animada.

Imaginei colegas e vizinhos presenciando meu desespero, mas mantive o anúncio ali porque valia a pena correr o risco. Bastava de celibato. Eu tive um primeiro amor, alguns relacionamentos curtos e até duas transas de uma noite, mas nenhuma ligação duradoura.

Conheci um inventor arrogante, que preferia sushi a mim. Tomei alguns drinques com um homem cujos olhos não sossegaram nas órbitas durante uma hora — ele nunca me disse o motivo, e eu nunca perguntei. Saí com um comediante viciado em apostas, mas que detestava brincar fora do palco. Um maníaco-depressivo que tocava bateria e venerava os Guns N'Roses. Um médico com um cheiro esquisito, que falava tão baixo que eu mal ouvia o que ele dizia. E uma série de outros que preferiam se corresponder por e-mails anônimos a ter encontros reais.

Comecei a fazer aulas de cerâmica e a estudar judaísmo, me matriculei na academia, viajei para a Europa e o Oriente Médio, fui a festas e churrascos. Fazia tudo isso, embora acreditasse, ao meu modo piegas, que as coisas dariam certo e que eu encontraria um bom parceiro, vendo sinais de que as coisas seriam assim.

"Espere por amor e filhos", disse-me uma mulher desconhecida certa noite, no bar de um restaurante, enquanto eu esperava algumas amigas. Sem eu perguntar. Teria sido a forma lenta como eu tomava meu drinque ou um ar de solidão o que me denunciou?

As palavras daquela mulher ecoaram nos meus ouvidos durante dias: "As coisas virão a seu tempo."

Meses depois, uma entidade filantrópica judaica de Boston promoveu sua celebração anual para jovens líderes no velho Park Plaza Hotel. Um lugar onde meus pais e os pais deles poderiam ter se conhecido, com resplandecentes candelabros de cristal e varandas douradas. Um grande hotel da década de 1920, próprio para a ocasião. Liderança jovem. Até eu, que não estou entre as judias mais atuantes, compreendi o antigo código de relacionamentos: era um evento para solteiros, como o baile Matzo, em que jovens profissionais judeus conheciam profissionais judias para se casarem e terem muitos, muitos filhos judeus, deixando nossas *mamalehs* orgulhosas.

É claro que ninguém admitia. Nós não queríamos ser vistos num evento para solteiros, mas ali estávamos. Peguei uma taça de vinho tinto e passeei pelo salão em sapatos de salto alto pequenos para meus pés até ver rostos familiares: meu amigo Philip, professor de informática numa universidade local, e outro amigo, que trabalhava com organização comunitária. Eles discutiam política, e um homem à minha direita, que se apresentou como Adam, disse que admirava um político do sul de Boston com quem eu antipatizava.

Adam tinha olhos verdes com reflexos dourados. Os cabelos cacheados revoltos cobriam sua nuca, em oposição à camisa social engomada. Gostei da sua aparência.

Em geral, era difícil namorar judeus porque havia uma familiaridade instantânea que suscitava atrito, e não romance. Fazíamos suposições pessoais um sobre o outro, com discussões e interrupções como se fôssemos parentes. Se, por um lado, era bom e divertido dividir uma taquigrafia cultural, sermos judeus não significava que víssemos a fé da mesma forma ou que tivéssemos muito em comum.

Adam e eu discutimos, mas nossa química foi inegável. Na semana seguinte, li uma matéria interessante sobre um filme de intelectuais de Nova York chamado *Arguing the World*. Descobri seu número de telefone e perguntei se ele gostaria de assistir ao filme comigo.

Nosso encontro foi no Zaftig's, uma delicatéssen cara, cuja figura simbólica de uma mãe com peitos grandes e tornozelos grossos aparecia nas paredes e nos cardápios que ofereciam vinho Chardonnay com *blintzes*. Adam passou *cream cheese* num *bagel* e recostou-se no banco de vinil. Começamos pelo básico: cidade de origem (subúrbio de Chicago no meu caso; arredores de Pittsburgh no caso dele), irmãos (eu com um irmão mais novo; ele com uma irmã e um irmão mais novos). Parecia que ambos éramos próximos de nossas famílias.

— Depois da nossa última conversa, achei que você fosse... — Ele fez uma pausa. — Como dizer de forma gentil?

— Pode dizer. Tudo bem.

— Uma puta.

Levantei as sobrancelhas. Ele riu.

— Mas você não é.

— Obrigada.

Algumas semanas depois, após uma tarde de patinação no gelo no rio Charles, fomos ao apartamento dele. Deixamos os patins junto à porta da frente. Adam sentou-se numa poltrona larga na sala. Quando fui me sentar no sofá, ele agarrou minha cintura e puxou-me para seu colo. Fiquei por cima dele, demos uns amassos e a temperatura subiu. Só semanas depois tiraríamos a roupa.

Adam era um judeu legal, 37 anos, representante de vendas. Escrevia bilhetes de amor para mim com uma letra infantil e inclinada, assistia aos jogos de futebol americano do Pittsburgh Steelers e lia livros que não eram realmente livros, mas manuais de autoajuda como *Não se preocupe com coisas pequenas*. Perguntei-me se a divergência cultural — ou minha falta de interesse por esportes — permitiria que houvesse algum assunto na nossa velhice.

Ainda assim, eu estava pronta para entrar num relacionamento que levasse a casamento e filhos. Adam prendia na porta da geladeira fotos dele com os bebês dos seus amigos. Disse que queria ter um menino e uma menina. Eu gostei da ideia.

Naquele mês de novembro, fiz 33 anos.

"A vida é uma grande aventura com você. Tem sido uma jornada empolgante!", escreveu Adam num cartão de aniversário, onde se via um homem solitário em um caiaque, descendo uma cachoeira, com um arco-íris por trás, e a seguinte inscrição: "Meu anjo querido, somos como dois anjos silenciosos flutuando lado a lado, no ritmo de Deus e além do nosso mundo."

Naquele outono, ele havia me levado a uma pousada do século XIX, com jacuzzis, camas *king size* e uma adega com três mil garrafas de vinho. "Um lugar perfeito para casais em lua de mel, românticos e pessoas que procuram um santuário adulto", diziam os folhetos. Depois de uma boa caminhada pela manhã, sentamos em espreguiçadeiras para apreciar a vista espetacular da folhagem chamejante vermelha e laranja ao fim da tarde. Adam me puxou para seu colo.

— Tenho uma coisa para dizer... — Sua barba espetou minha bochecha. — Eu te amo.

— Eu também te amo — falei. Parecíamos turistas num anúncio da revista *Yankee*, com mantas xadrez por cima dos shorts cáqui e suéteres de lã irlandesa. "Adam deve estar falando sério", pensei. Ele era determinado demais para dizer uma coisa assim por impulso.

Tudo parecia ótimo, o que me deixou preocupada. Meu colega de faculdade, Kevin, disse que eu deveria relaxar enquanto tomávamos cerveja na minha varanda numa noite quente para aquela época do ano. Meu apartamento, no segundo andar, dava para um jardim que se estendia pela rua inteira ladeado pelos históricos prédios de tijolos com balaustradas de ferro batido.

— Adam é ótimo, mas estou feliz e angustiada ao mesmo tempo — falei para ele. — Tenho a impressão de que alguma coisa ruim vai acontecer.

Kevin sacudiu ombros. Ex-modelo, ator e bonito, ele tinha a franqueza realista típica de um rapaz criado no centro-oeste.

— Vai, mesmo.

— Como assim?

— Alguma coisa ruim sempre pode acontecer — disse ele.

— O quê? — Não era isso que eu queria ouvir.

— Só estou dizendo para você não se preocupar quando os bons tempos da sua vida chegarem ao fim, porque eles chegarão. Sempre chegam. — Kevin começou a sorrir. — Mas depois voltam. — Ele tinha sido capitão do time de natação e sabia muito bem como motivar os outros.

Acostumei-me com Adam, sua família, hobbies, amigos e com a vida que talvez eu tivesse para sempre. Entre um trabalho e outro para o *Post*, consegui passar um Dia de Ação de Graças com seus pais. Torcia por ele nos torneios de basquete nos fins de semana e saíamos com seus amigos casados, já com casa própria e filhos pequenos. Todos diziam que o adoravam e esperavam que ele não se afastasse de mim. Tomei isso como um elogio, e não como um aviso.

Até mesmo sua avó de 90 anos — que era frágil, mas brava —, tinha na sala uma foto nossa.

— Essa é Pam. Ela é nova — disse ela ao me apresentar a uma amiga.

"Então é assim", pensei ao sentir que me aproximava do que sempre fora a porta ilusória do compromisso. Minha família aprovava.

— Puxa! — disse a namorada do meu pai. — Ele é um partidão.

Um ano se passou, e livrar-me do trabalho na redação fez toda a diferença. Eu tinha tempo para sair com meu namorado à noite e nos fins de semana, via minhas amigas com regularidade, fazia cursos e raramente passava mais de uma ou duas noites na estrada para fazer matérias interessantes e, às vezes, desafiantes.

Carey e eu nos encontrávamos com frequência. No verão, cobrimos o trágico acidente aéreo que matou John F. Kennedy Jr., sua esposa e sua cunhada. Como outros repórteres, acampamos em frente à propriedade dos Kennedy em Cape Cod, com *paparazzi* escondidos em barracas, e fomos à praia em Martha's Vineyard escrever sobre as lápides de madeira encontradas junto aos penhascos. Mesmo com o corpo cheirando a suor, protetor solar e sal no fim do dia de trabalho, não conseguimos ver o local do acidente nem os destroços do avião dos Kennedy e pudemos apenas imaginar a tragédia. Longe dos nossos entes queridos, Carey e eu começamos a pensar na fragilidade da família.

— Atualmente, só penso em ter um filho, não nos riscos e temores envolvidos — disse ela enquanto esperávamos a barca para atravessar Vineyard Sound. Era um alívio compartilhar sentimentos depois de refreá-los no trabalho.

— Eu também não. Isso raramente me ocorre.

— Vamos falar sobre alguma coisa mais alegre. Diga-me que Adam manda tantas flores e bombons que você não pode mais ver chocolate na sua frente!

Fiquei comovida em ver como Carey se animava com minha vida amorosa, especialmente quando a sua estava instável.

— Não é assim, mas as coisas vão bem — falei.

Adam e eu ainda estávamos próximos. Próximos de uma maneira tão comum que me perguntei se eu estava errada em sonhar com uma festa de casamento na casa dos seus pais. Talvez ele simplesmente gostasse de estar comigo no presente e não pensasse sobre o futuro. Eu não sabia se estava na mesma situação, mas não queria pressioná-lo. Não queria ser *essa* namorada.

Certa noite, ele telefonou para minha casa depois do trabalho. Eu estava preparando espaguete para o jantar, lavando tomates e um punhado de manjericão dentro da pia. Minha cozinha dava para a sala, de pé-direito alto e chão de pinho claro, que brilhava ao sol durante o dia. O quarto e o pequeno escritório no fim do corredor tinham janelas francesas que levavam a um grande deque de madeira, onde eu plantava uma profusão de flores e lia o jornal durante as manhãs.

— Minha tia vai fazer um churrasco na sexta-feira — disse Adam.

— Que ótimo! Acho que não temos outros planos.

— Na verdade, talvez seja melhor você ficar em casa. Vou levar uns quarenta minutos para chegar lá e não vou demorar. Por que você não aproveita para ter uma noite de sexta-feira normal?

— Porque quero ver você. Essa é a minha noite de sexta-feira normal — falei, com sarcasmo. Prendendo o fone entre o ombro e a orelha, tirei a panela com água fervente do fogo.

— Eu sei, mas realmente não vale a pena. Eu vejo você no fim de semana.

— OK. Vou sentir sua falta.

— Eu também.

Fiquei intrigada, mas deixei passar. Na semana seguinte, ele se matriculou num curso de cerâmica. Não o meu, mas outro, em outra cidade. Falou que estava pensando em entrar para uma liga de beisebol, mas teria de mentir sobre sua idade e tirar a barba para parecer dez anos mais jovem. E comprou uma cama *king size*.

— Dá para dormir nela sem notar que há outra pessoa ali! — disse ele, exultante.

Ele ainda não fora a Chicago, minha cidade natal, não passara um fim de semana prolongado comigo nem me dera a chave do seu apartamento, embora eu dormisse com ele regularmente. Disse que tinha visto uns apartamentos novos com uma corretora e que estava pensando em comprar um conversível.

— Um dia, vou ter uma família, e um carro conversível não será nada prático — considerou.

Vou ter. Um dia. O alarme começou a soar mais alto na minha cabeça e se tornou ensurdecedor quando começamos a falar sobre nossos planos para o verão. Adam alugava uma casa em Martha's Vineyard todos os anos. Fiquei animada com a perspectiva das nossas primeiras férias juntos. Pensei nas lingeries que levaria e nas conversas que teríamos sobre o futuro.

Algumas semanas antes da viagem, Adam veio à minha casa depois do trabalho. Jogou a jaqueta e a mochila na cômoda do meu quarto e sentou-se na cama. Dei-lhe um beijo e ele sorriu. Enquanto soltava a gravata e tirava os sapatos, disse que precisávamos conversar sobre a viagem.

— É claro, querido. — Pensei que falaríamos sobre as reservas para a barca e o que deveríamos levar.

Ele disse que seu irmão também queria ir, com seu melhor amigo, Carl. Por mim, tudo bem.

— Você poderia passar os cinco primeiros dias comigo até eles chegarem — sugeriu, tirando o cinto e as meias.

— E eu teria de voltar depois de cinco dias? — Eu não sabia se tinha ouvido bem. Adam tinha alugado a casa por dez dias.

— Tudo bem? — perguntou, sem ideia de que havia alguma coisa errada no seu plano. Eu ficaria cinco dias e voltaria para casa sozinha. Ele não perguntou o que eu faria no restante do tempo, pois já tinha pedido férias no trabalho.

Eu podia ser sua namorada. Mas claramente não era o resto da sua vida.

— Não, na verdade não está tudo bem. — Levantei-me e saí enfurecida para o corredor, tentando conter as lágrimas. Adam ficou atônito. Seus recentes sinais de afastamento vieram à minha cabeça e não dava mais para ignorá-los. — Sinto que não tenho importância para você.

— Tem, sim — disse ele, chegando mais perto de mim. Eu caí em prantos.

— Você me separa da sua vida. É sempre "eu vou fazer isso" ou "eu vou fazer aquilo", nunca "nós". — Sentei-me no chão e puxei os joelhos para cima. — Melhor ir para Vineyard sem mim.

E ele foi.

Braços amigos me acolheram.

Kathy, uma das minhas companheiras de quarto na faculdade, era uma das mulheres mais bonitas que eu conhecia. Tinha pele clara e cabelos pretos, como uma Branca de Neve contemporânea, e um sorriso doce que não correspondia ao seu senso de humor obsceno. Na época da faculdade, ela gostava de homens e dizia que ganharia milhões escrevendo cenas de sexo violento. Depois de anos, encontrou a felicidade com uma mulher e um escritório de design gráfico, e continuou minha amiga.

— Querida, você nunca se envolve superficialmente com qualquer coisa, e isso inclui seus relacionamentos. Se ele não pode se comprometer, terá de enfrentar as consequências.

Ela tinha vindo de Maryland para me ver e fizemos compras no Filene's Basement como parte da minha terapia enquanto Adam estava fora. Caminhando pelo parque, passamos por cascatas de flores e plantas exóticas. Turistas esperavam numa longa fila para andar nos barcos com os grandes cisnes e um casal sorridente de recém-casados posava para retratos. Vimos um par de cisnes deslizando debaixo da ponte, esticando os pescoços um para o outro. Não deu outra: comecei a chorar e todos olharam para mim.

— Eu sei que você tem razão, mas é duro pensar em desistir dele e ficar sozinha mais uma vez. — Eu tinha me dedicado muito a esse relacionamento, e Adam era basicamente um homem bom, embora ainda precisasse crescer.

Depois, foi a vez de Anna, cuja opinião tive de respeitar dada sua boa sorte no amor. Ela era outra grande amiga da época da faculdade, uma grega sensual que vivia intensamente e não engolia muita bobagem. Casou-se com um homem mais novo, que pintou uma grande caixa de ovos com cenas dos primeiros encontros deles. Deu-lhe um piano no seu aniversário e seguiu-a do Maine a São Francisco, onde moram e trabalham atualmente. Ele sabia como conquistar o coração dela e sabia que não podia perdê-la.

— Eu sei que é difícil, mas você merece coisa melhor — disse ela num dos nossos telefonemas interurbanos.

Contei a Carey o que minhas amigas tinham comentado, e ela concordou. Era uma manhã nublada e esperávamos atrás do cordão de isolamento da polícia para uma coletiva de imprensa na cena de um crime no norte de Boston. Equipes de televisão prepararam câmeras e prenderam microfones em suportes improvisados. Carey me mostrou que eu tinha pulado um botão ao colocar a blusa. Ela também tinha corrido para chegar ao local, depois de um banho rápido, e seus cabelos ainda estavam molhados.

— Pam, acho que você não deve batalhar tanto por um homem que nem leva você para passar férias decentes — disse ela.

Eu sabia o que ela estava vivendo com Sprax, que eu conhecera ligeiramente saindo ou entrando da casa dela. Um homem alto, com cabelos louros e ondulados — em contraste com os cachos escuros dela — e um sorriso tímido. Ela havia conhecido Adam e gostado dele, mas queria me proteger.

— Imagine tomar decisões mais importantes com ele ao longo da vida — disse ela, olhando dentro dos meus olhos. — Decisões realmente *importantes*.

Adam voltou das férias em Vineyard e ligou para dizer que sentira minha falta o tempo todo. Olhava as estrelas na praia à noite e pensava em como teria sido romântico estar ao meu lado, percebendo que seu irmão podia ser um chato.

Depois, convidou-me para ir à sua casa. Parecia um momento decisivo, em que talvez eu finalmente conseguisse o que queria. Ele me recebeu com um abraço apertado e um beijo demorado, pegou minha mão e levou-me para o sofá. Um pequeno buquê de rosas vermelhas estava encostado nas almofadas.

— Sei agora que quero me casar com você. Quero ter filhos com você e, nesse meio-tempo, cuidarei do seu gato — disse ele, rindo. Explicou também que decidira ir a um terapeuta.

Não foi exatamente uma proposta de casamento. Foi mais uma proposta de fazer uma proposta.

— Isso é para você — disse, pegando no bolso uma cópia da chave do seu apartamento presa a uma pequena fita branca. — Espero que não seja tarde demais.

— Não é, se funcionar — falei. E ele riu.

Adam colocou a chave na palma da minha mão e fechou-a. Senti meu estômago e meus braços relaxarem. Eu poderia ser esposa e mãe em breve. Ele me entregou uma folha de papel com um texto que eu deveria ler em voz alta. Era uma lista de dez itens intitulada "Por que você é especial para mim", que incluía: "número 1: você me compreende"; "número 2: sabe ouvir"; "número 6: é ligada à família"; "número 10: sabe perdoar".

Apreciei sua honestidade. Aquilo era um progresso.

Meses depois, ao organizar alguns papéis na mesinha de vidro da sala dele, encontrei uma folha com meu nome. Abaixo do slogan azul e dourado da sua empresa, que dizia "Busque o melhor", Adam tinha feito uma anotação para ele mesmo: "Pam pode não ser a mulher mais bonita do mundo, mas tem bom coração e me ama." Bom coração. Meio bonitinha. Talvez fosse um exercício da terapia. Eu sabia que não deveria ler nada sem sua permissão, mesmo que estivesse à vista, mas não pude me conter. Quem se conteria? Não disse nada a ele, mas aquela declaração fria pesou no meu coração.

Lembrei das vezes em que Adam questionou minha dedicação à saúde e ao corpo, apesar de eu pesar 59 quilos, medir 1,74m e gostar de caminhadas e natação. Carey e outras amigas me diziam que eu podia ganhar um pouco de peso e meus pais falavam que sempre tive muita energia. Mas eu sabia, em certo nível, que não estaria à altura de Adam.

Ele era tão dedicado aos exercícios que meu padrasto, Patrick, professor de filosofia e de latim, deu-lhe o apelido de Sr. Fortão.

— Outro dia, pedi um sanduíche de peru, batatas fritas e Coca-Cola diet para o almoço, e Adam me chamou de "viciada em *junk food*" — contei a Patrick, que resmungou alguma coisa.

Mas não contei que tinha ido com Adam ao seu terapeuta. Ficamos sentados diante dele, em cadeiras separadas, num consultório forrado com carpete, onde havia uma samambaia artificial.

— Saúde é importante para mim — disse Adam. — E se Pam não se cuidar e chegar a 150 quilos?

O terapeuta olhou para mim e perguntou:

— Você cuida da sua saúde?

— Sim — respondi.

— Já foi gorda?

— Não. — Eu usava roupas 38 ou 40.

— Tem algum problema sério de saúde?

— Não.

Ele olhou para Adam, que continuava muito preocupado.

— Digamos que ela engorde muito — comentou o terapeuta. — Mesmo assim você a amaria... Não é?

Silêncio.

Em outra tarde, Adam e eu fomos à casa dos seus pais em carros separados, porque eu precisava voltar para casa cedo. Ele estava na frente, e, quando se aproximou do posto de pedágio, me veio à cabeça uma ideia mágica: se ele for o homem certo para mim, pagará por nós dois.

— E ele só pagou o próprio pedágio — contei para Carey, mais tarde. Foi uma decepção boba, mas com algum sentido.

Carey tinha todo o cuidado com qualquer um que tivesse sido magoado ou desapontado, mas era muito mais pragmática do que eu. Por trás da sua atitude gentil estava a força das suas opiniões, e isso não me escapou.

— Pam, você é tão inteligente. Por que está pensando como se pertencesse a uma tribo remota de uma floresta tropical? Por que está fazendo esse jogo com você e com seu relacionamento? — perguntou ela, impressionada. — Não entendo.

— Eu sei que parece bobagem, mas minha família sempre paga dois pedágios quando um está atrás do outro. É uma questão de gentileza — falei.

Perguntei-me se, um dia, Adam se comprometeria. Preocupou-me que ele se comprometesse sem me amar. Talvez as diferenças que aceitei no início do relacionamento não me trouxessem felicidade. Eu gostava de filmes russos e de acampar; ele gostava de futebol e do Club Med. Comecei a pensar cada vez mais em me colocar em primeiro lugar, esquecendo até mesmo a fantasia de formarmos uma família.

Alguma coisa mexeu comigo quando o *Washington Post* me mandou cobrir a primeira cerimônia de união civil, em Vermont. Contra as probabilidades em uma nação baseada no relacionamento homem-mulher, a lei foi promulgada. Dois homens declararam seu amor e compromisso mútuo à meia-noite, num gazebo do parque Brattleboro. Eles já viviam juntos; aquele era apenas o reconhecimento final e a aceitação pública.

No dia seguinte, ainda cedo, fui à outra cerimônia, numa igreja branca típica da região, onde dois outros homens, Declan e Kevin, fizeram seus votos. Rosas amarelas, cor-de-rosa e violeta perfumavam o ambiente enquanto o juiz de paz falava sobre união sagrada, amizade e expansão dos limites do amor.

— Declan, você aceita esse homem como seu legítimo companheiro por meio dessa união civil? — perguntou ele.

— Aceito — disse Declan.

— Puxa, e como aceito — acrescentou Kevin.

Os sinos da igreja tocaram minutos depois. Declan levou o companheiro nas costas até a caminhonete. Balões em forma de coração, com a inscrição "recém-casados", foram soltos do telhado.

— É mais do que eu esperava — disse Kevin depois que eles saíram, atordoados como quaisquer recém-casados. — Estou me sentindo o rei do mundo.

Era o que eu queria. Ser amada por alguém que gritasse que me ama, com alegria e sem hesitação — ou que deixasse óbvio para mim, de formas mais discretas, que não havia dúvida da sua devoção. Esses casais enfrentaram a lei, a sociedade e o preconceito para se comprometerem. Não foi fácil. Mas, quando estavam juntos, faziam tudo parecer simples. Era o que eu imaginava para mim.

Voltei depressa para casa. Adam chegara às suas próprias conclusões, e, assim que passei pela porta, ele as declarou:

— Não estou preparado para casar. Não tenho certeza da nossa relação.

Pensei que fosse vomitar. Senti que não tinha escolha e disse que poderia continuar a sair com ele, mas que também sairia com outros homens.

Um dia, pouco depois, quando paramos no sinal verme-lho de um cruzamento no centro da cidade, Adam e eu vi-mos um homem vir em nossa direção. Ele arfava e gritava. O homem olhou para Adam e perguntou:

— Você vai se casar com essa mulher? — Ele fez uma pausa. — Não, espere, já está decidido! Meus parabéns! Uma linda vida para vocês!

Ele não parecia louco. Usava um blusão fino e era um homem exuberante, barbeado e com um largo sorriso. Es-tendeu a mão para Adam e ele apertou-a.

Depois, olhou fundo nos meus olhos.

— Você sabe que é isso que quer — disse ele.

Virou-se para Adam.

— E você sabe que é isso que ela quer.

Apertei sua mão e ele se afastou, gritando para nós:

— Uma linda vida para vocês.

Adam ainda não sabia o que queria, mas eu sabia que para mim bastava. Três das minhas melhores amigas casa-ram-se no fim de semana seguinte. Aos 35 anos, optei pela mesa das solteiras. Adam e eu terminamos.

Os percalços

Pam: — Para alguém tão racional, você parecia obcecada.

Carey: — Eu tinha a impressão de que estava tentando ter um bebê e o mundo me atrapalhava.

Beth: — Obviamente, o mundo não sabia com quem estava lidando.

Carey

NA NOITE SEGUINTE À MINHA inseminação, Sprax mudou de ideia e ofereceu-se para me ajudar na gravidez. Nosso relacionamento continuava instável, mas ele disse que tinha decidido não ser tão "tímido".

Conversamos um pouco mais até ele concluir que havíamos esgotado o assunto. Eu tive de concordar. As conversas não esclareciam muito. Parecia que forças maiores estavam em ação e que era melhor calarmos a boca.

Aquela tentativa em setembro não deu certo. Senti-me aliviada. Foi decepcionante, mas pelo menos não precisaríamos de testes de DNA para determinar se o bebê era de Sprax ou do doador.

No mês seguinte, quando meu período de ovulação se aproximava, avisei a Sprax que sua "missão" ocorreria em poucos dias.

— Minha missão será com você — disse, num tom conquistador.

Mas seu trabalho numa nova empresa de softwares exigia muito, ele andava distante e eu tinha medo de que mudasse de ideia. Se mudasse, será que eu voltava para a clínica?

"Não este mês", decidi. Primeiro, precisaria curtir minha fossa. Muitas vezes, quando nos despedíamos, eu ficava tão encantada que um beijo se transformava em quatro ou cinco. E esse sentimento parecia mútuo.

"Devo estar insegura porque preciso dele", pensei. Não estou acostumada a precisar de uma coisa dele, uma coisa muito específica, e essa dependência me enfraquece. Se eu tivesse certeza de que ele quer ter um filho, as coisas estariam mais equilibradas. Preciso — lá vem o mesmo refrão — falar com ele sobre esse assunto.

Depois que menstruei naquele mês, nós conversamos. Recostei no travesseiro, virei-me para ele, sem olhar nos seus olhos, e comecei:

— Se você está pretendendo cair fora, não tem problema, mas é melhor dizer agora.

No início, ele não compreendeu.

— Cair fora? Pensei que tínhamos decidido que eu me envolveria até onde quisesse...

— Não, cair fora em relação ao bebê, se estiver incomodado. Você não tem tocado no assunto...

Ele ficou em silêncio por um instante; depois, virou-se para mim e nossos olhos se encontraram. Tentei manter um ar neutro, aceitando qualquer coisa que ele dissesse.

— Não — respondeu, finalmente. — Não quero cair fora. Vejo a coisa toda como uma ajuda a você.

— E eu agradeço muito. Sei que há uma inconsistência gigantesca, porque não estamos prontos para uma coisa tão séria assim.

— Não... É a coisa mais séria que um casal pode fazer. Talvez, nessa cultura capitalista, comprar uma casa seja mais sério ainda. Mas, pelo que entendi, o bebê será seu; só me envolverei até onde me sentir confortável. Embora eu possa contribuir para a criança frequentar uma boa escola no futuro...

Recusei a oferta com gentileza. Eu não podia fazer nada contra a pressão do tempo, mas podia tentar tirar qualquer outra coisa que pesasse sobre ele. A sensação vencedora de ter um doador de esperma se dissipava rapidamente. A cada dia, eu esperava que Sprax e eu ficássemos juntos e que ele fosse o pai do meu filho, não um doador anônimo.

Um dia, em meados de novembro, notei algumas gotas de sangue no papel higiênico; depois, naquela mesma manhã, havia um pouco mais. Minha menstruação só viria na semana seguinte, então podia ser uma menopausa precoce ou alguma coisa relacionada à inseminação — um sangramento causado pelo embrião aninhando-se no ventre. Parecia a hipótese mais provável.

Sentia-me encantada ao andar pela Home Depot com Sprax, imaginando se seria mesmo verdade e vendo um longo caminho pela frente: a criação de um filho. Eu ficaria muito agradecida. Falei a ele sobre o sangue. Sprax tentou me consolar, pensando que fosse um mau indício. Quando entendeu, nós nos olhamos com ar de felicidade. Podia ser um alarme falso, ainda que eu, de alguma forma, tivesse certeza de que era um indício significativo.

Nove dias depois, os testes de gravidez me enlouqueceram. Minha menstruação estava dois dias atrasada, mas as linhas nos testes eram tão fracas que eu não sabia se o resultado era positivo ou não.

Tentei outro teste, que também mostrou uma linha muito fraca. Como eu poderia ter certeza? Para piorar, comecei a ler na internet que níveis baixos do hormônio de gravidez HCG eram ruins para o embrião. Também me atormentava não me sentir diferente. Nenhum enjoo, nenhuma sensibilidade nos seios, nada.

— Imagino que seja como ter um câncer — disse a Sprax. — Todo tipo de coisa está acontecendo dentro do seu corpo e você não pode mudar nada, embora deseje desesperadamente um resultado específico. Mas não há o que fazer.

Ele me deu um abraço longo e apertado.

— Lembre-se de que o resultado, em geral, é uma criança normal e saudável — disse ele —, apesar de todas as coisas que dizem que pode dar errado.

Mas eu estava certa ao me preocupar. Meus níveis de HCG não subiram como deveriam e, quando completei nove semanas de gravidez, comecei a sangrar muito.

Foi uma semana depois do meu aniversário de 40 anos. Saber que eu estava grávida me ajudou a sobreviver a essa data terrível, e o dia foi bem prazeroso. Fomos esquiar em New Hampshire com Liz e seu novo namorado, Jeff, um cara esportivo, gentil e carinhoso, que parecia amá-la mais por sua extraordinária bondade do que pela extraordinária beleza dos seus olhos azuis — uma raridade entre os homens. Liz e eu estávamos radiantes de felicidade. Parecíamos ter conseguido o que mais desejávamos.

Passei a noite da sexta-feira seguinte na casa de Sprax e, pela manhã, vi um coágulo vermelho no papel higiênico.

— Acho que estou abortando — contei a ele, ainda sem chorar.

Ele ficou desanimado, mas se conteve rapidamente.

— Precisaremos tentar de novo — disse ele.

Liguei para o hospital. Uma enfermeira da ala de obstetrícia retornou minha ligação e, ao tentar me dar esperança, deixou-me ainda mais confusa. Num inglês pouco compreensível, ela disse que talvez não fosse nada. De qualquer forma, não se podia tomar providência alguma até a unidade de ultrassom abrir na segunda-feira.

No início da noite, tive um sangramento, e Sprax, mesmo exausto, levou-me para o hospital.

— Não precisa ficar comigo. Ficarei bem sozinha — falei.

— Eu ficaria pensando em você de qualquer maneira — disse ele.

Não havia muita coisa que os médicos pudessem fazer; os testes foram inconclusivos. O sangramento diminuiu, mas passei o fim de semana com medo de me mexer.

As coisas pareciam ainda mais tênues em relação a Sprax, mesmo que ele me apoiasse. Achei que perder o bebê o afastaria ainda mais. Seus amigos tinham dito que ele era louco por concordar com meu plano. Mas talvez ele também se afastasse se eu tivesse o bebê. Tudo era imprevisível. Talvez por isso eu quisesse passar o fim de semana sentada na poltrona azul da minha sala, olhando para o nada, desejando que a gravidez continuasse bem e tentando aceitar que muitas coisas realmente importantes estão fora do meu controle.

Na segunda-feira, o ultrassom mostrou que o embrião parara de crescer na quinta ou sexta semana. Encontrei Sprax na sala de espera e contei a ele.

Enquanto esperávamos o médico, ele me abraçou. E eu chorava.

— É tudo uma experiência de vida — consolou.

— Sim, e aprendi que é maravilhoso estar com você num momento de crise.

Bob, o obstetra, foi solidário, simpático, encorajador e tudo que você poderia esperar de um médico enquanto tenta não soluçar.

— Abortos são muito comuns — disse ele. — Durante nosso treinamento médico, aprendemos a não dar um tapinha no ombro das mulheres e dizer que elas podem engravidar novamente, mas realmente espero ver você em breve, em circunstâncias mais felizes.

Ele não mencionou minha idade avançada, o que foi gentil, considerando que abortos são comuns em mulheres mais velhas. Mas, quando toquei no assunto, ele disse que poderíamos fazer outros testes para checar se havia alguma coisa errada — como um desequilíbrio hormonal —, uma vez que eu sentia que tinha pouco tempo.

Fui trabalhar, mas não consegui disfarçar o que sentia. Quando o editor me chamou e me encomendou uma matéria, acovardei-me por motivos inteiramente pessoais pela primeira vez na minha carreira no *Times*.

— Não posso. Estou um desastre — disse a ele.

E fui para casa chorar na cama.

Na manhã seguinte, Sprax perguntou como eu estava.

Enrolei-me mais no lençol e respondi:

— Meio triste.

— Estou me sentindo um pouco vazio — disse ele. — Enquanto havia um bebê por nascer, eu me sentia fazendo ou criando alguma coisa, embora não estivesse tão empenhado no processo.

— Talvez você não estivesse criando um bebê, mas um amor — falei.

Ele olhou para o lado.

— Eu gostaria de entender todas essas coisas mais depressa.

Fiquei em silêncio. Tinha medo de que ele tivesse dado tanto de si que precisasse se afastar — talvez para sempre. Nesse caso, eu ficaria grata pelo tempo que durou. Havia muito que eu não dependia tanto de alguém, e Sprax se mantivera firme ali.

Na manhã seguinte, partimos para Balsams, um antigo resort em New Hampshire, famoso por ser o local onde é computado o primeiro voto durante as eleições presidenciais. Eu estava fazendo outra matéria de turismo para o *Times* e planejávamos aproveitar ao máximo os esportes de inverno durante o fim de semana.

Com esqui, patinação e pingue-pongue, tentamos nos divertir até eu cometer o erro de falar sobre nosso relacionamento durante o jantar no sábado. Era obrigatório o uso de paletó e gravata na antiga e nobre sala de jantar, e o terno cinza de Sprax ressaltava seus olhos azul-acinzentados. Mas sua aparência me fez sentir ainda pior, ainda mais destinada a perdê-lo.

— Sinto-me um verdadeiro fracasso — confessei a ele. — Estou apenas esperando outra catástrofe: você dizer que não quer ficar comigo.

Ele me acalmou, mas jamais entraria naquela conversa mole. Não disse que me amava, o que teria sido a coisa mais confortante. "Talvez não consiga dizer", pensei, "e não posso ignorar isso".

Tentamos jogar pingue-pongue, mas eu disse que estava triste demais e fui para a cama, onde chorei aos prantos. Sprax tentou me confortar e consertar o que tinha dito, mas disse a ele que eu provavelmente estava hipersensível. Naqueles dias, a melhor coisa para mim era dormir.

Uma semana depois, encontramo-nos em Utah para fazer trilhas e esquiar em Bryce Canyon e no parque nacional Zion. Ele estava doente e eu, tão deprimida que queria mais dormir do que viver. Mesmo assim, toda a beleza dos penhascos vermelhos do oeste me atingiu de forma mágica no fim da viagem e uma mínima sensação de felicidade começou a correr novamente pelas minhas veias.

"A vida é tão boa quanto sempre foi", disse a mim mesma. Só não ocorreu mais uma coisa boa que eu desejava. Mas há sempre esperança.

Brinquei com a ideia de dar um nome ao embrião perdido e plantar uma árvore em sua memória, mas a verdade é que eu o via como um monte de células que não tinham atingido seu potencial, não como um bebê perdido. Na internet, li histórias de mulheres que diziam que nunca se recuperariam da perda dos seus "anjinhos". Eu não era assim. Mas podia imaginar como os pais de bebês natimortos se sentiam — ou, ainda pior, pais de bebês que morriam depois de nascer. Era doloroso demais pensar naquilo. Havia todo um novo mundo de possíveis tristezas para os pais, que superava quaisquer outras perdas.

Duas semanas depois, Sprax foi demitido da instável empresa em que programava softwares. Pelo menos ele não teria de se preocupar em sustentar um bebê. Embora não fosse o responsável pela criação, era um alívio saber que sua demissão afetara somente a ele.

Parecia uma exorbitância: quase duzentos dólares por uma pequena e misteriosa máquina que supostamente diria mais sobre meu ciclo de ovulação do que os típicos bastões de farmácia que eu usava para determinar o período mais fértil do mês. Mas meu salário era bom e não havia nada mais importante para mim do que engravidar. Então, comprei o monitor de fertilidade Clearblue. Em abril, o primeiro mês em que o experimentei, percebi que não ovulava 15 dias depois do início da menstruação, como eu pensava, e sim 17 dias depois. Tive sorte por Sprax estar desempregado e ter bastante tempo para mim entre suas escaladas. Nós viajaríamos em momentos diferentes para o oeste, mas podíamos fazer mais uma tentativa antes.

No meu terceiro dia no Arizona, quando eu podia checar se estava grávida, percebi que não trouxera um teste de gravidez nem tinha um carro para ir a uma farmácia. Caminhei pelos cantos de vias barulhentas e cheias de carros, onde andar era tão impensável que sequer havia calçada ou faixas de pedestre, nem mesmo nos cruzamentos com sinais. Lembrei-me do meu mantra mais recente, um trecho de um poema de Emily Dickinson:

"Esperança" é uma coisa com penas...
Que sobe na alma...
E canta uma música sem palavras...
E não para nunca... De forma alguma...

Consegui chegar a uma drogaria. Voltei para o hotel e entrei no banheiro. Dessa vez, não houve dúvida. Uma linha azul e brilhante de "positivo" apareceu no lugar exato.

Sprax estava inacessível, subindo algum penhasco, então telefonei para minha melhor amiga, Liz, que, como eu, não demonstrou muito entusiasmo. É isso que um aborto causa: um teste de gravidez positivo não significa mais do que um início promissor. É melhor do que nada, mas longe demais de um bebê para nos envolvermos.

Naquela noite, tive um sonho fantástico. Eu estava subindo por escadarias precárias, quase como uma escada de incêndio, que levava até as nuvens. Era perigoso, mas minha mão segurava com firmeza a tromba de um filhote de elefante que subia comigo. A tromba cabia no meu punho, o que me lembrou da época em que minha irmãzinha Morgan estava aprendendo a andar e agarrava meus indicadores para se firmar. O filhote de elefante — definitivamente uma fêmea — fazia com que eu me sentisse confortada e acompanhada, embora não pudesse me ajudar.

Nos meses seguintes, esse sonho me ajudou a acreditar que tudo daria certo nessa gravidez e que eu teria uma filhinha robusta.

Terminada sua obrigação comigo, Sprax estava mais livre do que nunca para viver como um alpinista, explorando os melhores penhascos do oeste e arranjando bons parceiros. Conheceu caras durões, que subiam montanhas havia vinte anos, e partilhou histórias em volta da fogueira. Seus músculos aumentaram; os cabelos, descoloridos até um tom louro esbranquiçado, chegavam quase até os ombros. Parecia esses homens bronzeados e fortes que estampam capas de romances baratos, com alguma coisa diferente e assustadora.

Mas seu dinheiro estava acabando. Um amigo de um amigo ofereceu-lhe um trabalho num escritório, adiantando o fim da sua vida de alpinista. Ele tremia ao pensar em ficar preso atrás de uma mesa de novo. Creio que, embora tivesse cumprido sua obrigação mensal durante meu período de ovulação, eu era cada vez mais uma prisão para ele, uma outra força que conspirava contra sua liberdade.

Nesse meio-tempo, marcaram meu check-up de 12 semanas de gravidez para meados de junho. Tudo parecia estar indo bem. Um ultrassom feito na sexta semana tinha mostrado o coração pulsante do embrião. Mas eu estava muito nervosa; tinha ouvido falar de mulheres que esperavam livrar-se do medo de um aborto e poder contar a todos que estavam grávidas apenas para descobrir que o batimento cardíaco do feto desaparecera.

Sprax decidiu fazer uma última escalada em New Hampshire em vez de ir ao exame comigo. Eu disse que era estranho ele preferir escalar a ter a experiência única de ouvir o batimento cardíaco do seu primeiro filho.

— Você acha que estou fugindo? — perguntou ele.

É claro que eu achava.

— Se estiver, eu compreendo — respondi.

Tudo correu bem no check-up. Bob pôde ouvir o batimento cardíaco imediatamente e disse que meu útero estava grande e perfeito. Foi um alívio imenso.

Sprax telefonou à tarde para perguntar como as coisas tinham corrido. Depois, não telefonou durante seis dias.

Finalmente, deixei um recado no seu celular, perguntando se ele estava bem. Ele só retornou a ligação na manhã do dia em que pensava em voltar.

Tentei ser compreensiva, mas não consegui.

— Tenho passado longos dias nesses penhascos e fico acampado à noite — disse ele.

Não era o Himalaia. Era New Hampshire.

Eu sabia que meu pouco tempo para engravidar o deixara numa posição desfavorável, pressionado a se comprometer. Mas o problema era a maneira como ele me tratava.

Afinal, eu estava grávida do seu filho e, mesmo assim, ele não quis me telefonar durante uma semana.

Quando ele voltou naquela noite, as palavras que saíram da minha boca foram:

— Se quer ir embora, por que não vai?

— Não posso separar a forma como tenho tratado você da pressão que sinto para assumir um compromisso. É tudo uma coisa só. — Ele também disse que não queria ter filhos e família ainda e que não sabia se um dia iria querer.

Para ele, eu já tinha decidido que nos separaríamos. Não era verdade, mas eu entrava inexoravelmente por esse caminho.

— Preciso de um homem que fiquei comigo — disse a ele. — Estou com medo. Preciso de pessoas com as quais eu possa contar. Preciso que você se importe um pouco comigo. Estou com você, mas não me sinto amada, e isso me deixa infeliz. É mais fácil ficar sozinha do que estar com alguém que não me ama.

— Não posso me derreter de amor por você; no momento, estou sentindo outras coisas e não tenho um interruptor que eu possa ligar e desligar — disse ele.

— Ficar comigo bloqueia você de alguma forma?

Ele pensou por um instante.

— A vida com você é boa e fácil. E talvez por isso eu não esteja tão ansioso.

Eu ri.

— E isso é ruim? Então, qualquer coisa será ruim. Se a vida fosse ruim comigo, isso também seria motivo para reclamar.

E continuamos a discutir. Ficamos sentados no sofá, sem elevar a voz; eu tinha as pernas encolhidas até o peito. Perguntei o que ele realmente queria; ele respondeu que queria fazer alguma coisa criativa, ficar rico e mudar-se para o oeste. Então, perguntei por que ele não se mudava para o oeste imediatamente. Defensivo, ele explicou que uma coisa era se divertir por lá, outra era mudar-se realmente. Mas disse que, se soubesse que nos separaríamos, teria planejado tudo dois meses atrás. Agora queria estar aqui para o nascimento do bebê.

Nós nos separamos oficialmente. Minhas lágrimas iam e vinham. Ele empacotou todas as coisas que guardava na minha casa. Comemos batatas assadas. Eu o abracei, com dor no coração, e subi para dormir. Na manhã seguinte, seus sapatos enormes não estavam mais em frente à lareira; ali estavam os meus, organizadamente enfileirados.

— Tenho vontade de procurar Sprax e dizer que cometi um erro terrível — contei à Liz. — Mas acho que minha única esperança é deixar que ele viva um pouco sem mim e, então, decida que é melhor ficar comigo. Uma coisa é certa: sinto falta dele. Nunca o amei tanto quanto agora.

Continuamos separados. Eu não sabia se era a coisa certa, mas a tensão entre nós diminuiu muito. Nós nos víamos como amigos uma ou duas vezes por semana, quando ele estava por perto, e apenas nos abraçávamos.

Sprax quebrou o tornozelo em uma escalada, sofrendo também um corte na coxa, que resultou em vinte pontos. No dia em que saberíamos o sexo do bebê, tive de arranjar uma cadeira de rodas no hospital para empurrá-lo até o consultório do obstetra. Ele segurou minha mão enquanto coletavam, com uma agulha, o líquido amniótico no meu útero, e observamos, pelo ultrassom, o bebê se contorcendo no ventre.

Bob disse que as medidas pareciam "perfeitas". Que beleza ouvi-lo dizer "perfeitas"! Não era o que se deveria esperar de um bebê que chegava tarde na sua vida, mas, naquele momento, foi a melhor palavra do mundo.

Duas semanas depois, a geneticista ligou para meu escritório no *Times*. Minha pele ficou arrepiada, mas ela disse imediatamente que tudo estava bem e que teríamos uma menina. Foi incontrolável: saí do meu pequeno escritório para a antessala, onde estava minha assistente, Julie Flaherty.

— É uma menina! — gritei. — E ela está bem!

Julie começou a pular e a gritar também:

— É uma menina! É uma menina! É uma menina!

Eu queria uma menina. Não só porque imaginei que me ligaria mais naturalmente a ela, mas porque o envolvimento de Sprax era pouco claro. "De certa forma", pensei, "se ele for um pai muito ausente, será menos pior para uma menina do que para um menino". Eu seria seu modelo de mãe e meu pai, uma presença masculina na sua vida, o que bastaria. Um menino talvez precisasse de mais masculinidade do que eu poderia oferecer.

No fim de julho, saí em licença do *New York Times*. Para minha grande sorte, recebi a bolsa Knight de jornalismo científico do Instituto de Tecnologia em Massachusetts (MIT), que permite que jornalistas experientes tirem um ano de licença para fazer qualquer curso, como ouvintes, no MIT ou em Harvard. Para mim, foi a chance de passar do mundo de crimes infindáveis e de política que eu cobria para o que achei que seriam notícias mais refinadas e relevantes.

Meus colegas de redação organizaram uma festa para mim, com uma falsa manchete num jornal que dizia "Carey larga o mundo cão para perambular pelas ciências", o tradicional presente de despedida. Foi uma comemoração estonteante, ainda mais porque circulava pouco ar na sala abafada da minha casa. Os dois grandes jornalistas que dividiam o escritório comigo estavam lá: o extraordinário crítico de literatura Richard Eder e o fantástico colunista Tony Lewis. Sprax apareceu, levando vários amigos e colegas. Leram o jornal em voz alta, e eu ri até não poder mais. Mas o melhor da festa foi quando, calmamente, joguei a bomba de conversa em conversa:

— E estou grávida de quatro meses...

Ainda assim, eu sentia certa angústia. "Em que fui me meter?", perguntava-me. Quanto mais eu lia sobre criar filhos, mais tentava aceitar que perderia quase toda a segunda metade dos meus estudos como bolsista, porque meu tempo se dividiria em cuidar da minha filha e dormir nas horas vagas.

Eu sentia falta de Sprax, mas não havia razão para acreditar que as coisas seriam melhores se voltássemos. Eu esperava, no fundo do coração, que ele não tivesse um caso sério com outra mulher por muito, muito tempo.

Um dia, encontrei-me com uma antiga namorada dele, seu caso mais longo, e começamos a trocar figurinhas.

— Não dá para depender dele — avisou-me ela. — É bom se preparar para cuidar da sua filha sozinha.

— Ah, eu sei. Não tenho medo de que ele me desaponte. Só tenho medo de que se apaixone tanto pelo bebê que lute para ter sua guarda ou coisa assim.

— Não, não... — disse ela, assegurando-me. — Sprax é um homem decente e nunca faria uma coisa dessas.

As aulas começaram. Usei roupas largas nas duas primeiras reuniões informais com os nove outros bolsistas. Eu ainda não estava pronta para aparecer como mãe solteira.

Finalmente, durante um almoço com frutos do mar, expus minha situação ao distinto diretor da bolsa de estudos, Boyce Rensberger.

O homem quase engasgou com um rolinho grande que tinha posto na boca.

Desculpei-me por saber que não estaria tão presente na segunda parte do curso quanto gostaria, mas jurei que tentaria tirar o máximo dessa experiência e faltaria o mínimo possível. Ele foi extremamente gentil e perguntou se não haveria possibilidade do pai da criança e eu nos acertarmos.

— Acho que não. Mas vou me arranjar bem sozinha — respondi.

Em algumas ocasiões, senti-me deprimida com a coisa de ser mãe solteira. Outras mulheres tinham maridos amorosos, que ficavam com elas na hora e depois do nascimento, mas eu, de certa forma, "Não Era Boa o Suficiente". "A única coisa pior, do ponto de vista evolutivo, seria não conseguir ninguém para me engravidar", pensei, e eu havia chegado bem perto disso. Apesar de toda minha força e minha independência de mulher moderna, isso ainda doía.

Embora Sprax estivesse disposto a ir comigo ao curso para gestantes no hospital, que duraria o dia inteiro, ocorreu-me que talvez ficasse sozinha na hora do parto. Eu me encontrava num rio em que a única saída eram quedas-d'água perigosas, que possivelmente enfrentaria sozinha. Pensei em convidar Morgan e Liz, mas talvez a sala ficasse muito cheia se todos viessem.

— Você não compreende. Tenho medo de assistir a um parto — disse Sprax, o homem que escalava encostas de mais de 60 metros de altura. — Quando eu era adolescente, falava-se muito de pais que desmaiavam. Creio que, sob certo aspecto, sou um homem da década de 1950. Meu pai nunca presenciou um parto... E parece tão doloroso... Tão extremo...

Coloquei um anúncio no jornal russo de Boston, procurando uma babá, e recebi uma montanha de respostas. Por fim, conheci Leeza Titova, uma ex-engenheira aeronáutica da Ucrânia, da minha idade, com dois filhos praticamente crescidos. Havia alguma coisa sólida nela e no apartamento impecável onde morava com o marido e os filhos: um bom contraposto à situação um pouco menos formal da minha casa. Contratar Leeza foi uma das decisões mais certas que tomei.

Eu engordava a olhos vistos. Pesava quase 15 quilos a mais e ainda faltavam dois meses para o fim da gravidez. Meus cabelos também cresceram, mais bonitos do que nunca, e minha pele brilhava. Não tive diabetes nem problema de gengiva, apenas um caso moderado de hemorroidas.

Uma noite, sonhei que me olhava no espelho e me via magra, mas não conseguia lembrar porque não estava mais grávida. Esse sonho fez com que eu notasse como era importante, para mim, provar a Sprax que eu podia ter um bebê saudável.

Certa noite, quando estávamos na minha cozinha após irmos ao cinema, Sprax pôs a mão na minha barriga enorme, com a esperança de sentir um chute. Como não sentiu nada, tirou a mão.

— Tenho receio de tocar em você — disse ele.

— Não precisa ter.

— Virei aqui mais vezes.

Sprax e eu assinamos um contrato. Pedi emprestado a Sally, uma amiga que também era mãe solteira, o modelo de um contrato de pai sem compromisso e conversei com uma advogada, que cobrou duzentos dólares por hora para me atender. Ela insistiu, descrevendo cenários improváveis, que seria melhor que eu fizesse Sprax assinar um termo abrindo mão de todos os seus direitos como pai.

— E se você casar com um homem cujos benefícios sociais só possam ser repassados a sua filha se ele a adotar legalmente? — perguntou ela.

Mas não aceitei.

— Sprax teve coragem para gerar esse filho comigo. Ele é o pai, a não ser que decida o contrário. Não vou pedir que assine um termo desses — respondi.

No fim, Sprax e eu lemos e concordamos com o documento, mas nunca chegamos a registrá-lo em cartório.

Nós nos encontramos numa madrugada para assistir à chuva de meteoro Leônidas numa península escura. Sem nos tocarmos, ficamos deitados no alto de um morro, examinando o céu. Foi maravilhoso; vimos riscas de luz no céu escuro a cada um ou dois segundos, seguidas de um amanhecer furtivo sobre as rochas e a água. Tentei fazer um pedido às estrelas cadentes — saúde e alegria para o bebê —, mas não me pareceu uma boa hora. Havia estrelas demais.

Sprax jurou que se lembrava dos elefantes que sua mãe vira no zoológico quando ele ainda estava na barriga dela e disse que perguntaríamos à nossa filha, quando ela crescesse, se lembrava dessa chuva de meteoros.

Mais tarde, enquanto tomávamos um chá escaldante na mesa da cozinha, falei sobre a escalada que ele faria no México duas semanas antes do dia marcado para o bebê nascer. Era provável que estivesse presente na hora do parto, expliquei a ele, mas não podia compreender por que ele queria correr esse risco.

Fez-se silêncio.

— Eu sei que parece loucura — disse ele —, mas me aborrece saber que não sou muito necessário.

Tive vontade de gritar de raiva, mas apenas juntei as mãos sobre a mesa e me inclinei para frente com toda a calma. Falei que eu havia planejado como cuidar do bebê 24 horas por dia e só queria saber até que ponto ele participaria.

— Pretendo estar presente e quero sustentar vocês. Ainda tenho muitos sentimentos de culpa por concordar em ter um filho com você e não conseguir me comprometer. Estou me sentindo um irresponsável.

A última coisa que eu queria que ele sentisse era culpa. Culpa podia levar a um afastamento.

— Não. Você me fez o maior favor que qualquer um poderia fazer.

Quando nos abraçamos e nos despedimos, eu quis dizer que o amava, mas só dei um beijo no seu rosto.

Escolhi os nomes Liliana, em homenagem à minha avó Lillian, e Isa, em homenagem à minha mãe. Sprax concordou.

Dias antes da data marcada para o parto, afundada nos estudos de ciências do MIT e de Harvard, escrevi um ensaio sobre o significado cósmico do bebê que estava para nascer.

Relacionei Liliana à grande cadeia de vida surgida alguns bilhões de anos atrás, às primeiras células eucarióticas e, há bilhões de anos, à formação das estrelas nas quais surgiu o carbono do seu corpo.

"A essa cadeia ela se une", escrevi.

(...) e, com seu nascimento, a Vida triunfou novamente, fazendo marchar para o futuro um ser de cada vez. A Vida triunfou sobre todos os tipos de forças físicas — as poucas chances de um esperma alcançar um óvulo, as poucas chances de uma mulher da minha idade gerar um filho e as ínfimas chances de uma única célula desenvolver-se corretamente e transformar-se num pequeno ser lindamente formado por vários trilhões de células, todas no lugar correto e servindo à função correta...

O futuro é o que o bebê carrega. Em um planeta já superlotado, com seis bilhões de pessoas, às vezes me surpreende ver que todos consideram um nascimento um evento feliz. Podemos argumentar que o mundo não necessita de mais uma pessoa. Mas o fato é que talvez necessite dessa pessoa. Esse pequeno ser chega trazendo esperança, cheia de promessas. E causa alegria porque é uma viajante mínima, embarcando em uma grande aventura, e sabemos um pouco quão maravilhosa pode ser essa aventura. Conhecemos muito do que ela encontrará: a beleza das árvores, das águas e dos céus deste planeta e as alegrias da mente, do corpo e da alma, do amor pelos semelhantes e, também, o sofrimento e a tristeza.

Por outro lado, não sabemos como sua jovem vida se cruzará com a vida turbulenta do mundo como um todo; sabemos apenas que, com todas as nossas falhas, toda a nossa preguiça, toda a falta de objetividade, todos os adiamentos, temos uma espécie de segunda chance. Talvez o que não fizemos, ou o que não fizemos corretamente, a próxima geração faça, e talvez possamos criá-los para serem melhores do que nós — pelo menos há essa esperança. Pelo menos essa criança marchará em frente e talvez chegue a algum lugar.

O que não significa que o principal objetivo de uma criança seja corrigir nossos erros e se tornar melhor do que nós. O objetivo da criança é simplesmente existir, ser amada, cuidada e ensinada. Minha única verdadeira esperança para Liliana é que ela ame o mundo e ame sua própria existência nele.

Sprax telefonou duas vezes enquanto estava no México, de uma cabine telefônica a uma hora de caminhada da base da escalada.

— Acho que você e Sprax realmente se amam — disse Liz.

— Pode ser, mas isso não significa necessariamente que devamos ficar juntos — falei. — Mas sinto muito carinho por ele.

Liz estava no limbo de seu relacionamento com Jeff, o aventureiro. Amava-o muito, mas não sabia se poderia suportar as falhas que existiam no relacionamento.

Não pude lhe dar conselho algum.

Passou o dia em que Liliana deveria nascer. Depois passou outro. E outro. Meus pés incharam de tal modo que era impossível reconhecer as veias ou os ossos. Quando olhava para eles, lembrava-me de patas de cachorro ou de gato. Todos me telefonavam tanto que deixei uma mensagem na secretária eletrônica dizendo que a previsão para a chegada do bebê naquele dia era "não iminente".

Sprax voltou do México com tempo de sobra. Ia sempre à minha casa e passou a usar meu velho *pager*, da época do *Times*, para ser encontrado assim que o trabalho de parto tivesse início.

Nós conversávamos muito na mesa da cozinha à noite. Ele me contou que, quando era pequeno, andava sem rumo e se perdeu tantas vezes que seus pais puseram uma pulseira de identificação no seu pulso para quem o encontrasse.

— Como o mundo era simples naquela época! — comentei. E que menino levado, sempre saindo do berço, andando a esmo e fazendo artes incríveis. "Talvez algumas pessoas evitassem compromissos porque tivessem um temperamento de andarilho, uma natureza livre arraigada nos seus ossos", pensei. A mãe de Sprax me contou que aos 9 meses ele já saía do berço. No MIT, ele trocou o curso de física por computação e, depois, por neurociência, incapaz de se manter preso a uma disciplina. A doutrina mórmon, com toda a sua força, não conseguiu mantê-lo. Ele não tinha ressentimento das instituições ou das pessoas de quem fugia. Ele só precisava ir embora.

Finalmente, decidimos induzir o parto. Passei meu último dia em casa, lendo a *New Yorker*, dormindo e comendo pizza com refrigerante de uva. Liz veio de Washington, Sprax chegou, e Morgan também — com seus cabelos pintados de preto em contraste com os olhos azuis e a pele clara e perfeita, ela se encaixara bem, durante anos, na cultura livre de Seattle, mas o nascimento da sobrinha foi suficiente para trazê-la de volta ao preconceituoso leste. Ela se mudara recentemente para Boston, em parte para ser uma tia engajada.

Estávamos todos perplexos. Nenhum de nós passara por aquilo. Não sabíamos o que dizer. Sabíamos apenas que seria uma experiência intensa e muito diferente.

A Equipe do Nascimento — Sprax, Liz e Morgan — levou-me para o hospital às seis horas da manhã. Recebi a medicação intravenosa e os remédios para iniciar o trabalho de parto. Minha barriga tinha quase o tamanho da bola de exercício que tínhamos trazido para ajudar no parto. O monitor mostrava as contrações, mas eu não sentia nada. No meio da tarde, a bolsa d'água rompeu no momento em que me levantei para ir ao banheiro, mas nada aconteceu. À noite, senti dores e pedi uma anestesia epidural, mas o efeito não parecia durar muito e eu pedia mais. Imaginava um líquido anestésico branco descendo pela minha coluna, mas começava a gemer de novo cerca de uma hora depois.

Liz e Morgan seguravam minhas pernas enquanto eu empurrava; Sprax massageava meus ombros e costas em vários pontos, como se tentasse fazer o bebê nascer observando meu esforço. Eu não queria que ele ficasse ali, vendo minha vulva raspada, mas, àquela altura, toda a vergonha desapareceu.

Pela manhã, os médicos disseram que se eu não progredisse na próxima meia hora deveria considerar a hipótese de uma cesariana. A cabeça do bebê parecia presa e, embora não houvesse sinal de sofrimento do feto, o parto estava se prolongando muito. Empurrei, empurrei e empurrei; depois, concordei em fazer a cesariana, com pena de desistir, mas contente por ver tudo aquilo terminar logo.

Os médicos aumentaram a dosagem da anestesia epidural para a cesariana, mas eu podia sentir os violentos movimentos, como se estivessem puxando todos os meus órgãos para fora do corpo. Tive tremores fortes. Meus dentes batiam e me distraíram. Sprax segurou minha mão durante todo o tempo e, ao olhar por cima dos lençóis, foi o primeiro a ver Liliana.

— Ela é perfeita — disse um médico assim que ela apareceu. Quando ouvi seu choro, minhas lágrimas escorreram e meu coração transbordou de amor, como se eu dissesse: "Você está aqui. Você está aqui!"

Fora um percurso muito longo, sem muita garantia de que ela e eu chegaríamos ali.

Mais tarde, Liz disse que "perfeita" foi a palavra que também lhe ocorreu ao ver Liliana pela primeira vez. "Essa menina teve um início pouco ortodoxo", ela pensou, "mas é perfeita e linda, será rodeada de amor e terá tudo o que necessitar. A vida não tinha de ser convencional para ser maravilhosa".

— Ela é grande — disse alguém. A balança marcou quatro quilos e cem gramas.

Sprax foi o primeiro a segurar Liliana. Embalou-a com as mãos enormes. Depois, deitaram-na junto de mim e me tiraram da sala. Diante daquele rostinho desconhecido e querido, senti as lágrimas rolarem. Que engraçado não a conhecer e amá-la tanto. "Ah!", pensei. "Então era você dentro de mim esse tempo todo!"

Ela não se parecia comigo; era igual a Sprax. E era tão *nossa*.

A transferência

Beth: — Achei que estava pronta. A transferência daqueles frascos foi um ato de esperança.

Pam: — Não era o ideal.

Beth: — Não.

Carey: — Mas era uma esperança. E eu estava pronta para entregá-los.

Beth

Pouco após o divórcio, cheguei à casa da minha amiga Marie para um passeio de bicicleta. Ela e o marido, Jake, moravam ao norte de Boston, perto de Middlesex Fells, num paraíso para ciclistas. Um ano antes, Jake havia vendido o software que ele desenvolvera e tornara-se um homem rico. Ofereceu-me um café e perguntou se eu tinha visto a revista *Boston*, a mais importante publicação mensal da cidade.

— Não — respondi.

Ele me passou o exemplar e mostrou-me a manchete.

— Respire fundo primeiro — avisou.

"Primeiro o amor, depois o dinheiro: divórcios poderosos de Beantown", dizia a matéria.

Lá estava eu, na página 124, entre os divórcios de Summer Redstone e do sujeito que criara a Staples. De repente, minha separação tornou-se manchete de revista.

O artigo me retratava como a parte prejudicada, a esposa abandonada. Mas isso era relativamente bom.

— Jesus, como vim parar aqui? — perguntei, olhando para Jake.

— Continue a ler.

Eu havia mantido em segredo os detalhes do meu acordo, pois não queria lidar com as reações do meu chefe e dos meus colegas.

O maior fofoqueiro do escritório no qual eu trabalhava me recebeu na manhã seguinte, mais afirmando do que perguntando se eu havia visto a revista, achando que poderia espalhar a notícia.

Outras pessoas apenas levantaram as sobrancelhas, balançaram a cabeça para mim ou esfregaram o indicador contra o polegar. Fechei a porta do meu escritório. Minha colega que trabalhava ali comigo aproximou-se em sua cadeira.

— Não se deixe intimidar — disse ela.

— Eu fiz o que pude — expliquei, deixando meu corpo cair na cadeira. — São dez horas da manhã e preciso de um drinque.

— O melhor que posso oferecer são biscoitos de chocolate, mas estou disposta a beber qualquer coisa. Podemos manter a porta fechada o dia todo. — Afora ir ao banheiro, foi o que fiz. Evitei todo mundo, sentindo-me completamente exposta. Passei a ser a garota do fundo do corredor que ganhou na loteria.

E como a revista *Boston* conseguiu os detalhes picantes?

Nunca descobri. Ninguém me entrevistou nem pediu permissão para publicar coisa alguma. Mas tenho minhas teorias de quem forneceu as informações.

Pensei em processar a revista, mas eu só queria viver minha vida — ou descobrir o que era minha vida àquela altura e aprender a vivê-la.

Eu podia ir a qualquer lugar. Fui a Paris; depois, à Califórnia. Podia ser quem eu quisesse. Coloquei um piercing no umbigo. Fiz uma tatuagem. Tive vários namorados.

Passei uma semana com minha avó naquele verão. Ela, que lutava pelos direitos das mulheres, era artista, ex-cliente de Margaret Sanger e residente de Santa Cruz e Laguna. Plantamos flores e falamos sobre a importância de ser independente.

— Vó — falei, limpando os canteiros sem olhar para ela —, se eu não conhecer ninguém em tempo hábil, e acho que não conhecerei, vou ter um bebê por conta própria.

Minha avó tinha artrose e diabetes. Sobreviveu a três tipos de câncer e enfrentou muita coisa que poderia derrotá-la, mas usava camisas havaianas estampadas e seu otimismo era inabalável. Ela largou a pá, sentou-se num dos degraus de pedra do seu bangalô e pôs as mãos nos joelhos.

— Meu bem, não desejo a você o trabalho de criar um filho sozinha, mas, se é isso que quer, é isso que quero também. Você é forte o suficiente. Eu era uma menina quando tive sua mãe e não me arrependo, mas lembro-me de que, no dia em que voltei do hospital com ela no colo, pensei: "O que vou fazer com uma coisinha tão frágil?"

— Você se saiu bem — comentei, podando uma roseira e entregando-lhe um botão de rosa amarela, que ela colocou atrás da orelha.

— Você também se sairá bem.

Ali, no jardim da minha avó cheio de roseiras e com uma palmeira plantada por ela, declarei que decidira ter um filho. E, mesmo que falar não tornasse a ideia real, era um progresso.

Continuei a procurar meios para me redefinir. E encontrei. Além da tatuagem e do piercing, eu meditava, corria quilômetros ao longo do rio Charles, andava em trenós puxado por cães e ia a concertos. Fumei maconha e fui a um acampamento de surfe para meninas. Eu estava feliz. Sentia-me como uma Vênus erguendo-se em Boston para chegar à luz. Passei a gostar de mim, apesar de ainda cometer erros. Eu era alguém que, em certo momento, teria um filho.

Eu queria coisas altruístas para esse filho — como amor, um mundo sem guerra e uma mãe que encontrasse bons parceiros amorosos —, mas também queria que ele tivesse segurança financeira. Eu não podia evitar uma guerra, mas podia contar com uma boa conta bancária. Ou pelo menos foi o que pensei.

Então, a bolsa de valores despencou, levando junto a Lycos. Eu tinha contratado péssimos consultores e mantive-me tempo demais no mercado de ações. Felizmente consegui resgatar um terço do dinheiro investido. Foi um choque, mas um choque suportável.

Eu ainda era rica. Mas havia mudado? E o que teria me mudado? O divórcio? O dinheiro? Eu emprestava e dava dinheiro, mas meus beneficiários não se tornaram milionários. Conseguiam apenas pagar suas dívidas. Eu não era mais uma mulher preocupada com minha conta bancária. Era um alívio ter uma situação estável, mas a mudança ainda parecia estranha. Sempre trabalhei. Tive empregos estáveis e vivi na corda bamba como funcionária temporária ou freelancer, mas agora poderia dizer adeus ao mundo do trabalho.

O mesmo acontecera com Marie e Jake. Ele possuía apenas uma caminhonete Ford quando abriu sua primeira empresa, mas vendeu sua terceira empresa por uma fortuna. Eles tinham vivido confortavelmente durante anos, mas, de repente, a conta bancária cresceu vertiginosamente. Marie era uma boa amiga e achei que ela daria bons conselhos.

— Você acha que devo dar presentes mais extravagantes agora? — perguntei a ela, pedalando por uma trilha em Winchester Fells. Passamos horas pedalando pela reserva, sob sol e chuva, atravessando as trilhas de terra. Parecia mais Vermont do que um subúrbio de Boston. — Que percentagem vocês doam a entidades filantrópicas? — Fiz uma curva e subi uma inclinação cheia de pedras. — Estou confusa. Sempre fui uma profissional, sempre cheguei meu extrato a cada vez que depositava ou tirava algum dinheiro para ter certeza de que poderia pagar a conta de luz. Como uma divorciada rica deve agir? Devo me sentir diferente? Devo começar a pagar o jantar de todos os meus amigos? Eu me sinto esquisita.

— Preste atenção na trilha — gritou ela atrás de mim —, se não vai quebrar o pescoço e gastar tudo que tem com despesas hospitalares. Pense da seguinte forma: seus amigos estão contentes com a sua sorte, mas não querem que você esfregue isso na cara deles.

* * *

Pam e eu continuamos amigas. Éramos uma dupla incomum: a romântica e a cínica, a sílfide e a atleta. Mas gostávamos de conhecer o mundo e tínhamos horários flexíveis. Numa viagem para o norte do Maine, fomos a uma boate de *strip-tease* como parte da pesquisa para uma possível matéria sobre a economia local. O lugar cheirava a fumaça, cerveja e suor. Os homens chegavam ao estacionamento em *snowmobiles* com motores mais barulhentos do que a ensurdecedora música dentro da boate. As dançarinas eram muito, muito jovens. Algumas sequer tinham 20 anos. Peaches, uma morena meiga que usava uma peruca loura, disse que seus salários e gorjetas mal cobriam alimentação e aluguel. Quase todas eram mães e acabavam falando sobre seus filhos.

— Sou tudo que a minha filha tem — gritou Peaches por cima da música pulsante e através da fumaça. — Isso não significa nada para mim — disse ela, com um gesto em direção aos homens que esperavam para vê-la dançar.

Um bêbado caiu dentro do seu camarim, derrubando a cortina de contas. O segurança, namorado de Peaches, mandou-o de volta para o bar aos empurrões. Peaches passou por cima dele.

— A gente faz o que precisa fazer — disse ela. Pegando um boá cor-de-rosa na penteadeira e ajeitando a peruca, ela passou pela cortina para começar sua próxima dança.

Quando saímos do bar, percebemos o silêncio repentino. Ouvíamos apenas o barulho da neve sendo amassada por nossas botas. O céu estava muito escuro. Respiramos fundo e sentimos o ar frio da noite em contraste com o bar superaquecido e pouco ventilado.

— A gente faz o precisa fazer — repetiu Pam, olhando para mim.

— Acho que fazemos qualquer coisa quando temos filhos — falei, destrancando o carro.

Pam viajava constantemente e corria para cumprir seus prazos de trabalho.

— Eu gostaria de voltar ao jornalismo — disse a ela quando voltamos do Maine. Sem escrever desde que me formei, sentia-me como uma aluna abordando a professora.

— Então anote o nome da minha antiga editora — disse Pam, sem hesitação. Eu estava dirigindo e tive de fazer um malabarismo para segurar o celular e a caneta.

Parei o carro. Aquela era Pam. Ela não sabia se eu escrevia bem, mas sabia ajudar, mesmo em uma profissão altamente competitiva.

— Vou ligar para ela e dizer que você vai procurá-la.

Telefonei para a editora. Ela resolveu arriscar, por eu ter sido recomendada por Pam, e escrevi minha primeira matéria. Muitas outras se seguiram. Encontrei uma nova carreira. Em geral, eu escrevia para o caderno local do *Boston Globe* sobre assuntos excêntricos: parte da prata de Paul Revere encontrada no porão sujo de uma igreja unitarista; o esgoto de Boston convertido em fertilizante para os laranjais da Flórida; processamento de peixes; um hangar com mísseis Nike abandonados nas ilhas Harbor.

Minha vida era pouco convencional. Deixei meu emprego no The Mind/Body Medical Institute e me tornei uma divorciada freelancer, mais uma para as estatísticas, mas eu não me importava. Numa manhã de abril, revirei minha caixa de joias e encontrei minha aliança de casamento. Como Russell não acreditava na indústria do casamento, compramos alianças simples numa joalheria barata. Quando saí para dar uma corrida, enfiei a aliança no bolso. Corri até um parque que margeava o rio Charles, diminuí a velocidade e peguei a aliança. Olhei-a brevemente e joguei-a o mais longe possível no rio lamacento. A luz do sol refletiu nela, que brilhou até desaparecer sob a água. Um remador que viu tudo olhou para mim. Sorri e continuei a correr.

Russell fizera um favor ao insistir em comprarmos alianças baratas. O prazer de vê-la desaparecer na água escura foi muito superior ao seu valor.

Se havia momentos em que eu queria companhia, na maior parte do tempo me sentia bem, muito bem.

Então, chegou o final do ano. Havia tanta gente na casa dos meus pais no Dia de Ação de Graças que, não fazendo mais parte de um casal, precisei dormir no sofá. Comi muito recheio de peru, escondi-me atrás do celeiro para fumar e tentei não cair no chão no meio da noite.

— O que você vai fazer no Natal? — perguntou-me Pam.

Dei um riso de zombaria.

— Minhas unhas. As manicures são budistas. Talvez comece uma nova seita para judias solteiras.

— Pode contar comigo.

A véspera de Natal é estranha para judeus. Sem planos para a noite, decidimos ir a Brookline para uma sessão de "encontros rápidos" entre judeus num centro de cabala.

— Pelo menos não vamos pedir comida chinesa e ver um filme de Woody Allen — brincou Pam.

— Talvez fosse melhor — comentei.

Ela suspirou quando entramos no centro de cabala, que estava lotado de pessoas de 20 a 30 anos, ou mais, que se olhavam e se julgavam. Havia queijos, vinhos e *bagel*. Muitos olhos alertas. Oito encontros com judeus, oito minutos para conversar com cada um. As conversas eram interrompidas abruptamente e passávamos para os próximos parceiros. Senti-me como uma menina de colégio dançando uma quadrilha.

Enquanto nos movimentávamos pela sala, entre o quarto e o quinto encontro, parei na frente de Pam.

— Acho que para mim chega — falei. — Você tinha razão. Bastam três minutos. Três minutos para decidirmos se queremos ver uma dessas pessoas de novo. Três minutos para iniciarmos um debate político. Três minutos para nos cansarmos. Três minutos para querer fugir.

Saímos e fomos jantar num restaurante tailandês. Não era exatamente comida chinesa, mas também não era o ideal.

Houve momentos, durante o jantar, em que a solidão pareceu tão fria quanto aquela noite em New England. Lembro-me de que olhei pela janela de vidro e, da mesma forma como achamos que o mundo inteiro está fumando quando queremos parar de fumar, achei que havia apenas casais na rua. As luzes de Natal brilhavam na noite clara.

Ajeitei a echarpe quando saímos do restaurante, sentindo frio.

— Talvez tivesse sido uma boa ideia sair com dois daqueles caras do cabala.

— Uma má ideia — disse Pam. — Há alguém esperando por nós. Mas não no centro de cabala. — Uma eterna otimista. Eu só queria encontrar um corpo quente e ser beijada debaixo de um azevinho.

Nós nos separamos e voltamos para casa.

* * *

Decidi encontrar um amor. Os "encontros rápidos" com judeus, os bares, os ex-namorados de amigas e uma série de conversas pela internet não deram certo, então paguei 2 mil dólares a uma mulher chamada Zelda, especialista em arranjar os melhores partidos. A primeira opção foi um banqueiro republicano que só saía do escritório para dar uma volta no seu Miata pelos arredores de Wellesley; depois, houve um cirurgião divorciado, que se mostrou tão cansado nos nossos três primeiros encontros que tive vontade de estalar os dedos diante do seu rosto.

Mas eu não estava inteiramente comprometida com esse projeto. Entremeei minha busca com namoros passageiros. Um rapaz de 21 anos, extremamente sexy, que era manobrista na nossa garagem. Um amigo de uma colega que me convidou para ir a Chicago e me levou a um jogo do Cubs. Um relações-públicas que mantinha um calendário Hooters ao lado da cama. Um encanador. Um apresentador de um programa de televisão. Dei um fora no meu professor da faculdade, que estava em turnê para divulgar seu livro e me disse que tinha tesão por mim desde os meus 19 anos.

Minha vida era superficial, e eu sabia. Mas era uma fase. Uma fase engraçada. Um hiato do mundo sério. Nenhum processo na justiça, nenhuma responsabilidade pelas emoções dos outros. Roupas bonitas, corpo sarado e bronzeado. Sexo pelo sexo, não por romance ou por um futuro. Um bom drinque e um bom jantar. Um cachorro-quente num jogo de beisebol.

Mas essa não era toda a história. Eu estava disposta a me abster de tudo sob uma condição. Eu estava disposta a crescer de novo, pesquisar a fundo meus motivos e reconhecer que poderia haver mais na vida. Se eu pudesse ter a experiência mais elementar da vida, correria feliz para o futuro. Sem buscar muito fundo, sabia que desejava a coisa menos superficial e, ao mesmo tempo, mais e menos egoísta do que qualquer outra. Desejava, muito mais do que sabia, ter um filho e não ter esperado demais.

Eu havia perdido o prazo do meu projeto de ser mãe e me encaminhava para a idade tão temida pelas mulheres: 40 anos. Não me preocupava mais em usar anticoncepcionais, mesmo com parceiros completamente inadequados. Isso foi um alarme, um marco, uma clara indicação de que eu não podia mais ignorar meus motivos. Precisava ser proativa em vez de contar com a falha de um anticoncepcional para construir um futuro.

Para ser honesta, devo admitir que considerei todos os homens com quem dormi como possíveis doadores de esperma. Mas todos tinham seus defeitos. O que considerei com mais seriedade foi o manobrista sexy do estacionamento, que queria ser piloto de caça, mas ele nunca soube que eu pensava assim. Às vezes, eu perguntava a um amigo, numa experiência, se ele se interessaria em ser pai do meu filho. Todos se mostravam agradecidos, mas nenhum aceitou a proposta.

Foi então que entrei no grande mundo da doação de esperma, onde há infinitas possibilidades e infinitas escolhas.

Um jornalista freelancer tem oportunidades ilimitadas para procrastinar. Se sua matéria estiver pronta no prazo, ninguém se importa com o que você faz em frente ao computador. Então, passei horas procurando doadores nos bancos de esperma e considerando quais, entre todos aqueles, poderiam ser o pai biológico do meu futuro filho. Eram listas de milhares e milhares de doadores jovens e (assim se diziam) saudáveis. Alguns eram jogadores de rúgbi, outros eram estetas esguios. Homens atléticos, inteligentes, que gostavam de cachorros, ornitólogos, treinadores de cavalos, nadadores olímpicos. Uma coalizão variada de judeus, muçulmanos, vegetarianos e caubóis que podia ser comparada aos doces franceses: todos eram lindos, mas não podiam ser tão bons quanto pareciam.

No fim de agosto, Pam teve um momento brilhante como casamenteira. Certa tarde de um dia abafado, que deixava todos grudentos de calor, tentamos em vão amenizar a umidade bebendo dezenas de copos de limonada gelada e afundando a cara numa vasilha de água fria no seu pequeno terraço, cuja vista mostrava árvores e vagas de estacionamento. Comentei que era difícil escolher um pai para meu filho entre os milhares de doadores de esperma disponíveis.

— Um etnomusicólogo que adora *rottweilers* e é sócio de um hotel em Fiji? — perguntei a ela. — Ou um sensível professor de jardim de infância que cuida dos sobrinhos e formou-se na Cordon Bleu? Um jogador de futebol ou de *hacky sack*? Um PhD em glaciologia que é ótimo em matemática? Ou um voluntário do Peace Corps que fala um zulu razoável? Quero um homem com covinhas? Com cílios longos?

— Gostei da ideia de Fiji e das covinhas. Algum tem uma vila na Toscana? — Pam levou seu laptop para o terraço, com mais uma jarra de limonada. — Vamos pesquisar?

— Dei minha senha e ela entrou no site Xytex. — Incrível! As escolhas são infinitas. Quase avassaladoras.

Suspirei. Logo depois, suspirei mais uma vez.

— Não que eu seja avessa à ideia de um doador com uma vila em algum lugar, mas talvez meu filho nunca conheça o pai. *Mi casa no es su casa*. É como um casamento arranjado pós-moderno. Você escolhe o homem que quiser, mas não o conhece: só tem um filho dele.

— Não é um arranjo perfeito.

— Não. Não é perfeito. Mas que casamento é perfeito? É um compromisso, certo? — Havia um misto de alegria e depressão na minha busca. Eu podia ter o que quisesse, mas o preço a pagar era ter menos do que desejava.

— Acho que conheço alguém que pode ajudar — disse Pam. — Minha amiga Carey tem uns frascos extras de esperma.

Não é a resposta que todos procuram, mas, para mim, funcionou.

Carey estava na sala com Liliana, um bebê louro que dormia num berço portátil naquela noite de chuva torrencial em que nos conhecemos. Vi vários tatames no chão da sala, que estava completamente bagunçada. "Essa poderia ser eu", pensei ao notar mamadeiras jogadas pelo chão, brinquedos espalhados e pilhas de livros infantis. Essa mulher parece feliz.

— Sei que é uma forma estranha de nos conhecermos — disse ela, fazendo-me entrar e sentar no chão ao seu lado —, mas você é amiga de Pam e isso é o suficiente para mim. E eu adoraria que alguém usasse os frascos de esperma. — Carey ia direto ao assunto. — Além disso, achei ótimo conhecer alguém que tomou a mesma decisão que eu.

Senti-me à vontade com Carey, sentada no chão da casa daquela família de duas pessoas. Depois que fizemos um chá, ela tirou Liliana do berço e encostou-a, sonolenta, no seu peito. A chuva caía com força. Havia refrescado um pouco; o fim do verão encaminhava-se para o outono. Passamos uns minutos caladas, olhando para Liliana.

— Ela é incrível, não é? — perguntou Carey. Uma pergunta, e não uma afirmação, como se ela estivesse surpresa com a existência da própria filha. — Não sei se contaram para você como Liliana chegou aqui, mas Sprax e eu só estamos ligados através dela. — Ela beijou a cabecinha do bebê e a palma da sua mão. Pam me contara pouca coisa, mas preferi não dizer nada. Carey disse que Sprax concordara em ser pai da sua filha e que ela ainda tinha os sete frascos de esperma do doador 8282, congelados em Arlington. Enquanto conversávamos, Sprax chegou, encharcado após voltar do trabalho de bicicleta. Carey e ele se cumprimentaram com frieza. Carey beijou a cabeça de Liliana. Sprax subiu com ela.

— Ele gosta de viver ao ar livre — disse ela. — Você também faz trilhas, não é? Talvez você e Sprax se dessem melhor.

Notei uma foto de uma mulher sorridente, de cabelos encaracolados, sobre a lareira. Carey disse que era sua mãe.

— Só lamento minha mãe não estar aqui para participar — disse ela.

Como ela precisava fazer algumas coisas na rua enquanto Sprax estava em casa, tomamos o chá rapidamente. Antes que eu fosse embora, ela me deu um monte de livros sobre mães solteiras.

— Parece opressor — falei, aprontando-me para ir embora. — É estranho tomar essa decisão assim, com base em leituras e em alguns frascos congelados de esperma. Não é bem o que eu tinha em mente. Pensei que haveria pelo menos uma cama nesse processo.

Carey sacudiu os ombros.

— Eu tive uma cama, mas não durou. É minha filha que importa, não como ela chegou aqui.

A cozinha dela era uma bagunça. O pai da sua filha não era tudo que ela esperava. Mas Carey tinha essa família quase perfeita, um ótimo emprego, uma incrível babá russa e um pai dedicado. Eu acabara de conhecer aquela mulher, mas ela tinha tudo que eu queria, até o esperma para fazer as coisas acontecerem. Carey e eu concordamos que, se eu fizesse uma doação para uma instituição que cuidava de crianças, os frascos seriam meus. Fácil assim.

O doador não me satisfazia por completo. Eu queria cabelos pretos e olhos azuis. Ele era louro. Queria um homem alto, mas não com 1,95m. Queria um homem engraçado, algo que, pela descrição, ele não parecia ser. Ele gostava de cachorros pequenos, futebol e queijos italianos, o ponto que mais me entusiasmou. Porém, gostei de Carey imediatamente, e ela tinha aprovado o 8282.

Agradeci e aceitei os frascos.

O limite

Carey: — Você parou de sonhar com um amor?
Pam: — Parei de acreditar que ele aconteceria a tempo de eu ter um filho. Mas nunca parei de acreditar que encontraria um amor.
Beth: — Apesar de todas as evidências?

Pam

EU ESTAVA SEGUINDO OS CONSELHOS da minha falecida avó, Ruth, uma judia frágil como um passarinho, típica dos anos 1950, que preparava um picadinho de fígado como ninguém. Ela dizia que eu nunca encontraria um príncipe encantado enquanto trabalhasse em casa, vivesse num bairro de gays, fizesse ginástica numa academia feminina e tivesse aulas de cerâmica num estúdio cheio de mulheres.

— É assim que você espera encontrar um namorado, se casar e ter filhos? — perguntava ela. E fazia uma pausa para efeito dramático. — Creio que não.

Passei a frequentar uma academia comum. Fiz aulas de violão à noite e procurei um apartamento para alugar do outro lado do rio, em Cambridge, onde universidades e cafeterias estavam cheias de novas possibilidades. Queria que um homem realmente me conhecesse, queria envelhecer com ele, viajar pelo mundo e formar uma família. Queria encontrar um amor pelas mesmas razões que tantas outras mulheres, acreditando que ele tornaria a vida a dois mais satisfatória do que viver sozinho.

Só não sabia como. Você faz o amor acontecer ou ele acontece a você? O que fugiria ao meu controle por mais encontros amorosos que eu tivesse ou por mais degustações de vinho em que me inscrevesse? Seria possível encontrar meu verdadeiro amor num encontro de cinco minutos, num evento para nudistas ou numa aula de dança?

Nos momentos de desânimo, minhas amigas e eu dividíamos histórias esperançosas: a colega de trabalho que conheceu o marido num trem, na ida para o trabalho, ou a vizinha que teve o primeiro filho aos 44 anos. Falávamos sobre novos encontros, lembrando que não devíamos mencionar as duas palavras que começavam com "c": compromisso ou (nem pensar!) crianças. Devemos falar de qualidade, não de quantidade, algumas diziam. Outras discordavam.

Não estávamos exatamente desesperadas, mas estávamos determinadas.

Com suas esperanças em declínio por causa de um divórcio litigioso que de alguma maneira podou seu espírito vivo e caloroso, Beth se tornou a surpreendente amiga que achei que não poderia ou não conseguiria fazer na avançada idade de 33 anos. Sempre senti uma ligação imediata e única com as pessoas mais importantes da minha vida — homens e mulheres — no minuto em que nos conhecemos. Beth e eu nos entendemos imediatamente. Duas garotas que não tinham sorte com homens, mas muita sorte com amigas.

Ela parecia esportiva e energética, com cabelos curtos que destacavam seus olhos verdes brilhantes. Misturava referências a escritores e a histórias locais com gírias iídiches, e suas tiradas secas me faziam rir alto. O melhor era que ela também ria das minhas piadas.

Muita gente da nossa idade vivia tão mergulhada nos seus círculos sociais e rotinas que não tinha tempo para fazer novos amigos ou desenvolver novos interesses, mas Beth fazia um mar de atividades. Tentava, ao mesmo tempo, superar a tristeza por um casamento fracassado e estabelecer uma nova vida. Sentia-se livre o suficiente para ter aulas de surfe numa semana, ir a Paris na semana seguinte e me acompanhar ao norte do Maine pouco depois que nos conhecemos, onde eu faria uma matéria sobre *snowmobiles*.

Dirigimos mais de cinco horas numa tempestade de neve — que fez o carro girar e, em outro momento, bater num carro estacionado — e acabamos num bar no fim da trilha dos Apalaches, onde comemos pipoca rançosa e tomamos cerveja choca. No dia seguinte, o sol brilhou sobre o lago Moosehead, e nosso guia bonitão nos equipou com roupas fluorescentes, botas e capacetes. Depois de ensinar o gestual com as mãos ao longo das trilhas, ele subiu no seu *snowmobile* e mandou que o seguíssemos.

Nós, mulheres urbanas com medo de pilotar essas motos grandes, aceleramos um pouco, entramos em pânico e diminuímos a velocidade como se estivéssemos interessadas em ver alguma coisa. Mas só no início. Logo depois, voávamos a 120 quilômetros por hora por florestas remotas e lagos congelados, saindo do chão quando os *snowmobiles* passavam por desníveis ocultos na neve.

— Ooooooooooooooooo! — gritávamos, sem conseguir ouvir uma à outra devido ao barulho dos motores. Se Beth fez algum sinal com a mão, não consegui ver. Ela era um mero borrão à minha frente, assim como as árvores. Nossas cabeças balançavam como se fôssemos bonecas de borracha. Tudo muito empolgante, divertido, barulhento e idiota.

Paramos oito horas e 200 quilômetros depois, com as roupas molhadas, os traseiros dormentes e as coxas paralisadas.

— Tomara que a gente ainda possa ter filhos — murmurei quando fomos embora, sofrendo a cada passo.

Quando descobrimos que a jacuzzi com a qual havíamos sonhado o dia inteiro não tinha água quente, fomos para nossa cabana.

Beth parou na porta e sorriu.

— Foi muito divertido. Obrigada por ter me convidado — disse ela, batendo os dentes por causa do frio, mas com sinceridade. — Muito mais porque você mal me conhece.

— Açnei que nos divertiríamos.

— E estava certa.

Quando eu pensava em ser mãe solteira, sempre ficava um pouco assustada e bastante animada. Era um projeto esquisito e desejável. Ainda não havia conhecido uma mulher por volta dos 40 anos que me dissesse para não insistir nessa ideia. Sabia que elas existiam, embora as mulheres que eu conhecesse não pudessem imaginar a vida sem seus filhos e dissessem que foi a melhor coisa que fizeram. Carey não era uma exceção, e Beth parecia determinada a segui-la.

Consegui a bolsa de estudos Knight no MIT, e o curso começaria no outono; era a mesma bolsa de estudos que Carey conseguira dois anos antes. Não éramos mais concorrentes em New England, felizmente. Não precisávamos nos policiar ao discutir um trabalho e baixávamos a guarda ainda mais ao falarmos de nossas vidas privadas. Eu via Carey como uma jornalista que comungava de alguns interesses meus e como uma mulher solteira um pouco mais velha que tentava encontrar meios de conciliar trabalho e vida pessoal satisfatória.

Eu havia apresentado Beth à Carey quando ela se interessou pela doação de esperma e agora queria saber o que tinha a dizer sobre sua experiência como mãe solteira. Na tarde em que fui visitá-la, o carrinho de Liliana estava na porta de entrada, onde havia brinquedos espalhados e um par de sapatinhos Mary Jane. "Que adorável", pensei. Imaginei também que tomar aquela decisão parecia um passo gigantesco. Um passo que ela me encorajava a dar o mais breve possível.

— Eu sentia que meu tempo havia acabado — disse ela quando nos sentamos na varanda para tomar chá gelado. O ar estava impregnado dos aromas típicos do verão: grama cortada e madressilvas doces. — Se pudesse ter adiado até os 50 anos, provavelmente o teria feito, porque minha vida era divertida e eu queria encontrar o homem certo, como você. Mas eu desejava ter um filho e agora sei que deveria ter tomado essa decisão quatro ou cinco anos atrás. É o maior amor que já senti. E uma missão significativa.

Isso dito por uma mulher que fizera a cobertura da queda do comunismo.

— Mas não é fácil — continuou ela. Notei suas olheiras. Liliana, sentada ao nosso lado, abraçava uma boneca. O rostinho era redondo, como o rosto de Carey, com a pele clara de Sprax. — Embora nada seja especialmente difícil, não dá para descansar. Quero dizer, qual é a dificuldade de trocar uma fralda?

— Não sei ainda! — Nós rimos. — Qual é?

— Cuido de Liliana 24 horas por dia. Se precisar de algum tempo para mim, tenho de pagar a alguém ou pedir ajuda a Sprax, ao meu pai ou a alguém.

Parecia... razoável. Se bem que eu não vi Carey tentar preparar uma mamadeira e, ao mesmo tempo, escrever uma matéria cujo prazo se esgotava e procurar uma babá. Foi a primeira vez que realmente falamos sobre os detalhes da sua vida como mãe solteira. Eu queria compreender melhor, por ela e por mim.

Carey disse que não era realístico esperar ter uma boa vida profissional e cuidar bem de um filho simultaneamente. Isso raramente ocorria, e sua vida financeira era complicada. (Como diziam, não se podia ter um homem, um emprego, um carro e uma casa ao mesmo tempo.) Eu tinha minhas dúvidas se daria conta do recado sem minha família por perto. O pai de Carey era um homem caloroso e animado, que adorava a neta e exercia um papel muito importante na vida delas. Eu sabia que meu pai gostaria muito de ter uma neta, mas ele morava em Chicago, não na mesma rua que eu.

— A família tem sido incrivelmente importante para mim — disse Carey. Liliana passou para o seu colo, e Carey fez-lhe um carinho na bochecha gordinha. Seu rosto se suavizou. Ela olhou para mim. — Mas você tem muitas amigas que te amam e que poderiam ajudar.

— É muita gentileza sua. — Mesmo assim, a ideia de criar um filho longe dos meus pais e do meu irmão me entristecia. Carey aproximou-se de mim, como se soubesse no que eu estava pensando.

— Você acha que eu seria uma boa mãe? — perguntei.

Ela segurou minha mão e apertou-a com força.

— Ah, Pam, você seria uma mãe maravilhosa. Você é uma das melhores pessoas que conheço.

Volta e meia eu pensava em ter um filho com um amigo ou até com amigos casados cujas esposas aceitassem a situação. Carey e Beth me disseram que tinham pensado nessa possibilidade também, mas que a ideia não fora adiante por um motivo ou por outro. Simon, um amigo inglês de longa data, parecia uma possibilidade. Nós nos conhecemos na faculdade, e, embora nunca tivéssemos namorado, eu sentia que ele tinha certa atração por mim.

Com pouco mais de 40 anos, Simon estava divorciado e morava no norte da Califórnia. Continuava a viver como um garoto, fazendo aulas de *bartender* durante o dia e cursos de dança à noite. Certa vez, tínhamos brincado que ficaríamos juntos se ainda fôssemos solteiros aos 40 anos, uma idade que na época parecia tão remota quanto uma viagem pelo espaço sideral. Quando Simon me visitou em Boston, testei-o, com o maior cuidado, falando sobre minha ideia de ter um filho.

— Parece que todos à nossa volta estão tendo filhos — falei enquanto comíamos macarrão com molho picante de amendoim e tomávamos chá gelado numa cafeteria.

— Eu sei. Jennifer está grávida;. Nicole e Peter vão ter o segundo bebê — disse ele.

— Eu não sabia, Si — comentei, sem saber como continuar a conversa. — Acho que deve ser divertido.

— O que deve ser divertido?

Talvez o ruído dos pratos e as conversas nas outras mesas tivessem abafado minha voz. Limpei a garganta e tentei de novo.

— Ter um filho.

— Verdade? — perguntou ele, concentrando-se em enrolar o macarrão e segurar seus lindos cabelos. "Será que nosso filho teria cabelos assim?", pensei. Com a boca cheia, ele resmungou alguma coisa como "interessante".

— Sempre desejei ser mãe e estou ficando mais velha... — Simon encolheu os ombros e olhou para a mesa ao lado. Uma moça com piercing no nariz e cabelos rastafári descrevia para o companheiro um show ocorrido na noite anterior. — Você não acha que pode ser divertido?

Ao ver que ele se mexia na cadeira, mudei de assunto. Fiquei desapontada ao perceber que ele não se entusiasmara, como eu esperava, com a ideia de fazer uma coisa tão pouco convencional. Um filho entre a costa leste e oeste! Por que não?

Eu não imaginava pedir a um velho amigo que fizesse um filho comigo. Nem via a produção independente como um jogo em que, se eu tivesse um filho por conta própria, abriria mão para sempre de me apaixonar e ter um companheiro. Via mães solteiras felizes e mães casadas infelizes, portanto parecia não haver garantias.

Não descartava a possibilidade de adoção, mas sabia que era um processo caro e, em geral, complicado. As políticas de adoção para pais solteiros pareciam mudar constantemente de um país para outro. Por egoísmo ou não, eu queria tentar uma gravidez antes que fosse tarde demais para meu corpo.

119

Congelamento de óvulos ainda não era uma opção viável ou confiável, embora houvesse registros esporádicos de sucesso em todo o mundo. Mas um doador de esperma podia funcionar. Quando falei sobre ser mãe com Carey e Beth, ambas mencionaram o doador 8282 e os sete frascos de esperma armazenados num freezer de uma clínica, agora sob o nome de Beth.

A transação entre as duas tinha sido muito simples, disseram elas, considerando o que estava em jogo: uma criança, uma nova vida. Eu ainda tinha esperança de encontrar um parceiro. Sabia que Carey era muito generosa e não hesitaria em ajudar uma mãe solteira de quem gostasse, recomendada por mim, e sabia que Beth confiaria suficientemente na inteligência de Carey e na sua comprovada capacidade como mãe solteira para aceitar o doador de esperma escolhido por ela entre a multidão de nomes anônimos. E sentia que elas se tornariam amigas.

— Eu não sabia se queria ter um filho. Hesitei por muito tempo — disse Beth. — Mas, quando resolvi, percebi que queria muito. É incrível que por causa de um doador de esperma eu possa ser mãe se e quando quiser.

— Pense na possibilidade do doador antes que seja tarde demais — aconselhou Carey. Então, comecei a considerar seriamente ter um filho com um estranho. Ou, melhor, com o esperma de um estranho.

Quando anunciei à minha família a ideia de ser mãe solteira, as reações foram diversas. Meus pais tinham se divorciado depois de 25 anos de casados e concebido seus dois filhos com pouco mais de 20 anos. Não se lembravam muito do tempo em que não tinham filhos. Depois que meu irmão mais novo e eu crescemos e saímos de casa, meu pai disse que ainda pensava em onde estaríamos a cada vez que saía. Meus pais nunca nos pressionaram para termos filhos e, vendo meu irmão e eu trocarmos de parceiros com alarmante regularidade, talvez tivessem desistido de ser avós.

Um dia, entre um namorado e outro, perguntei à minha mãe o que ela achava da ideia se relacionamentos não funcionassem. Estávamos andando pela orla do lago Michigan, perto da casa dela, num dia de verão, de mãos dadas, como sempre fazíamos. Ela estava descalça, vestia calças capri bege e uma camiseta larga e prendera os cabelos no alto da cabeça. Parecia tão jovem que pensavam que fôssemos irmãs.

— Vá em frente! — apoiou ela. — Esses sujeitos não sabem o que querem, e você será uma ótima mãe, melhor do que eu fui. Eu era muito nova. Não sabia o que estava fazendo.

— Sabia, sim. Você foi maravilhosa e amorosa. É isso que vale.

— Você será muito melhor. Tem uma sabedoria que nunca tive. — Minha mãe só trabalhou fora depois que meu irmão e eu chegamos ao ensino médio.

— Não é verdade. Simplesmente encontrarei formas novas e interessantes de estragar meu filho.

Ela sacudiu a cabeça.

— Meu bem, faça o que quiser. Só quero que você seja feliz e darei todo o apoio que puder.

"Muito bem", pensei, "talvez ela ainda não tenha desistido de ser avó".

Meu irmão, Ben, ficou preocupado, para não dizer confuso, no dia em que lhe expliquei, num pub, o que era uma doação de esperma.

— É um pouco esquisito — disse ele. Pela sua expressão, vi que ele achava que era uma má ideia. Depois, falou em tom mais sério. — Meus amigos casados e com filhos têm uma vida dura. Assumir tudo deve ser realmente muito difícil. Eu nunca faria isso. — Em outras palavras, ele não queria que eu fizesse.

Nós nos gostávamos muito, éramos amigos, acampávamos e tínhamos viajado pelo Oriente Médio e pelo sul da Ásia juntos. Eu sabia que ele só estava preocupado comigo, mas Ben, aos 35 anos, podia esperar mais três décadas para encontrar uma mulher de 20 ou 30 anos — no auge da fertilidade — que lhe desse filhos. Eu não podia me dar a esse luxo e sabia que não era justo esperar que ele compreendesse.

Meu pai me surpreendeu. Com seus 61 anos e perfil tradicional, achei que faria grande objeção à ideia. A geração dele cresceu na transição do radicalismo. Os universitários da geração seguinte ouviram Rolling Stones, fumaram maconha e experimentaram o amor livre. Não meu pai, que raramente bebia e preferia tocar músicas de Jelly Roll Morton ao piano.

Dei-lhe pouco crédito. Na primeira vez em que mencionei a possibilidade de ser mãe solteira, estávamos num deque de madeira junto ao lago atrás da sua casa. Os chorões agitavam-se na brisa e um pato deslizava pela água, com uma alga pendurada no bico. Uma paz completa.

Ele sentou-se ao meu lado, segurando a borda do deque. Não falou muito. Só balançou a cabeça em sinal de assentimento. Achei bom ele não ter feito objeção. Meu pai sempre lutou pela minha excelência e nunca aceitou uma nota 8 quando achava que eu poderia ter conseguido 10. Uns meses depois, mencionei que estava pensando seriamente em ter um filho.

— Nesse caso, sugiro que você venha morar em Chicago — disse ele.

— Muito engraçado, pai! — Fiquei emocionada com suas "sugestões" sutis de que eu voltasse a morar perto da família. Ele me mandava frutas todos os meses através de um serviço de entrega, e o cartão sempre dizia a mesma coisa: "Aqui em Chicago as frutas são mais saborosas."

— Estou falando sério. Não há nada como a família. — Sendo ex-advogado, ele falava com convicção.

Lembrei-me de que meus avós passavam muito tempo conosco. Traziam *bagels* e salmão defumado todos os domingos, cuidavam de nós nos fins de semana, nos levavam ao parque Six Flags e a Colonial Williamsburg. Ocorreu-me pela primeira vez que não só eram avós maravilhosos como uma grande fonte de apoio e alívio para meus jovens e inexperientes pais.

Na próxima vez em que trouxe o assunto à tona, meu pai parecia ter considerado meu grupo de amigos em Boston ou percebeu que meu trabalho era importante para mim. Talvez tivesse sentido que eu não mudaria de opinião e soubesse como seu apoio era importante.

— Qualquer coisa que você fizer, pode contar comigo — disse ele, pondo a mão sobre a minha. Meus olhos se encheram de lágrimas.

— Obrigada, pai.

Finalmente, aos 37 anos, enfrentei a mim mesma. Pensei sobre o que considerava indispensável e imediatamente soube que era um filho. Para mim, a vida teria pouco sentido se eu não pudesse ser mãe. Li, uma vez, que os egípcios antigos chamavam as mulheres sem filhos de "mães dos que faltam", e isso me marcou. Sentia quase dor pelo filho que estaria faltando para mim.

A questão

Beth: — A questão é: "Depois que você tem um filho, ainda precisa de um homem?"
Pam: — Precisa ou quer?
Carey: — Depende do homem.

Carey

Só levamos Liliana para casa quando ela estava com 6 dias porque minha pressão subiu demais depois do parto. Imaginei que os fluidos do meu corpo tinham subido a tais níveis que meu envelhecido sistema vascular não aguentou. Por fim, tomei pílulas para baixar a pressão, checaram se eu sabia prender a cadeira de Liliana no carro e me liberaram.

Sprax me buscou. Liliana dormiu no carro e, quando chegamos em casa e a colocamos no sofá, com todo o cuidado, não consegui acreditar e chorei, aliviada. Que trajetória intensa. Mas que recompensa! Que recompensa!

Nos primeiros dias, Liliana mostrou ser um bebê feliz — dormia profundamente, sem que nada a perturbasse e tinha excelente apetite, ajudando-me nas primeiras e desajeitadas tentativas de amamentação. A exaustão que pensei que sentiria não se materializou. Ela dormia de seis a sete horas a fio, o que entendi como uma das grandes vantagens de ter um recém-nascido do tamanho de um bebê de 3 meses.

Na verdade, ela dormia um pouco demais. Quando a levei, com duas semanas, à primeira consulta ao pediatra, constatamos que seu peso baixara de 4,2 quilos para 3,7 quilos. O pediatra ficou preocupado e eu, desesperada. Pensei que soubesse o que estava fazendo e que pudesse confiar nas minhas boas intenções maternais. Mas o pediatra disse que eu teria de complementar o leite materno com fórmula. Achei que meu leite era um fracasso e que eu era um fracasso por não ter percebido que havia alguma coisa errada.

Eu era tão novata e patética que tinha posto em risco minha filha. Além disso, meus hormônios estavam no chão, e Sprax era frio comigo. Eu disse a ele que estava me sentindo indesejada, mas reconheci que ele era maravilhoso e amoroso com Liliana. Sempre que vinha à minha casa, punha-a no colo, brincava com ela e até trocava fraldas sujas, mas era extremamente distante comigo. É claro que ninguém podia se apaixonar por uma mulher inchada, exausta e chorosa como fiquei depois do parto, mas, ainda assim, eu sentia desejo por ele e esperava em vão que criássemos nossa filha juntos, como um casal. Tínhamos passado por muita coisa e gerado uma filha. Não era o certo a se fazer?

Quando Liliana fez 6 meses, Sprax e eu a levamos para esquiar em Vermont, e ela se divertiu acomodada no abrigo que Sprax montou nas costas. Mas, como dois novatos precisando dormir, fomos reprovados na prova de bons pais: ele esqueceu o leite de Liliana em casa; eu não prendi sua cadeira no cinto de segurança no trajeto para Vermont.

Ela, que dormia demais, passou a acordar a cada três horas, transformando nossa vida num período nebuloso. Eu havia voltado para meus seminários a cada duas semanas — não faltei a nenhum, graças às longas férias de inverno do MIT — e perdido 18 quilos — faltavam apenas dez. Sprax cuidava de Liliana à noite pelo menos duas vezes por semana e, às vezes, se deitava ao meu lado na cama. Se passasse a noite, dormia no quarto de hóspede no terceiro andar.

Meu espírito se esvaziou junto com o corpo. Eu, que antes parecia um pequeno castor ávido por novas aventuras, tinha perdido o ânimo e queria recuperá-lo.

Falei sobre isso com Sprax.

— É porque não estamos nos entendendo? — perguntou ele.

Talvez fosse, mas havia outras implicações. Minha vida não era mais a mesma. Eu não tinha a sensação de que o futuro me reservava aventuras rocambolescas em que a protagonista seria eu. Agora, quando acordava pela manhã, sabia muito bem o que faria nos próximos vinte anos ou, pelo menos ,em boa parte deles: criar Liliana. E estaria buscando uma carreira como jornalista de ciências. E um amor, suponho.

Eu me sentia grata a Sprax pela ajuda que me dava à noite — uma gratidão mesclada com carinho — , mas não ousava expressar esse sentimento para que ele não pensasse novamente que eu esperava um compromisso. Era uma situação louca, mas nem sempre ruim: ele ajudava muito mais do que outros pais e, como percebeu Leeza, não fazia exigências. Se eu não acreditasse que havia amor para mim em algum lugar, tudo estaria bem.

— Você não tem ainda mais vontade de ter outros filhos? — perguntou ele, certo dia.

— Agora que sei o preço a pagar... A experiência penosa, os riscos da gravidez para a saúde e as primeiras semanas do bebê... Não tenho tanto ânimo para enfrentar tudo de novo.

E não estou precisando disso. Mas, se eu estivesse com um homem que realmente quisesse um filho, eu me disporia a ter outro.

— Ah...

— Liliana é a filha a qual tenho direito, segundo os princípios de aumento da população. Você provavelmente terá vários filhos com outra mulher. Ela é minha unidade de reprodução. — Fiz uma pausa e continuei. — Liliana faz com que você deseje ter mais filhos?

Ele assentiu enfaticamente.

"É claro, por que não?", pensei, com uma ponta de ressentimento. Fique à vontade, sem gravidez, sem parto, sem despesas. Tenha uma dúzia de filhos!

A primavera chegou, trazendo as primeiras folhas para Liliana, os primeiros narcisos e o primeiro gramado onde ela poderia deitar. Eu passeava com ela no carrinho, cantando uma pequena canção:

Eu amo Lily e ela me ama,
somos muito felizes juntas,
ela é minha queridinha e eu sou sua mamãe,
e somos felizes assim o dia todo porque...

Então, eu repetia toda a canção!

Nessa época, ela começou a dormir melhor durante a noite. Sua pele era branca e quase translúcida; os olhos continuavam azuis.

Resolvi dar uma festa para comemorar 100 dias de vida da minha filha, uma tradição coreana. Sprax perguntou se eu queria muito que ele viesse.

— É claro que sim!

— Na verdade, essas comemorações são para adultos. Se eu for à festa no fim de semana, não vou poder escalar.

Fiquei pasma, tão pasma quanto nas ocasiões em que ele não passava um fim de semana com ela.

— Eu acho estranho — falei. — Vejo seu amor por ela e não compreendo que você prefira usar seu tempo de outra forma.

— É que o alpinismo me dá a paz que preciso depois do estresse de uma semana de trabalho... Mas, pensando bem, talvez eu me sinta melhor com Lily.

Ele veio à festa, mas eu estava desanimada. Não tive ajuda suficiente, embora meu pai tivesse cumprido perfeitamente todas as tarefas que destinei a ele. Comprei comida demais. Sprax cuidou de Liliana e alimentou-a, mas passou grande parte do tempo na varanda com sua amiga Suzanne, uma alpinista alta, magra e budista, que parecia interessada nele. Não havia sentido em ter ciúmes, mas me senti humilhada, achando que os convidados se perguntariam se era aquela a mulher que Sprax preferira a mim. E me senti gorda, muito gorda.

Em maio, minha bolsa de estudos estava terminando; era a hora de enfrentar meu futuro trabalho. Fiz cópias ampliadas das minhas matérias de primeira página no jornal e marquei uma entrevista com Howell Raines, o novo editor-chefe do *Times*.

Quando cheguei a Nova York, sua secretária me informou que minhas cópias haviam sido perdidas.

Howell me cumprimentou sem grande entusiasmo, ainda que tenha perguntado pelo "bebê". Tive raiva de mim. Para meu próprio bem, deveria ter cultivado uma relação amistosa com ele antes que ascendesse ao trono. Mas

Howell sempre me intimidou; eu achava que seu charme escondia arrogância e frieza. Quando nossos caminhos se cruzavam, eu o evitava, e agora não tinha ligação com ele. Eu era só mais uma repórter antiga numa equipe que ele queria renovar.

Propus desistir do meu cargo anterior e de todos os benefícios, mas queria um contrato para determinada quantidade de matérias escritas ou por um número de horas trabalhadas. Howell disse que não. Não haveria contrato. Se eu quisesse ficar em Boston e trabalhar meio expediente, teria de ser paga como freelancer por cada matéria.

"E como vou sustentar minha filha com um salário de freelancer?", pensei, mas não falei.

Durante os seis anos em que trabalhei para o *New York Times*, não fui dona do meu nariz. Por mais que adorasse o que fazia, eu não tinha liberdade alguma. Podiam me convocar a qualquer momento e me mandar para qualquer lugar. Houve uma época em que viajei durante meses. Para mim, a moral dessa história foi: "E daí?" Sua empresa não lhe deve nada. Não é sua família. Não se importa se você está ajudando a criar a próxima geração da humanidade. Além de uma curta licença-maternidade, ela não tem obrigação de sustentar ninguém. Na verdade, você se torna menos útil se suas novas responsabilidades limitarem sua liberdade. Como mãe novata, eu queria um acordo. Para ser honesta, eu esperava bondade. Mas é claro que empresas não têm nada a ver com bondade, embora alguns chefes tentem ser bons.

Tentei me controlar enquanto estava no escritório de Howell, mas, quando saí, uma amiga perguntou como tinha sido a entrevista e só pude dizer poucas palavras antes que lágrimas de vergonha e insulto rolassem pelo meu rosto. Ela me levou para um escritório vazio, longe das fileiras de mesas e de funcionários, e me deu lenços de papel e chocolate até eu estar suficientemente bem para sair do prédio.

Eu estava determinada a não chorar mais em razão da minha saída do *Times* e nunca mais chorei. Admiti que deixar o jornal teria sido difícil em qualquer circunstância. O poder, a camaradagem e a possibilidade de fazer bem ao mundo compõem um elixir estonteante. Porém, irritou-me ser dispensada por Howell e por seu chefe de administração — homens mais velhos, com esposas que cuidaram dos seus filhos quando eles ainda eram repórteres. No trem para Boston, magoada e enfurecida, imaginei uma tribo nômade em que mulheres com filhos poderiam, durante algum tempo, viver num ritmo mais lento e depender dos outros porque estavam cuidando dos seus bebês. Os líderes masculinos que se importassem apenas com velocidade — ou orçamento — deixariam as mulheres de lado. Se eu pudesse dirigir o mundo, faria um mundo muito diferente.

Quando cheguei em casa e contei para Sprax o que acontecera, quase não chorei.

Ele se manteve em silêncio, com olhos cheios de compreensão.

— Eu tenho algum dinheiro — disse ele, finalmente.

— Obrigada — falei, comovida. — Mas entrei em contato com Marty Baron, o editor-chefe do *Globe,* e ofereci meus serviços. Ele me pareceu receptivo; talvez eu não fique desempregada por muito tempo. Mesmo assim, é bom saber. Obrigada.

Sprax e eu fizemos uma viagem pelo oeste. Paramos no Grand Canyon, em Utah — para que seus pais conhecessem Liliana —, e no Arizona, para apresentá-la aos seus bisavós de 90 anos. Nas fotografias, às vezes aparecemos juntos, segurando Liliana, mas sem nos tocarmos.

No Grand Canyon, conseguimos a última cabana disponível e descobrimos que havia apenas uma cama pequena. Liliana dormiu no berço portátil; Sprax e eu nos apertamos na cama. Num romance, seria o momento do clímax: o herói e a heroína, forçados a uma situação de grande proximidade, descobrem que a animosidade foi superada pela paixão e se abraçam com ardor. Mas, na vida real, nossas pernas se tocaram e nos viramos muito, nada mais.

"É irrefutável", pensei. "Por fim, chegarei à aceitação que busquei por tanto tempo: Sprax não me ama, nunca me amou e nunca me amará. Fim da história. Nem eu o amo. Caso contrário, daria um jeito de conquistá-lo."

Dessa vez, a tentativa de aceitação deu certo. A revolução emocional dentro de mim depois do nascimento de Liliana ajudou muito. Foi mais ou menos assim: durante 25 anos, o romance foi o foco da minha vida. Apesar de estudar, trabalhar, fazer o bem, cultivar amizades e crescer, a prioridade (especialmente nos últimos dez anos) foram os homens. Mas, para minha surpresa e enorme alívio, esses dias ficaram para trás. Não porque deixei de pensar em homens, mas porque finalmente me convenci de que viver sozinha pode ser tão bom quanto viver com um homem ao seu lado. Não foi consciente. Depois que minha filha nasceu, meu desejo sexual simplesmente desceu abaixo de zero e, de repente, descobri um novo amor infinitamente mais satisfatório do que qualquer experiência romântica — ou, pelo menos, qualquer experiência romântica de que me lembrasse. Para alguns amigos que eram pais, expressei minha surpresa: por que não me disseram que o amor pela minha filha poderia ser tão incrível e gratificante? Por que ninguém me pressionou a ser mãe e não me disse enfaticamente para tentar ter um filho? Minha vida foi preenchida. Tornou-se rica e centrada.

Era só o começo da vida de Liliana, mas senti que tive meu final feliz, independentemente do que acontecesse.

Senti também que tive sorte por estar, enfim, fora do jogo. Os altos e baixos dos namoros pareciam tediosos, e os golpes atingiam partes de mim que já haviam sofrido demais. Eu sabia que — ao menos por causa de Liliana — precisaria continuar a procurar um companheiro, mas não sentia vontade. Tinha desistido. Eu me sentia libertada, como se tivesse queimado sutiãs em praça pública. Uma enorme parte da nossa cultura volta-se para o aprimoramento pessoal visando ao romance. Filmes e livros versam sobre romances, com infindáveis conversas femininas girando em torno do amor. Dali por diante, eu seria imune. A mudança era tectônica, e a metáfora geológica parecia adequada: essa mudança dentro de mim não era mais uma manobra tática para poupar meus sentimentos. Eu realmente desistira. E adorava declarar isso sempre que tinha oportunidade.

É muito previsível, não é? Mas é verdade. Umas semanas depois da viagem ao Grand Canyon, um querido amigo meu, Neil, convidou-me para jantar e contou-me que estava se divorciando.

Era uma história incrível. Neil namorou Mary, uma loura esbelta, durante anos. Uma amiga comum me apresentou a eles no início do namoro e gostei imensamente dele. Tivemos um ligeiro flerte; mais tarde, ele me disse que não pôde se aproximar mais porque já estava envolvido com Mary. Disse também que me deixara "na reserva". E fiquei na reserva durante anos. De tempos em tempos, saíamos para jantar e conversávamos animadamente sobre acontecimentos recentes e sobre nossas vidas pessoais.

Neil era um jornalista frustrado, com ótimas credenciais acadêmicas. Falava muito e era um interlocutor enérgico, capaz de fazer perguntas mais depressa do que qualquer um poderia responder. Era alto e elegante, mas não exatamente bonito; um homem bom e decente, um amigo carinhoso e generoso.

Se ele tinha um defeito fatal, porém, era que seu lado racional o dominava tanto que ele não se apaixonava desde os 20 anos — e ele já tinha 40 e muitos. Embora tivesse namorado Mary durante tanto tempo, nunca se apaixonara por ela. Evitava falar sobre ela, mas, quando precisava, dizia — sem grande entusiasmo — que a amava e que ela o adorava e venerava e tinha grandes qualidades. "Ninguém é perfeito", dizia. "É verdade", eu pensava, "mas seria melhor se você não se concentrasse nas imperfeições dos outros".

Finalmente, Neil casou-se com Mary numa pequena cerimônia em casa e não precisou mais ser alvo de comentários por ainda estar solteiro. — Será que ele é gay? Tem certeza? Qual é o problema, então? — Eles me visitaram e levaram um presente para Liliana quando ela ainda era pequena. Pareciam se dar tão bem que me perguntei se eu deveria ter lutado por Neil naquela época. Mas, aparentemente, ele gostava de ser venerado, e essa não é a minha praia.

Dias depois do primeiro aniversário de casamento, Mary saiu de casa abruptamente. Foi um choque, mas a coisa não parou por aí. Neil era muito rico; Mary não tinha um centavo e endividava-se constantemente. No acordo nupcial assinado por eles, uma cláusula especificava que, no caso de divórcio após o primeiro aniversário de casamento, Mary teria direito à bela soma de cem mil dólares, além da pensão alimentícia garantida pelo casamento.

Certa noite, Neil convidou-me para jantar num restaurante brasileiro e contou-me longamente — com relutância, mas obsessivamente — toda a sua história. Senti muita pena, mas fiquei um tanto confusa. Depois de todos esses anos, ele estava disponível, e, embora precisasse de tempo para sanar sua mágoa, dizia nas entrelinhas que me procuraria.

Marty Baron me contratou para fazer reportagens sobre ciências e saúde três vezes por semana para o *Boston Globe*, com um salário decente e benefícios correspondentes ao trabalho de meio expediente. Ali, era uma tradição permitir que algumas mães trabalhassem três vezes por semana, sem deixá-las à margem das notícias. Estavam quilômetros adiante do *Times* nesse quesito.

Eu precisava trabalhar pelo dinheiro e para manter minha sanidade mental, mas me surpreendi ao sentir uma total resistência a passar o dia inteiro longe enquanto Liliana ainda era pequena. Parecia errado entregá-la aos cuidados de outra pessoa por tanto tempo, ainda que eu não criticasse, de forma alguma, as mães que trabalhavam o dia todo. Nunca imaginei que teria essa sensação.

Nos meses seguintes, monitorei meu progresso ao notar quanto tempo eu demorava para contar a alguém que havia trabalhado no *New York Times*. Comecei com cinco minutos, no máximo; depois, cheguei a dez e a 15 minutos e, por fim, não mencionava mais o jornal. Conhecia gente nova sem esse trunfo profissional que podia impressionar imediatamente. Era mais difícil, porém mais saudável.

Eu jantava com Neil quando Sprax ficava com Liliana. Definitivamente havia uma vantagem em ser mãe solteira quando o pai era presente.

Os jantares se tornaram tão frequentes que Sprax finalmente não aguentou.

— Você não está namorando Neil, está? — perguntou ele.

— Não, mas as coisas estão se encaminhando para isso.

— Porque eu não acho... — disse, sem terminar a frase.

— Não acha o quê?

— Deixa para lá.

Liliana já engatinhava e andava em volta dos móveis. Tinha uma carinha levada. Leeza lhe dava uma deliciosa *soupik* feita em casa, com galinha e legumes, e *kasha* de aveia ou arroz.

O divórcio de Neil progredia e, com o tempo, passamos certas noites juntos e até fins de semana. Um quarto no segundo andar da sua casa foi destinado a Liliana, onde havia um cercadinho e alguns brinquedos e livros. Ela estava numa idade em que era difícil se relacionar e era muito presa a mim, mas ele tentava conquistá-la com brincadeiras infantis.

Quando Liliana tinha 9 meses, passei um fim de semana longe dela pela primeira vez, quando fui conhecer os pais de Neil. Foi maravilhoso pegar a estrada de novo, livre de responsabilidades. Andávamos de mãos dadas, e seu pai disse que eu era mais bonita do que Mary — um nítido sintoma de deficiência visual. Maria, minha ex-terapeuta, estava lá, porque também era amiga de Neil — na verdade, foi ele quem a indicou. A certa altura, eu disse a ela que era maravilhoso ter Liliana e Neil e que estávamos muito felizes.

— Espero que dê certo — disse ela, não em tom sombrio, mas preocupado, jogando água fria no momento.

Ela chamara minha atenção para um problema crescente. Eu gostava de Neil, admirava-o e sentia-me eternamente grata por ele me querer com toda a minha imperfeição de mãe solteira. Mas não estávamos apaixonados. Para Neil, isso era típico, mas para mim, não, e Liliana competia pelo meu tempo e carinho.

Neil não estava habituado a ver alguém exigir 95 por cento da atenção da sua namorada quando ele estava presente; eu não estava habituada a considerar as necessidades de um homem além das exigências da minha filha, por menores que fossem.

À noite, eu só queria dormir, pois Liliana me acordava às seis horas da manhã ou mais cedo ainda. Meu desejo sexual permanecia adormecido e havia alguma coisa frenética nos nossos abraços, como se fôssemos adolescentes imitando cenas apaixonadas do cinema. Durante o dia eu segurava, acariciava e aconchegava Liliana, e, quando estávamos a sós, eu não tinha vontade de abraçar ninguém. Neil, com sua energia verbal, queria falar, falar, falar; eu, que nunca havia tido tanto contato com outro ser humano na idade adulta, queria desesperadamente me manter em silêncio ou ler um livro. A hora de dormir era, em geral, a parte mais difícil: ele punha óculos grandes de coruja e um pijama que o fazia parecer velho, e eu desejava que fôssemos realmente velhos e pudéssemos dormir em vez de agir como um casal jovem na cama.

Neil também cometia gafes que me magoavam. Certo dia, enquanto falávamos sobre o futuro, meses depois de começarmos a namorar, ele falou sobre Liliana:

— Eu ainda não amo Liliana, mas tenho certeza de que a amarei um dia.

Fiquei estarrecida. Como ele podia não amar minha filha? Tudo bem, ela não conversava muito, mas era um bebê delicioso e fácil.

Falei sobre isso com algumas amigas. Elas não gostaram do que ouviram.

Em outra noite, discutindo nosso futuro, Neil disse que queria esclarecer que estaria em primeiro lugar no papel de pai de Liliana, não Sprax.

— Como assim?

— Por exemplo, quando houver reuniões de pais na escola, eu irei, não Sprax.

Seria mais fácil compreender isso se ele já amasse Liliana. Mas, até então, Neil não convencia muito como pai. De qualquer forma, essa não era a questão.

— Mas Sprax é o pai dela — protestei. — Devo sua existência a ele. Não posso excluí-lo se ele desejar assumir o papel de pai.

Reconheço que pais americanos sufocam os filhos com bens materiais, mas não gostei quando Neil questionou se eu não estaria "estragando" Liliana com tantos brinquedos. Logo ele, que reclamava que seu pai rico e sovina se recusara a comprar um segundo *walkie-talkie* para ele porque considerava que um era suficiente.

Ainda assim, continuamos o namoro e começamos a procurar, sem muita ansiedade, uma casa. No meu estado de exaustão e de ausência de romantismo, era a parte de casal idoso do nosso relacionamento que mais me agradava. E a disposição de Neil para resolver tudo, fazer reservas em restaurantes e em aviões e cuidar — um pouco — de mim. Ele pagava nossos jantares e até as horas de trabalho de Leeza quando a levei conosco para visitar os pais dele no condomínio em que viviam.

Concordou também em ir ao tão esperado casamento de Liz, minha melhor amiga, com Jeff. Eu seria madrinha. No avião para Washington, Neil ficou orgulhoso ao notar que os outros passageiros pensavam que ele era o pai daquela bonequinha loura que estava conosco.

Quase não cheguei a tempo para cumprir minha função de madrinha. Como era preciso cuidar de Liliana e me arrumar ao mesmo tempo, atrasei-me tanto que, quando cheguei à fazenda onde a festa seria realizada, Liz já estava gloriosa num longo vestido creme. Outra grande amiga sua ajudou-a a se vestir e, então, ajudou-me, arrumando a costura lateral do meu vestido vintage para evitar que os quilos ainda não perdidos aparecessem. Liz me perdoou, mas eu não me perdoei.

Na cerimônia ao ar livre, Neil segurou Liliana para que eu pudesse ficar ao lado de Liz e perto do pastor. Liliana, infeliz por estar longe de mim e porque não gostou do vento forte do outono, chorou muito e ninguém conseguiu consolá-la. Esperei que Neil fizesse a coisa certa e a tirasse dali, poupando a cerimônia, mas isso não passou pela sua cabeça enquanto ele a balançava para cima e para baixo em desespero. Liz e Jeff olharam-se, com olhos cheios de lágrimas, e proclamaram seu amor e lealdade. Senti grande felicidade por eles, embora estivesse contando os segundos para poder acalmar Liliana.

Na manhã seguinte, perguntei a Liz como tinha sido a noite de núpcias.

— Foi a noite mais maravilhosa da minha vida — disse ela.

Falei que estava feliz por ela — e estava mesmo —, mas fui tomada por certo cinismo e descrença. "As noivas e suas emoções seguem um roteiro", pensei. E era preciso passar muitas coisas para chegar ali, o que já não me interessava.

Sprax era um pai leal e passava bastante tempo com Liliana, e, às vezes, comigo. Tinha uma sintonia incrível com ela, um pai nato, e era uma presença calorosa e gentil na minha vida. Mas Neil crescia aos meus olhos e ofuscava Sprax, que estava namorando uma linda loura de 30 anos, chamada Nicole.

Certo dia, ele pediu que eu levasse Liliana ao seu apartamento para um *brunch*, para que Nicole nos conhecesse. Encomendou um arsenal de bolinhos e frutas — era a primeira vez que eu o via se esforçar assim para que alguém comesse.

Por mais estranho que pareça, não senti ciúme; senti-me apenas deslocada. Mas não me importei e fiquei feliz por ter chegado aonde cheguei e por não estar onde Nicole ainda estava.

A intimidade crescente com Neil e a distância de Sprax chegaram a tal ponto que, na festa do primeiro aniversário de Liliana, Leeza e meu pai perguntaram se eu convidaria Sprax, supondo que Neil viria no seu lugar.

Foi estranho. Perguntei se Sprax gostaria de vir; ele disse que sim, parecendo surpreso por haver alguma dúvida. Então, ambos foram convidados. Tiramos uma foto da Equipe Liliana: Sprax, eu (segurando-a enquanto ela se inclinava em direção ao pai), Neil, Leeza, minha irmã Morgan e meu pai.

Alguns sorrisos pareceram forçados.

Nicole e Sprax se separaram. Ele começou a sair com uma mulher com pretensões artísticas, cheia de tatuagens e com um histórico de uso de drogas. Eu nunca a vi pessoalmente, mas Leeza, sim, e seus olhos se arregalaram quando descreveu as tatuagens para mim. Pensei no que Sprax talvez sentisse em relação a Neil: sua filha tinha contato com outra pessoa, e ele não sabia se ela estava sendo bem-tratada. Por minha vez, imaginei a namorada de Sprax voltando às drogas enquanto Liliana estava sob seus cuidados.

— Não pretendo escolher suas namoradas — falei —, mas devemos combinar que não deixaremos Liliana aos cuidados dos nossos parceiros sem concordância mútua.

— Tudo bem — disse ele no mesmo instante.

Uma nova colega do *Globe* comentou que eu parecia muito feliz. E estava mesmo, como um todo: gostava muito do meu trabalho; Liliana já andava, começava a falar e era saudável, alimentada com a *kasha* e as sopas de Leeza; Sprax e eu nos dávamos bem; Neil e eu nos entendíamos. Em suma, a vida era boa.

Quase todas as noites, eu perguntava se Liliana queria ouvir uma história. Ela respondia imediatamente "OK", virava-se para mim, no lado esquerdo da cama, e me abraçava. E eu contava a história: "Era uma vez uma menina chamada Liliana que vivia numa casa com sua mamãe em Cambridge, Massachusetts, 02138, nos Estados Unidos da América, no continente da América do Norte, no planeta Terra, no Sistema Solar, na galáxia Via Láctea, no universo. E ela gostava muito da sua mamãe, do seu papai, do seu vovô, das suas tias e de Leeza..."

Em geral, as histórias terminavam com alguma advertência, e, em muitas vezes, Liliana andava nas costas de animais dóceis. Eu bocejava tanto quanto ela enquanto contava essas histórias.

Às vezes, Sprax e eu deitávamos nos lados da cama de Liliana e conversávamos. Ele disse, certa noite, que estava frustrado com sua vida amorosa, com a eterna busca pela "mulher certa".

— Às vezes, acho que você é essa mulher — disse. — Talvez seja mesmo.

— Eu não saberia dizer.

Eu não estava interessada. Voltara-me completamente para Neil; Sprax me parecia muito novo e volúvel. Além disso, eu já tinha tentado uma vez com ele. Mudei de assunto.

Sprax começou a sair com uma mulher de quem gostei muito. Lucy, uma advogada sul-africana, tinha 40 anos e 1,85m, e prendia suas inúmeras tranças no alto da cabeça. Era muito bonita, mas tinha um sorriso largo e infantil. Era carinhosa com Liliana, mas não forçava demais.

— Espero que você possa fazer Sprax feliz — disse a ela.

Quando chegou o verão, senti-me inexplicavelmente ansiosa para ter uma cabana. Embora Leeza custasse dois terços do meu salário, enfiei na cabeça que compraria uma pequena cabana no norte para que Liliana pudesse viver livremente na natureza. Mas o preço das propriedades subia e com meu dinheiro eu compraria apenas um barraco ou um trailer.

Uma amiga, que estava lendo um livro de filosofia chinesa, mostrou-me uma passagem interessante, que dizia que devemos cuidar para não cair na tentação avassaladora de adquirir coisas quando ficamos mais velhas.

— Acho que isso está acontecendo comigo — falei. — É a paixão que surge à medida que a paixão por sexo e romance declina.

Mas eu não estava disposta a me recompensar, pois isso significaria dizer que ainda havia energia sexual.

Insisti para uma colega do *Globe*, mãe de três filhos, dizer-me se seu estímulo sexual diminuíra — a menos de zero — depois que seus filhos nasceram.

— Bem — respondeu ela, tentando lembrar. — Quando as crianças eram pequenas, eu vivia tão exausta que não me importava se meu marido e eu fazíamos amor ou não.

— Mas você preferia estar com seu filho a deitar com seu marido?

Ela hesitou, um pouco preocupada.

— Não... — disse ela, depois de uma pausa. — Mas a síndrome "cansada de ser tocada" é conhecida. Se você toca seus filhos o dia todo, talvez não queira ser tocada à noite.

— Estou sentindo mais do que isso; é muito desnorteante. Tenho um ótimo namorado, mas não consigo ter tesão.

— Talvez ele não seja o sujeito certo para você.

— Não, não... Devem ser os hormônios.

Há pessoas ligeiramente alérgicas a um alimento, como manteiga de amendoim, que, um dia, sem mais nem menos, têm uma reação intensa, um choque anafilático, quando ingerem certa substância. O sistema de imunidade muda de repente e reage exageradamente, sem razão óbvia.

Num fim de semana em junho, algo parecido ocorreu na minha relação com Neil. Liliana e eu estávamos passando o dia na casa dele e, como sempre, eu sentia dificuldade em encaixar-me nos seus hábitos, por mais educado que ele fosse. Neil era um homem mais velho enfiado num robe e trabalhando no escritório; por algum motivo, Liliana e eu nos sentíamos presas ali, achando que estaríamos muito melhor na nossa casa.

No casamento de Liz, lembro-me de que a mãe dela disse que Neil era muito velho para mim, mas falei que ela só estava considerando sua aparência. E Mary tinha dito, uma vez, que a vida com ele não tinha graça alguma. A meu ver, ele não era um homem chato, mas sua personalidade era tão forte que sugava todo o ar à sua volta.

Naquele sábado cinzento, tive um medo profundo de ir para a cama à noite. Coloquei Liliana no carrinho e fui correr, achando que talvez fosse uma tensão pré-menstrual que pudesse ser controlada com algum ânimo. Mas não adiantou. Finalmente, disse a Neil que estava com um péssimo humor e achava melhor voltar para casa. Um pouco chocado, ele concordou.

Então, adotando os piores hábitos de Sprax, não atendi os telefonemas de Neil e passei vários dias sem ligar para ele. Foi uma crueldade indesculpável, e ele me repreendeu com delicadeza quando enfim nos falamos.

— Sei, mas eu não conseguia dizer o que preciso dizer.

Neil ficou chocado, mas não surpreso.

— Isso está realmente acontecendo conosco? — perguntou ele. — Não posso acreditar.

Esclareci que me dispunha a conversar, se isso ajudasse, mas que as coisas não mudariam.

— Você é um homem maravilhoso em todos os sentidos — declarei, com sinceridade. — Eu não queria me sentir assim, mas me sinto.

Neil preferiu não ter mais contato comigo. Dali em diante, não nos vimos.

Senti muita pena de ter causado essa tristeza a ele, mas gostava de pensar que tinha desempenhado o importante papel da "mulher transitória" que o ajudou na pior parte do seu divórcio. Fiquei aliviada por tudo estar terminado. O futuro parecia novamente incerto, em termos financeiros e românticos, mas era mais fácil viver com essa incerteza do que com a sensação sufocante de falta de espaço.

Depois de alguns dias, comecei a pensar seriamente em ter um segundo filho por conta própria. Estava em meados dos 42 anos, mas 43 parecia um verdadeiro penhasco comparado a 40.

— Ainda estou numa dúvida enorme — disse para Liz. — Quero outro filho, mas talvez minha vida se torne muito difícil. Se bem que tudo melhora depois de dois anos, é o que digo a mim mesma. De qualquer forma, ainda posso engravidar com essa idade? Um longo tratamento de fertilidade não passa pela minha cabeça. Estou muito feliz com o *status quo*. Mas vale a pena tentar. Dois filhos formam uma família, de alguma maneira.

— E você pediria a Sprax para ser o pai?

— Sim... Nós passamos por muita coisa juntos e mantivemos o respeito um pelo outro. Isso significa muito.

Sprax ainda estava saindo com Lucy, mas, às vezes, aparecia no fim de semana e ia comigo e com Liliana visitar cabanas que eu encontrava na internet. Um dia, encontramos um celeiro no sudoeste de Maine que achei que poderia ser transformado em casa. Combinamos de ir até lá e nadar num lago perfeito para crianças, que era raso, cercado de areia e sombreado. Sprax jogou Lily para o alto e pegou-a no ar; as risadas dela atravessaram o lago.

Ao voltarmos para casa, ele confessou que, embora Lucy fosse uma ótima pessoa, estava na dúvida se queria continuar nesse relacionamento.

— Lucy me aflige com o controle velado que tenta exercer sobre mim — disse. — Ela telefona à meia-noite para minha casa, como se quisesse me fiscalizar. E diz que poderia ter usado Liliana para chegar a mim, fazendo-a apaixonar-se por ela. Isso me deixa realmente aflito.

Para mim, Lucy se apaixonara por ele e não era correspondida. "Como é perigoso mostrar emoção demais nessa impiedosa dança dos relacionamentos", pensei.

Parecia um momento oportuno.

— Andei pensando... Estou com 42 anos... Se quiser dar um irmãozinho para Liliana, terá de ser agora, se ainda for possível.

Eu estava dirigindo e não olhei para Sprax, que segurava a mãozinha de Liliana enquanto ela dormia.

— Pensei que talvez você se animasse em ter outro filho comigo. A mesma combinação. Sei que está saindo com Lucy e que provavelmente ela não vai gostar, mas não precisamos fazer da forma divertida. Podemos fazer inseminação artificial. Não precisa me responder agora. Só quero que você pense no assunto. — Parei um instante. — Você é um ótimo pai e seria ótimo para Liliana ter um irmão biológico. Mas compreenderei perfeitamente se sua resposta for negativa.

Sprax ficou em silêncio por um longo tempo.

— Vou pensar — disse, finalmente.

Dois dias depois, deu-me uma resposta positiva. Lucy ficou infeliz com a ideia, mas muito mais infeliz com o afastamento dele.

— Não quero atrapalhar sua vida.

— Não — respondeu ele, com firmeza. — Não se preocupe. A verdade é que meu caso com Lucy não vai durar. E, se vamos ter outro filho, creio que minha contribuição em termos de tempo e dinheiro deve ser maior. Tenho um trabalho fixo e estou ganhando bem, então acho que devo contribuir mais.

Nem pensei em resistir à ideia.

Fizemos check-ups e exames para detectar doenças sexualmente transmissíveis; os resultados foram bons.

Aluguei uma cabana em New Hampshire por uma semana, louca para sair da cidade e aproveitar um pouco. Sprax planejara uma viagem para o Alasca e, quando voltou, começamos a tentar. Ele terminou o namoro com Lucy — não em razão dos nossos planos, embora isso tenha catalisado a decisão. Sentada na varanda da cabana, olhando para as matas verdes de setembro e as distantes montanhas azuladas, pensei no que me esperava. Seria maravilhoso transar com Sprax. Minhas amigas me perguntavam se tínhamos voltado; eu respondia que não, mas elas ficavam decepcionadas. O que eu podia dizer? As coisas estavam bem assim, e eu não esperava que Sprax se apaixonasse por mim agora, se não o fizera antes.

145

Eu colocava Liliana para dormir no quarto da cabana, mas, após um minuto, ela se levantava e dizia: "Bom dia!" Já falava "grilo" e dizia que as mordidas de mosquitos "coçavam". Pedia que eu lesse o livro do *Quebra-Nozes* e conhecia todas as cores. Eu lhe ensinei a bater suas palmas nas minhas, e ela caía na gargalhada toda vez que nossas mãos se encostavam. Essa é minha definição de "bênção".

Liliana e eu saímos de New Hampshire debaixo de uma chuva torrencial para buscar Sprax no aeroporto. Ele se concentrou nela nos primeiros minutos; depois seus olhos se voltaram para mim com ar de felicidade. Eu o abracei. Deixamos Liliana no apartamento do meu pai para podermos ficar sozinhos durante algum tempo.

— É uma situação muito engraçada — disse Sprax ao sairmos de lá. — Estou me sentindo como um adolescente conversando com o pai de uma menina antes de sair com ela.

O monitor de fertilidade indicava que eu entrara no meu período mais fértil no dia anterior. Não havia tempo a perder.

Eu não conseguia olhar para Sprax. Sentia-me terrivelmente constrangida e não sabia o que fazer. Esse homem garante que vai transar com você, mas será que sente desejo por você? Talvez fosse mesmo como muitas situações entre adolescentes.

Voltamos para minha casa e paramos na cozinha para tomar uma cerveja.

— Não é tarde demais para voltar atrás — falei.

— Eu estava ansioso para chegar aqui.

— Você pode, por favor, dizer que não é uma tarefa árdua transar comigo?

Ele deu um risinho encabulado.

— Eu sinto desejo por você — disse ele, num tom estranho. — O único problema entre nós era você ser boa demais para mim.

Foi um verdadeiro revisionismo, mas, de alguma forma, não muito confortador. Conversamos durante algum tempo sobre a viagem dele ao Alasca, o que ajudou. Depois, subimos, entre abraços pelo corredor.

— Você é tão gostosa! — disse ele.

— Você também.

Mais tarde, olhando dentro dos meus olhos, com ar sonhador, ele se declarou:

— Eu te amo, Carey.

— Eu também te amo.

A escalada

Carey: — O equipamento para escalada deve sustentar seu peso.
Beth: — Na maior parte das vezes, sustenta.
Pam: — E se não sustentar?
Beth: — Você cai.

Beth

EU ESTAVA GOSTANDO DE VIVER sozinha e, nos últimos dois anos, aperfeiçoara algumas habilidades úteis: aprendi a andar de bicicleta como uma profissional, consegui comprar uma casa e administrei meu divórcio e minhas confusas finanças. Agora queria fazer alpinismo.

Inscrevi-me sozinha para um curso de escalada, pois nenhuma amiga quis me acompanhar. Durante três fins de semana gelados da primavera de New England, usei um cinto especial com apoio para as pernas e sapatos roxos com solas emborrachadas para subir penhascos ao redor de Boston.

Meus colegas eram simpáticos, mas passei a maior parte do tempo com um instrutor chamado Chris. Ele me ensinou a dar nós, prender âncoras, segurar-me em cordas e fazer rapel. Era um homem magricela e quieto, com seus quase 50 anos, rijo e em boa forma, maratonista e bom alpinista. Parecia um gato: era quieto, ágil e tão magro que me surpreendi com sua força. Eu fazia muitas perguntas; ele sorria, meneava a cabeça, respondia, sorria de novo e começávamos a escalar.

No último fim de semana, fomos ao Gunks — na cadeia de montanhas Shawangunk, no estado de Nova York —, a meca dos alpinistas na costa leste, a poucos quilômetros de onde passei minha lua de mel com Russell. Encontrei-me com o grupo num acampamento lamacento, e Chris rapidamente conseguiu uma barraca para mim. Levei um susto quando ele se aproximou, quieto, por trás de mim.

— Todos os alpinistas estão escolhendo seus guias — falou ele. Tinha chovido na noite anterior e ele gesticulou para os alpinistas que saíam das suas barracas. — Você gostaria de escalar comigo?

Eu disse que sim.

As escaladas eram desafiantes e gratificantes, uma grande realização. Naquela noite, houve um jantar e uma rifa, e, entre os oitenta participantes e uma dúzia de prêmios, Chris e eu ganhamos cinco. Ele ficou sem jeito com tudo aquilo e acabamos abrindo mão de dois presentes.

Em geral, novos escaladores trocam de guia no segundo dia. Chris perguntou se eu queria continuar com ele e aceitei.

Alpinismo é um esporte que requer muita intimidade, não importa se você é o guia ou a "segunda pessoa". Sua segurança e sua vida dependem do parceiro. Ao mesmo tempo, você depende apenas de si mesmo. Depois que sai do chão, ninguém puxa você penhasco acima.

Minha vida passara tão rápido nos dois últimos anos que os movimentos lentos da escalada funcionaram como um contraponto ideal. Um pé aqui. Uma mão ali. Outro passo. Outra subida. E assim por diante. Durante horas. Eu forçava meus limites físicos e estava tão concentrada que só via o penhasco à minha frente, o equipamento e meu parceiro.

Quando o curso terminou, Chris e eu continuamos a escalar juntos.

De início, ele não falava muito. Ficávamos sentados, quietos, à beira de precipícios, comendo barrinhas de cereais e rolinhos de queijo. Observávamos os falcões. Apreciávamos a vista de New Hampshire desde Cathedral Ledge até o lago Echo e os morros além. Eu tampouco precisava falar. Nossa experiência em comum eram as escaladas. As escaladas em si, não o destino. E foi assim que nos conhecemos, mantendo-nos seguros na ponta da corda.

Num dia ensolarado de verão, paramos pouco abaixo do topo de Cathedral Ledge, a 180 metros de altura. Soltamos as cordas e nos sentamos com as pernas soltas no ar.

— Eu adoro isso — falei, abrindo uma garrafa d'água pendurada à minha cintura e oferecendo a ele. — Veja.... — continuei, mostrando a paisagem vasta, verde e sem nuvens. Uma vista panorâmica. — Estou me sentindo como um enorme pássaro. — Ele abriu uma barrinha de cereais e me ofereceu; eu ofereci a minha para ele. — Dias como este podem mudar uma pessoa.

— Dias como hoje, quando tudo dá certo, são maravilhosos.

Mudei de posição, apertando o nó antes de me virar para ele.

— Obrigada por me trazer aqui.

Ele balançou a cabeça, concordando, e recostou-se na rocha.

— Foi você quem chegou até aqui.

Escalar era tão gratificante que parei de pensar em ter um filho por algum tempo. Ainda faltava um ano para eu chegar aos 40 e sempre tive grande habilidade para adiar as coisas. Mas também achei que faria sentido começar a falar sobre o assunto e a preparar todos que participavam da minha vida para meu plano não tão perfeito.

Meus pais me apoiaram, mas ficaram desapontados.

— Que boa ideia ter um filho — disse minha mãe —, mas não era isso que eu queria para você.

Providenciei que os sete frascos com esperma fossem enviados de Arlington para uma renomada clínica de fertilização *in vitro* em Boston. Mas também queria uma confirmação profissional de que meu organismo poderia esperar.

O exame de sangue constatou que meu nível de FSH (que identifica a qualidade dos óvulos) estava bom. No início de outubro, fiz uma histerossalpingografia para avaliar se minhas trompas de Falópio estavam livres. Fui para casa dirigindo, sentindo um desconforto no abdome: uma mulher solteira, de 39 anos, presa no trânsito, tentando conter as lágrimas.

O médico identificou vários pólipos nas minhas trompas e recomendou que fossem retirados através de uma histeroscopia para aumentar as chances da inseminação. Marquei a cirurgia, que exigiria anestesia, para início de fevereiro.

Eu não via razão para contar isso a Chris. Nossa amiga em comum e companheira de escalada, Jackie, revirou os olhos quando afirmei que ele não pensava em ter um relacionamento comigo.

— De jeito nenhum — argumentei. — Nós somos amigos. Ele sabe disso.

— Ele sabe que é isso que você quer — disse ela, revirando os olhos de novo.

Por que não considerar a ideia do meu melhor parceiro de escalada, um homem bom e honrado, engraçado e inteligente, alto (mas não com 1,95m), de cabelos escuros e olhos azuis, ser um doador de esperma?

Porque, se ele me quisesse, eu não queria saber.

Mas era uma ideia tentadora. Como candidato, ele era ideal. Quase ideal. Por mais que eu tentasse, e tentei muito — eu podia escalar com ele todos os dias —, não sentia atração física por Chris. Nenhuma centelha. Foi uma das ironias mais cruéis da minha vida. Meu medo era de que, se eu tivesse um filho com Chris, ele quisesse ficar comigo também.

Num belo fim de semana de outono, Jackie, Chris, outro alpinista chamado Paul e eu fomos ao Gunks. Pensei em dividir um quarto com Jackie, mas Chris pensou em dividir um comigo.

— O que o marido de Jackie pensaria se ela ficasse num quarto com Paul? — perguntei a ele.

Jackie revirou os olhos mais uma vez.

Fiz minha escalada mais difícil naquele fim de semana. Enquanto eu lutava para me alçar sobre uma saliência pouco abaixo de um cume perigoso, Chris debruçou-se sobre a rocha.

— Vamos! — gritou ele. — Você chegou até aqui! Conseguiu! Agora é só chegar ao topo.

Foram necessárias várias tentativas. Eu estava exausta. Comecei a me queixar. Mas, finalmente, cheguei lá.

— Muito bem — disse ele, batendo as palmas das mãos nas minhas. Talvez tivesse me abraçado, mas eu estava perto demais da beira. — Você deveria se orgulhar.

E eu estava orgulhosa.

Rochas são estáveis, sólidas e relativamente permanentes — todas as características que minha vida não tivera nos dois últimos anos. Então, depois de estar familiarizada com elas, senti-me pronta para enfrentar pequenos imprevistos. Um pouco de mau tempo. E comecei a escalar no gelo.

Chris me levou para a mata, com meus novos ganchos para gelo e botinas especiais para escalada, mostrou-me desafios e riscos e encorajou-me a enfrentá-los. Com machadinhas nas mãos e pregos especiais nas botas, escalei cachoeiras congeladas. À noite, já tarde, depois que deixei Chris em casa, estacionei o carro e caminhei pela calçada de tijolos da rua Charles, sob os lampiões de gás, passando por antiquários, lojas de roupas de colegiais e cafeterias charmosas. Com meu kit de escalada no gelo preso às costas, senti-me uma super-heroína.

Um dia, em meados de dezembro, descemos dos penhascos, como sempre fazíamos, juntamos os equipamentos, enrolamos a corda e descemos no escuro, com sapatos para neve e lanternas na cabeça. Seguimos nosso plano de jantar e tomar café para dirigirmos alertas na volta para Boston. Naquela noite, fomos a um restaurante mexicano onde havia pouca gente.

Antes das *enchiladas* chegarem à mesa, falei sobre minhas duas sobrinhas. Ele as conhecera semanas antes, quando paramos para jantar na casa do meu irmão na volta do Gunks.

Chris não comia muito. Por isso, não estranhei quando ele pegou uma *tortilla*, examinou-a e devolveu-a ao prato. No entanto, quando ele fez isso pela segunda vez, perguntei se havia alguma coisa errada.

— Eu só estava pensando... — disse ele, quebrando um pedaço da *tortilla*. — Sei que você gosta muito das suas sobrinhas. Eu estava pensando se você tem vontade... E você não precisa me responder se não quiser... Se você tem vontade de ter filhos.

Chris nunca se casara.

— A resposta curta é sim — respondi.

— E a longa?

— Para ser franca, estou planejando ser mãe solteira, e você está em primeiro lugar na lista de doadores potenciais.

— Doadores?

— Doadores de esperma.

— Certo. OK — afirmou ele, pondo o garfo na mesa. — Não sei o que dizer. Não era o que eu esperava ouvir. — Ele levantou as sobrancelhas, sacudiu a cabeça, olhou para a mesa e ao redor da sala. — Não me entenda mal, Beth. Estou me sentindo honrado, mas é uma coisa que nunca considerei. Preciso pensar melhor.

Dois dias depois, recebi o seguinte e-mail:

Faço essa oferta com toda a sinceridade que você conhece. Essa é sua jornada. Seria uma felicidade eterna ser seu companheiro de viagem por um tempo. O que você pode ganhar com isso? Seguem algumas ideias:

Certeza absoluta de hereditariedade. Todas as informações necessárias serão dadas. Você pode aceitar ou re-

jeitar essa oferta conforme critérios seus. Não farei perguntas.

Por outro lado, poderei ter pensamentos agradáveis pelo resto da vida. Poderei pensar que ajudei alguém a ter uma experiência de vida completa, especialmente se esse alguém for você.

Eu deveria ter calado a boca. Chris havia deixado claro, em mais de uma ocasião — por meio de um conjunto de boas ações, gestos, notas e ocasionalmente palavras —, que seus profundos sentimentos por mim continuavam a crescer e que tinha esperança de um relacionamento amoroso. Eu estava certa de que, se tivéssemos um filho juntos, por inseminação ou não, seu desejo só aumentaria. Se concordássemos em ser pais, estaríamos ligados para sempre. Não seríamos mais parceiros de escalada.

Na semana seguinte, ele me chamou para jantar. Para um bom jantar. Um encontro. Ao chegarmos em casa, ganhei uma machadinha de madeira para alpinismo com a inscrição *abhaya*, que eu havia tatuado no meu corpo e que significa "intrepidez" em sânscrito.

— Eu te amo — disse ele enquanto eu desembrulhava a machadinha.

— Foi muito gentil da sua parte. Eu estou... — Ele ergueu a mão para que eu não terminasse a frase.

— Você me pediu para não fazer esse tipo de declaração. Mas já tentei ser o amigo calado.

— Não sei o que dizer. — Eu segurava a machadinha e virei-a nas mãos.

Ele respirou fundo e encostou-se no balcão da cozinha.

— Então não diga. Talvez você possa pensar melhor no que eu disse — continuou ele, sacudindo a cabeça.

No dia seguinte, liguei para o trabalho dele.

— Eu estou bem, Beth — disse ele quando perguntei como estava. Uma pergunta qualquer. Uma forma de puxar assunto. — Estou bem. Magoado, mas vou ficar bem.

Escalamos naquela semana. Ao voltarmos para casa, ele pôs a mão na minha perna.

— Ainda estou disposto a ajudar você — disse ele.

Eu acho que afastei sua mão com toda a gentileza.

Escalamos mais algumas vezes, mas ele estava sempre ocupado quando eu telefonava. Passado quase um mês, soube por Jackie que ele tinha aceitado um emprego na Inglaterra.

— O que você esperava? — perguntou ela. — Que ele dissesse que não teria um filho com você? Que ele entendesse se você não aceitasse?

Lamentei sua partida. Senti falta dele e das nossas escaladas. Mas, mesmo quando desejava ter me apaixonado por ele, eu sabia que não havia cometido um erro. E sabia que o doador 8282 continuava às minhas ordens.

Antes que Chris partisse, inscrevi-me em uma aula de escalada no gelo. Numa tarde fria do primeiro fim de semana, cheguei cedo em Harvard Cabin, uma hospedaria próxima à ventosa rota 16, em Jackson, New Hampshire. Havia apenas dois sujeitos lá.

— Aqui... Pode se sentar aqui... — disse um deles, que usava um gorro de lã preta e tinha um cavanhaque, mostrando o banco ao seu lado.

Eu me sentei. Ele pôs um pedaço de bolo na frente da minha boca. Foi um gesto invasivo, mas abri a boca como se fosse um enorme filhote de pássaro.

E pronto: conhecer Phil foi tão gostoso quanto o bolo. Bolo de chocolate.

As outras pessoas da turma de alpinismo chegaram, sacudindo a neve das botinas, tirando os agasalhos, sentando-se nas mesas compridas. Phil, o sujeito do cavanhaque, falou sobre sua difícil escalada com cordas congeladas naquele dia; comentei sobre o quanto estava entusiasmada com o workshop e sobre a importância de receber bem o inverno no nordeste do país. Ele disse também que seu caminhão era mesmo um caminhão, e não um trailer como tantos outros. O lugar era muito barulhento; todos conversavam ao mesmo tempo e algumas pessoas batiam no fogão de gás para mantê-lo aceso. Ficamos próximos, em nossos impermeáveis quentes. Phil tinha cabelos escuros e olhos azuis, media cerca de 1,80m, era largo e tinha mãos grandes, que estavam vermelhas por puxarem cordas congeladas o dia inteiro. Era um homem rústico, que, mesmo sem falar, transmitia energia.

Quando nosso grupo se juntou para receber as orientações, ele pediu licença e subiu para deitar no seu saco de dormir.

De manhã, tinha ido embora.

Quando terminou o fim de semana, constatei duas coisas: eu queria continuar a escalar no gelo e queria encontrar o sujeito que me dera um pedaço de bolo. Como não sabia seu endereço, enviei um e-mail ao chefe do programa, que conhecia o parceiro de Phil, e a mensagem foi encaminhada a ele.

Com o endereço de e-mail de Phil, escrevi alguma coisa sobre cordas à prova d'água ou parafusos para gelo e perguntei se ele gostaria de sair comigo qualquer dia.

— Que tal sábado à noite? — respondeu ele.

Carpe diem.

No nosso primeiro encontro, ele chegou numa picape preta.

— Veja — disse, mostrando o carro. — Um caminhão. Por definição.

Eu sorri. "Hummmm", pensei.

Fomos a um pub pouco conhecido em Somerville, ouvimos uma banda irlandesa com um ótimo violinista, tomamos várias cervejas e comemos bem. Eu nunca fingi que só comia biscoitos de arroz e frutas. Gostava dele e acho que ele gostava de mim. Depois do jantar, ele me levou para casa e, milagrosamente encontrando um lugar onde estacionar, caminhou comigo até a porta.

— Quer entrar? — perguntei.

Ele sacudiu a cabeça.

— Não, obrigado. Hoje, não, mas eu gostaria de vir outro dia.

"Que desperdício de estacionamento", pensei.

Passamos a sair juntos no nosso tempo livre; jantávamos, dávamos umas voltas pelo bairro, víamos televisão ou íamos ao cinema durante a semana. Ele me beijava, mas não me levava para a cama. Durante anos, pensei que sexo fosse a melhor forma de iniciar um relacionamento. Não era algo que se esperava. Era o que se fazia. E, depois, se valesse a pena, pensava-se sobre o resto.

Criado numa grande família católica, com pais tradicionais típicos da década de 1950, Phil estava sendo um *gentleman*. Eu ficava um pouco confusa com sua atitude. Nós nos beijávamos no sofá, mas, antes que alguma coisa mais séria acontecesse, ele respirava fundo, se despedia e partia. Era altamente estimulante esperar por uma coisa que valia a pena.

Mas o namoro não durou. Tínhamos combinado uma escalada no gelo com seus amigos Guy e Clare no início de fevereiro. Ficaríamos em uma pequena cabana, na mesma cama, e o quarto mais próximo estaria ocupado. Sugeri que começássemos um relacionamento íntimo em relativa privacidade. Ele concordou.

Guy e Clare eram ótimos. Bons companheiros e bons escaladores. Podemos conhecer uma pessoa e gostar dela, mas, quando conhecemos alguém em plena neve e confiamos nossa vida a essa pessoa, a amizade se torna mais intensa. Phil pouco me conhecia e me convidou com a maior simplicidade:

— Meus amigos se reúnem todos os anos para escalar no gelo. Você gostaria de vir? — perguntou, como se me convidasse para ir ao cinema.

No início, passávamos todos os fins de semana juntos e nos víamos várias vezes durante a semana. Ele era auditor forense de uma grande financeira e tinha o perfil típico de um solteirão: um apartamento entre a cidade e seu trabalho, uma televisão bem grande, um sofá bege — daqueles que agradam homens solteiros com mais de 35 anos —, uma panela, um grill George Foreman, algumas cervejas, pastrami e outras coisas não identificáveis na geladeira.

Pam e eu planejáramos esquiar no nordeste de Vermont no fim de fevereiro, mas ela tinha um prazo apertado para entregar um trabalho e não poderia ir.

— Estou pensando em convidar Phil — comentei com ela.

— Excelente ideia. Mas lembre-se de que é uma *looooonga* viagem. Muito tempo para conversar ou para descobrir que não há nada sobre o que conversar. Mas ele parece valer o esforço — incentivou, otimista como sempre.

Foi, de fato, uma viagem longa e escura, e erramos o caminho várias vezes. Mas rimos muito quando ele me contou sobre seus empregos na época do colégio — como mexedor de queijo e garçom cantante — e sobre sua velha motocicleta. Falamos também sobre nossas famílias. Ele me disse que, nos últimos dez anos, seus relacionamentos não duraram mais do que quatro meses — e muitos duraram menos ainda.

— Por quê? — perguntei. — O que acontecia? — Era uma pergunta mais fácil do que "Você tem dificuldade para se comprometer?"

— Acho que cada vez por uma razão diferente. Algumas namoradas se mudaram, os relacionamentos não deram certo ou não era como eu pretendia gastar meu tempo e energia.

Tentei não analisar essas informações. Talvez fosse má sorte. Mas um homem bonito, inteligente, engraçado, empregado, atlético, de 37 anos e ainda solteiro dá margem a algumas perguntas.

Consegui afastar esses pensamentos temporariamente. O fim de semana estava ótimo, com muita neve, céu azul e temperatura amena o suficiente para apoiarmos nossos esquis numa árvore e fazermos um piquenique com maçãs e sanduíche de manteiga de amendoim. Ficamos ao ar livre o dia todo. Sou uma péssima esquiadora, mas ele não se importou.

Nosso quarto era frio e monasticamente decorado. Então, quando estávamos ali, ficávamos quase o tempo todo na cama. Achei tudo ótimo, e Phil também. Ele me disse isso. Fiquei surpresa. Eu não estava acostumada com aquilo. Russell era tão centrado em si mesmo que dizia coisas como "obrigado, meu bem, foi ótimo; pode me passar meu livro?" E os outros não tiveram importância na minha vida: fizeram parte de uma época em que eu vivia aflita e carente. Uma parte da minha história que eu não queria esquecer, mas certamente não queria repetir. Phil parecia diferente. Ele era bom e sarcástico. Autoconfiante e atencioso. Forte e gentil. Engraçado e sensível. Mas não perfeito: era um republicano convicto. Afora isso, minha única preocupação fora sua observação sobre em que não queria gastar seu tempo e energia.

Minhas amigas que conheciam meu plano de ser mãe solteira perguntavam se Phil queria ter filhos.

— Eu mal o conheço. Não tenho certeza. Nunca perguntei a ele.

Pam sabia quanto tempo eu passava com Phil e que o doador 8282, ou algum outro meio para o mesmo fim, estava no topo da minha lista de prioridades.

— Você não acha que deveria procurar saber? — perguntou-me ela.

— Ainda não estou pronta para descobrir que ele não quer ter filhos.

Eu não via razão para fazer essa difícil pergunta por enquanto, considerando que tinha adiado meu plano para o ano seguinte. Se Phil fracassasse, eu apelaria para o doador.

Gostei tanto dos amigos de Phil — Guy e Clare — que, quando eles nos convidaram para uma escalada em Seneca Rocks, em West Virginia, no início de abril, decidi ir sozinha quando Phil disse que não poderia ir.

Seis horas antes de encontrar Guy e Clare no aeroporto, achei que algo não estava certo. Fui à farmácia e comprei dois testes de gravidez.

Voltei para casa lentamente. Tomei um *frappuccino*. Parei numa loja de presentes e comprei uma lembrança para minhas sobrinhas. Esperei o sinal mudar para atravessar a rua. Admirei a vista do rio na rua Pinckney. Finalmente, cheguei em casa, subi as escadas e fui para o banheiro.

Os dois testes deram como resultado "positivo". Passei uma, entre as cinco horas restantes, no chão de ladrilho do banheiro, olhando para a parede. Tenho certeza de que minha pressão subiu. Olhei para minha barriga. Contar para Phil me deixou ansiosa. Estar grávida me deixou ansiosa. Decidir o que fazer a respeito da gravidez não me deixou ansiosa, mas saber que aquilo já estava decidido, sim.

Aliás, esse foi um verdadeiro caso de falha do anticoncepcional. Usei os anticoncepcionais como indicado; reapliquei, reintroduzi, como indicado. Sim. Eu queria um filho. Mas não fiz de propósito.

Não telefonei para Phil antes de sair. Não telefonei para ninguém.

Voamos para Washington, D.C. e, no dia seguinte, seguiríamos de carro para West Virginia. Como eu tinha tempo, liguei para minha amiga Madeleine, que eu conhecia desde que tínhamos 14 anos, e nos encontramos para jantar. Fomos a um lugar excessivamente iluminado em Adams Morgan, onde serviam vários tipos de cerveja e café da manhã durante o dia inteiro. Olhei o cardápio de cervejas, mas pedi um chá gelado. E pronto: a decisão de uma vida na escolha da bebida. Sem álcool. Novo estilo de vida.

Olhei para Madeleine e comecei a chorar. Não nos encontrávamos havia dois anos, mas não importava. Abri a boca. Sacudi a cabeça. A garçonete se aproximou, e minha amiga pediu que ela voltasse depois.

— O que... — perguntou ela, baixinho. — O que aconteceu?

— Estou grávida. E você é a única pessoa que sabe.

Ela fez um sinal afirmativo com a cabeça e tocou no meu ombro.

— Ah, Bethy, Bethy... E isso é bom?

— Não sei. Acho que não é terrível.

— Mas sou a única que sabe?

— É.

— Então não é o ideal.

— Não, não é o ideal.

Naqueles cinco dias frios, escalamos da manhã à noite pelas estreitas e elevadas passagens de arenito que formam Seneca Rocks. Nos momentos calmos — no chuveiro, quando meu companheiro de quarto, Bill, dormia ou durante o café da manhã —, eu pensava na magnitude do que estava acontecendo. Chorei no banheiro e ouvi Bill respirar durante horas no outro canto do quarto. Decidi que o melhor a fazer era contar para Phil, com a maior simplicidade possível. Assim que eu voltasse para casa.

Não me poupei na escalada. Ao contrário, esforcei-me mais, tentando, durante as horas do dia, concentrar-me nas rotas, e não no resto da minha vida.

Pegamos o avião para casa à noite e tive todo o dia seguinte para encontrar as palavras certas a dizer. "Ei, estou grávida." "Ei, quer tomar um drinque? Sente aí. Ah, estou grávida." Eu era uma mulher, como todas na mesma situação, pronta para jogar uma bomba num homem despreparado.

Phil me encontraria mais tarde. Fiquei sentada na escada do prédio, esperando. Notei imperfeições na pintura. Ouvi vozes vindas da rua. Concentrei-me na minha respiração. Não consegui parar de balançar as pernas para cima e para baixo.

Quando a campainha tocou, eu a senti mais do que ouvi. Achei que tinha levado um choque.

— Ei! — disse Phil, sorrindo. — Como foi a viagem? — perguntou, inclinando-se para me beijar.

— Foi ótima. Realmente ótima. Guy, Clare e Bill são ótimos. A escalada foi ótima. O tempo não estava ótimo. O lugar era ótimo. Foi tudo ótimo. Ótimo.

Ele entrou.

— Parece que foi ótimo mesmo. Realmente ótimo. O que é ótimo — disse ele, beijando-me de novo. — É uma pena que eu tenha perdido.

Como não sou uma pessoa paciente, pulei rapidamente para a próxima fase de nossas vidas.

— Preciso dizer uma coisa, mas não sei qual será sua reação — falei, afastando-me dele.

Ele certamente pensou que eu pretendia terminar nosso relacionamento recém-iniciado.

— Estou grávida — declarei, num tom mais alto do que pretendia. Eu não queria terminar nada. Não sabia aonde chegaríamos, mas não queria que aquilo terminasse.

Ele me olhou quase aliviado. Por três segundos.

— Você está grávida?

— Por favor, não pergunte se tenho certeza.

— Eu não ia perguntar.

— OK. — Eu realmente não sabia o que fazer.

— Tudo bem. OK. Não era o que eu esperava... — Ele respirou fundo e esfregou o rosto.

— Desculpe-me... Achei que seria um erro esperar. Você se perguntaria por que esperei tanto.

Ele concordou.

— Você provavelmente tem razão. Não há um momento certo para dar uma notícia assim.

— Não consegui pensar em nenhum.

Ele parou diante de mim. Mais depressa do que eu esperava, Phil me perguntou:

— Você sabe o que quer fazer?

Uma pergunta típica. Phil tinha sido orientador numa instituição que oferecia planejamento familiar até ser atacado por um fanático com uma placa de madeira. Mas também era filho de pais católicos e devotos. A religião possivelmente não influenciaria sua decisão, mas sua vida de solteiro, com pastrami frito três vezes por semana, talvez influenciasse.

— Quero ter — respondi.

— Verdade?

— Sim.

— Pensou bem?

— Sim. O que você acha? — perguntei.

— Acho que você já decidiu, mas preciso de um pouco de tempo para pensar, para assimilar. — Depois de uma pausa, ele continuou: — Você soube há alguns dias, não foi?

Eu assenti.

Ele fez o mesmo.

— Soube antes de viajar — observou ele, respirando fundo de novo.

— Se você não quiser o bebê, vou entender. — Pensei em tocar no braço dele, mas não sabia o que ele estava sentindo.

Ele sacudiu a cabeça.

— Vai ficar tudo bem. Só preciso de um tempo.

Nenhum grito. Nenhuma acusação. Nenhum "como você deixou isso acontecer?". Dá para conhecer um homem contando a ele que se está acidentalmente grávida.

Fui ao ginecologista dois dias depois. A gravidez foi confirmada. O mais surpreendente é que, mesmo após anos de casos e de sexo inseguro, nunca engravidei. Cheguei a pensar que era infértil. Outra coincidência irônica é que tive uma gripe forte naquela semana e não fiz a cirurgia para tirar os pólipos e desbloquear as trompas de Falópio para aumentar minhas chances de engravidar. Ocorreu-me, enquanto eu esperava o médico naquela camisola de bolinhas, que Phil e eu estaríamos ligados para sempre se eu tivesse o bebê. Ele estaria na minha vida para sempre.

Mesmo que não nos entendêssemos, nunca nos livraríamos um do outro. Não era assim que uma mulher com fantasias românticas pensava. No futuro, poderíamos acabar lutando pela custódia do nosso filho.

— OK — disse ele, dias mais tarde. — Vamos planejar tudo juntos. Eu preciso crescer em algum momento.

Comecei a ver Phil como um pai em potencial, e ele parecia bom nesse papel.

Um dia, ele me levou para conhecer seus pais.

Beverly e Ron eram católicos praticantes, tradicionais e conservadores, que tomavam gim-tônica, dirigiam carros americanos e ainda usavam discos de 45 rotações. Ótimos, mas muito diferentes dos meus pais. Fui bem-recebida, mas eles não sabiam que eu estava grávida.

Enquanto Phil e o pai penduravam alimentos para pássaros e limpavam a grelha da churrasqueira, sua mãe me levou para conhecer o andar de cima. Ela havia feito um penteado, deixando uma mecha grisalha sobre a testa. Então, tirou uma caixa do armário e me mostrou fotos de Phil ainda bebê e de outro menino, um garoto bonito, louro e sorridente.

— Esse é o irmão mais velho de Phil, Durl — disse Beverly. — Ele morreu de síndrome de Reye aos 6 anos.

Phil o havia mencionado quando perguntei quantos irmãos ele tinha. Sua resposta foi: "Depende de a quem você pergunta. Nós éramos seis; agora, somos cinco."

Sentada na cama king size de Beverly, com as imagens espalhadas em cima da colcha, observei seu rosto. Ela sorria enquanto olhava e guardava as fotos. Senti-me submetida a um ritual de passagem familiar. Depois, começou a chorar; toquei no seu braço e ela pôs as mãos sobre a minha. Quando descemos, e ela foi para a cozinha, Phil me chamou e perguntou se ela havia mostrado as fotos de Durl.

Assenti. Ele sacudiu a cabeça e olhou para o canto da sala de jantar onde estava sua mãe.

— Sinto muito — disse.

Durl não foi mencionado de novo naquela visita, mas ficou claro que ele era a peça que faltava naquela família.

Depois de Phil, meus pais foram os primeiros a saber da gravidez. No início, conversamos sobre vários assuntos, como sempre. As novidades, o trabalho, o clima, Phil.

— Isso é ótimo. Vocês parecem se divertir juntos — disse minha mãe.

— Sim.

— Mais viagens planejadas?

— Pensamos em ir visitar você e o papai.

Meus pais moravam em Manhattan e tinham uma casa de campo ao norte dali.

— Verdade? Quando? Vai ser ótimo.

— Na próxima semana?

— Está bem.

Fiz uma pausa típica de uma notícia de gravidez.

— Tenho uma coisa para contar antes. — Meu coração batia rapidamente. — Eu estou grávida.

— É mesmo?

— Sim. O médico já confirmou.

— Ah, meu Deus.

Minha mãe não costuma dizer "ah, meu Deus". Era uma reação que, para ela, soava muito antiga, muito June Cleaver.

167

— Estou louca para conhecer Phil... — continuou ela. Percebi certo sarcasmo, o que não me surpreendeu. Ao longo dos anos, levei para casa uma longa fila de namorados. Alguns sérios, outros cujos nomes sequer me lembro. Desde que terminei o colégio, eles me acompanhavam no dia de Ação de Graças, na páscoa judaica e nos aniversários, além de alguns fins de semana de verão no lago. Esse namorado, que eles nunca tinham visto, me engravidara.

Phil, que era filho de um oficial de marinha, estava convencido de que meu pai o enxotaria de casa com um machado e estava visivelmente tenso quando passamos pela Massachusetts Turnpike para chegar à casa de campo. Seu queixo se contraía sob o cavanhaque.

Em vez de uma arma, meu pai tinha uma garrafa de champanhe nas mãos. Estava quente para o início da primavera e nos sentamos na parte externa.

— À nossa saúde — brindou ele. Ficamos ali até anoitecer.

Os pais de Phil foram os próximos a receber a notícia. Sua mãe chorou ao telefone.

— Foi um choro alegre ou um choro aflito e chocado por termos um filho sem sermos casados? — perguntei.

— Provavelmente ambos.

Nós nos sentimos como dois colegiais quando explicamos que não planejamos aquilo, mas levaríamos a cabo a gravidez.

Decidimos que Phil se mudaria para minha casa em outubro. O bebê nasceria perto do Natal. Na próxima consulta ao médico, esperei uma hora e meia na sala de exame. Phil tirou umas horas de folga e esperou por mim na recepção, imaginando se houve algum problema. O problema era que meu médico, um dos melhores de Boston, se esquecera de mim.

Quando finalmente apareceu, ele deu uma desculpa e, pelo ultrassom, ouvimos os batimentos cardíacos do bebê, aquela vida galopante correndo pelo medidor eletrostático. Fiquei assombrada, como se tivesse descoberto um novo planeta. Era a vida se impondo ao mundo através de mim e de Phil.

No terceiro mês de gravidez, comecei a contar a todos que teríamos um bebê. A cada vez aquilo se tornava mais real. É diferente quando você está perto dos 40 anos. Minhas amigas com filhos mais velhos se divertiram.

Nancy, que tinha filhos que já cursavam o ensino médio, disse:

— Estou feliz por você, mas eu daria um tiro na cabeça se tivesse outro filho.

Maggie falou:

— Hahahahahahahahahaha! Telefone para mim daqui a dez anos!

Fiona disse, em tom zombeteiro:

— Há pouco tempo, quando alguém engravidava aos 35 anos, diziam que era uma "gravidez geriátrica".

As amigas com mais de 40 anos que também queriam ter filhos sentiram-se ao mesmo tempo felizes e tristes.

— Pode me vender um pouco dessa magia? — perguntou minha colega Jane.

Eu faria a amniocentese — punção do líquido amniótico — no Hospital Geral de Massachusetts, mas primeiro precisei ver uma geneticista.

A médica com quem falamos era um pouco gentil demais. Disse que alguns aspectos tinham de ser considerados

— como marcadores genéticos que pudessem pôr o feto em risco —, mas nada muito sério além da minha idade. Mostrou gráficos e discutiu opções, mas estávamos decididos a fazer a punção amniótica e, se fosse detectada alguma anomalia significativa, interromperíamos a gravidez. Sabíamos que as probabilidades estavam a nosso favor, mesmo na minha idade.

Muitas mulheres com mais de 35 anos não fazem amniocentese nem biópsia das vilosidades coriônicas, preferindo exames menos invasivos ou nenhum. Embora os fatores de risco aumentem com a idade (uma chance entre 1.250 de síndrome de Down aos 20 anos; uma entre quatrocentas aos 35; uma entre cem aos 40; e uma entre trinta aos 45 anos), algumas mulheres esperam ou se esforçam tanto para engravidar que o risco de um aborto causado pela amniocentese, ainda que mínimo, é inaceitável. Eu não estava entre elas.

Depois, veio a espera. Inúmeros estudos acadêmicos avaliam o nível de ansiedade das mulheres que esperam os resultados da amniocentese e, é claro, sabe-se que há uma forte tensão durante duas semanas antes que os exames sejam concluídos e os resultados, apresentados. Mas esperamos. Estávamos em meados de junho, perto de receber os resultados dos exames; eu tinha me livrado da ansiedade e completado 40 anos.

Passamos meu aniversário em Crane Beach, uma extensão protegida da costa ao norte de Boston. Estava ventando, mas quente. Deitei-me num cobertor, com a cabeça encostada em Phil, pensando que nossos dias de leitura na praia estavam prestes a terminar. Em breve, em vez de romances e revistas, carregaríamos baldinhos e fraldas.

No dia em que nos telefonaram, eu estava no quarto, lendo um artigo para o trabalho.

— Alô, Beth? Aqui é Jenny, a geneticista. Tenho seus resultados da punção. Você está em algum lugar privado? Podemos conversar?

— Sim.

— Beth, sinto muito...

Era tudo que eu precisava ouvir.

Nunca tive tanta raiva de um mero portador de más notícias. Ela me disse que os resultados indicavam síndrome de Down. Fim da história. Para nós, fim da gravidez.

Estima-se que até noventa por cento das mulheres que recebem um diagnóstico de síndrome de Down optam por interromper a gravidez. Tomamos essa decisão antes do diagnóstico. Há muitas histórias comoventes sobre criar um filho com síndrome de Down, mas não nos sentíamos prontos para esse desafio. Eu certamente não sobreviveria ao meu filho e não queria passar a vida com medo de morrer e deixar sozinho alguém que não poderia se proteger.

Jenny perguntou se eu queria conversar pessoalmente. Se queria que ela entrasse em contato com alguém. Se eu tinha alguém com quem falar. Desliguei o telefone.

Phil atendeu assim que o telefone tocou. Ele sempre atendia depressa. Mal pude falar antes do choro chegar.

— O bebê tem síndrome de Down! — gritei.

Logo depois, ouvi Phil subir as escadas, correndo.

Ficamos deitados na cama por algum tempo. Eu disse que talvez tivesse havido um engano. Talvez tivessem trocado os resultados. Senti todas as dúvidas que imagino que todos sentem nessa situação.

Contei para meus pais. Meu pai chorou. Tomei um banho e examinei minha barriga como se fosse receber uma mensagem; depois, fui à cozinha. Phil estava sentado na mesa, com a cabeça baixa, e achei que estava lendo. Mas estava chorando. Inclinei-me e toquei no seu braço. Ele sacudiu a cabeça.

Percebi, naquele momento, que estávamos juntos, que ele não tinha concordado em ter o bebê só porque eu decidi. Tinha tomado uma decisão também. Ele sacudiu a cabeça de novo.

— Por favor... — disse ele. — Quero ficar sozinho. — Foi *naquele* instante que constatei como ainda nos conhecíamos pouco.

Antes do diagnóstico, mudei de ginecologista. Então, minha primeira consulta com o novo médico — Dr. Reed, um homem bom, jovem, de óculos — serviu para decidirmos em que dia seria feito o aborto. Era uma quinta-feira; o procedimento foi marcado para a quarta-feira seguinte. A sala de espera, superlotada de mulheres em estágio adiantado de gravidez, crianças pequenas e revistas para pais, era, para mim, um pesadelo. Dr. Reed foi solidário, mas profissional, mostrando que o melhor era ser gentil e eficiente. Mantive os olhos no chão quando saí do consultório, preferindo tropeçar nos móveis a ver aquelas barrigas enormes.

No fim de semana anterior ao procedimento, fui mandada pelo *Globe* para fazer uma matéria sobre caminhadas no monte Washington.

Phil e eu fumamos a caminho de North Conway, New Hampshire, e bebemos cerveja quando chegamos. Pagamos uma fortuna por um quarto modesto num resort, com vista para as montanhas. Tomei um café da manhã ótimo e variado. Depois, veio a caminhada. Eu estava grávida de quatro meses, sedentária, arrasada e grata por estar subindo — lenta como uma mula — a montanha mais alta de New England. Foi o primeiro dia de verão. Tenho uma foto numa grande área nevada, perto do topo do monte, jogando uma bola de neve em Phil.

Acho que fechei a matéria do *Globe* dando boas-vindas ao futuro, visto do alto do observatório do monte Washington: "E tudo, tudo, por centenas de quilômetro quadrados, estava ali, abaixo de nós. Naquele momento, até onde se estende o nordeste do país, estávamos no topo do mundo."

Quando chegamos em casa, Pam nos trouxe comida e ficou por uns cinco minutos. Ao perceber que só queríamos olhar para as paredes, disse, passando-me uma bandeja com galinha à Marbella suficiente para vinte pessoas:

— Não tenho ideia do que você está sentindo. Eu me sinto totalmente inútil, por isso fiz tanta comida. Não soube o que fazer.

— Eu não sei o que fazer. Talvez a gente coma tudo.

— *Mangia* — disse ela. — Faça o que for necessário para superar esse dia. E faça o mesmo amanhã.

Ela me beijou e foi embora.

Na segunda-feira, um residente de medicina inseriu pequenos pedaços de algas marinhas secas no meu útero. Parece bizarro — e é. Tão estranho quanto enfiarem sushi no seu corpo. Os pequenos e desconfortáveis pedaços chamam-se laminárias. São altamente "higroscópicos", drenando a água em volta e se expandindo lentamente. É uma técnica menos agressiva do que os dilatadores de metal usados para expandir o canal vaginal — desde que o residente seja experiente e habilidoso. Mas o meu residente não era. Doeu demais. Eles me mandaram para casa e disseram que eu teria cólicas.

As laminárias demoram para agir. Eu esperaria 12 horas e, então, eles checariam se a dilatação era suficiente. Fiquei sentada numa espreguiçadeira no deque, lendo revistas, vendo o sol se mover e me sentindo triste, gorda e desconfortável.

Doze horas depois, as laminárias ainda não tinham agido e foi preciso inserir um pouco mais. Voltei para casa e me sentei no deque por mais 12 horas. Naquela noite, antes de irmos para a cama — para ler, não para dormir —, Phil virou-se para mim e disse:

— Apesar de tudo, ainda quero me mudar para cá.

— Obrigada. Eu fico contente — falei. E dormi.

O procedimento levou muito tempo. Meu primeiro ginecologista tinha sido contra a biópsia das vilosidades coriônicas, que daria resultados em menos tempo e provavelmente permitiria a interrupção da gravidez com uma simples extração. Então, tive de expelir um feto que morreria ao sair de mim, destinado ao esquecimento, após vinte horas de trabalho de parto, depois de pitocina e anestesia epidural, com os pés presos nos estribos, numa abominável imitação de um nascimento real. Quando tudo terminou e ouvi os terríveis sons do feto sendo expelido de mim, eu arfava. Só consegui perguntar se já havia acabado.

Pedi que Phil saísse do quarto; só mais tarde percebi que certamente foi terrível ficar sentado sozinho no corredor, ouvindo bebês chorarem, enfim respirarem e serem levados para os quartos em volta. Também esqueci que era seu aniversário.

Dr. Reed limpou os óculos e olhou para mim por cima dos estribos.

— Algumas pessoas preferem ver o feto. Mas não creio que seja uma boa ideia — disse ele.

Mais tarde, adormeci no quarto do hospital. Phil dormiu também, num sofá ao meu lado, junto de janelas que mostravam Beacon Hill.

Gritos estridentes vindos do quarto ao lado me acordaram.

— Empurre! Empurre! Vamos! Você vai conseguir! Vamos, meu amor, você vai conseguir!

Se eu pudesse fazer uma recomendação para maternidades de hospitais seria usarem equipamentos à prova de som nos quartos destinados às mulheres que interromperam a gravidez para que não ouçam os abençoados gritos agônicos daquelas que estavam em trabalho de parto. Eu não podia acreditar no que estava ouvindo. Tirei o cobertor e saí da cama.

— Phil, quero ir para casa. Quero ir para casa agora.

Mas não aguentei meu peso e caí no chão. A anestesia epidural ainda estava agindo. Eu não sentia minhas pernas. Não conseguia me levantar. Não conseguia sair dali. Fiquei sentada no chão, chorando, ouvindo a mulher do quarto ao lado dar à luz.

Phil me ajudou a voltar para a cama e nos olhamos.

Durante aquele verão, tive vontade de empurrar mulheres grávidas escada abaixo.

Eu me sentia gorda, mesmo não havendo mais motivo. Meu corpo ainda pensava que estava na gravidez. Houve também os variados corrimentos, cólicas, barriga, hormônios. Com o tempo, as coisas melhoraram e meu corpo voltou ao normal. Mais espantoso era Phil e eu ainda estarmos juntos. Talvez não fosse espantoso. Talvez tivéssemos ultrapassado os aspectos triviais e superficiais do início dos relacionamentos e, depois de enfrentarmos a primeira grande crise, tivéssemos sobrevivido.

Um dia, eu disse a ele:

— Ainda quero ter um filho.

— Eu sei.

— Tudo bem por você?

— Acho que sim. Mas preciso me recuperar.

Eu tinha anunciado aos quatro ventos que estava grávida e agora precisava informar a essas pessoas que a coisa dera errado. Não queria que me perguntassem sobre minha gravidez. Sentia uma inveja enorme de qualquer grávida.

— Tenho vontade de derrubar ela — murmurei para Pam quando passamos por uma mulher empurrando um carrinho de bebê.

— É melhor não. Além do mais, ela pode ser a babá.

Em setembro, começamos a mudar, pouco a pouco, as coisas de Phil para minha casa. Nosso ritmo foi lento naquele verão; não tivemos de correr para nos conhecer melhor. Nosso passo desacelerou-se.

Na última semana de setembro, Phil fez um bazar na sua casa e vendeu o resto dos móveis, panelas, seu sofá de solteiro e seu rack de aglomerado de madeira. Ele trancou a porta do apartamento e partiu para Beacon Hill.

— Você está fazendo a coisa certa — assegurou-me Pam enquanto tomávamos um café em Harvard Square.

— Estou tentando me manter otimista.

— Com o tempo, você não precisará mais tentar.

— Vou tentar me manter otimista sobre isso também.

Naquele outono, Phil e eu subimos o monte Snow, em Vermont, em nossas bicicletas. Escrevi sobre nosso passeio numa coluna de viagem do *Globe* e soei feliz: "Sei que Phil, meu companheiro de atividades ao ar livre, e eu tivemos um dia bem-sucedido simplesmente por sairmos ilesos." O verão tinha acabado. Nós nos divertíamos. Nosso passo era rápido de novo, muito rápido.

Várias semanas depois, enquanto Phil e eu líamos na cama com as janelas abertas, ouvindo o barulho da rua Charles e sentindo o ar mais frio, coloquei meu livro na cama e falei, tocando no seu braço:

— Ei...

Ele virou-se para mim, mas continuou segurando o livro.

— Eu andei pensando...

— Devo ter medo? — perguntou ele.

— Talvez.

— Pensando em quê?

— Pensando em ter um filho.

— Verdade?

— Sim. Verdade.

Ele levantou as sobrancelhas e pôs o livro na cama.

— Podemos conversar amanhã?

Conversamos no dia seguinte. E no outro dia. E no outro. Em certo momento, Phil disse que tinha mudado de ideia e que não queria ter um filho. Não queria de forma alguma.

— Então temos um problema.

— Acho que sim. Mas estou aqui porque quero ficar com você, não porque quero um filho.

— Mas eu quero... Lembra? Já falamos sobre isso. — Meu tom de voz começou a mudar e não era para melhor. — De preferência com você.

Ele sacudiu a cabeça.

— Sinto muito. Não tenho explicação para dar. Não planejei mudar de ideia.

— É uma grande mudança.

— Simplesmente não quero — repetiu ele. — Não tive muita escolha na última vez.

— Imagino que, se eu tiver um filho sozinha, você não vai querer ficar aqui. Para onde irá? Você vendeu tudo que tinha por seiscentos dólares.

Phil, claramente, não havia pensado nesse detalhe.

— Não estou desistindo. Por favor, não diga que estou. Quem nunca pôde escolher não pode se dar ao luxo de desistir.

Naquela noite, desci e encontrei Phil sentado à mesa da cozinha. A única luz chegava da rua e passava pela janela congelada.

— Isso vai ser horrível — falei. — Horrível mesmo.

— Eu sei — respondeu ele, sem olhar para mim.

— Vai ser pior do que tudo que já passamos.

Phil virou-se para mim, com o rosto à sombra, e sacudiu a cabeça. Olhou para baixo, sacudiu a cabeça de novo e falou, num tom enfático:

— Não. Nada é pior do que aquilo.

A segunda transferência

Pam: — Não comprei frascos comuns. Comprei frascos da sorte.

Carey: — Passar adiante o esperma tornava-se uma tradição.

Beth: — A "redoação" suprema.

Pam

BOYCE RENSBERGER, DIRETOR DA BOLSA de estudos de jornalismo do Instituto de Tecnologia de Massachusetts, olhou para nós na mesa de reunião com um sorriso malicioso.

— Bem-vindos ao MIT. É um prazer conhecer todos vocês. Sabiam que vocês têm uma coisa em comum? — perguntou ele. Ninguém respondeu, mas umas risadinhas foram ouvidas.

Nós, os novos bolsistas, tínhamos nos conhecido junto à mesa do café: Hujun, da China; Debbie, da Costa Rica; Rehana, da África do Sul; Kevin, de Washington; Steve, de

Nova York, e outros. Não podia haver um grupo mais heterogêneo do que aquele, apesar de sermos todos jornalistas.

— Crises. Vocês todos estão em crise — disse Boyce. — É por isso que estão aqui, mesmo que levem algum tempo para entender.

Nós nos entreolhamos, mas ninguém falou. Pagos para estudar durante um ano, quem podia reclamar? De *qualquer coisa?*

— Eu não estou em crise — brincou, mais tarde, Steve, jornalista de ciências mais experiente do grupo. Ele tinha um sotaque do Bronx e falava como um anunciante de rádio. — Se disserem de novo que estou em crise, vou começar a chorar!

A certa altura do seminário de biologia, cutuquei Steve. Eu sabia pouco sobre ciências, ao contrário dos outros bolsistas, que tinham uma ótima base de biologia e química. Quando ele olhou, abri o caderno de anotações e mostrei uma página em branco.

— Você pode, por favor, desenhar uma célula para mim? — cochichei. Que vergonha!

Steve, que sabia basicamente tudo sobre o assunto e sobre Mel Brooks, desenhou, com desenvoltura, círculos e setas ligando átomo e molécula, gene e cromossomo.

E escreveu na página: "Gostei do seu cheiro."

Ali estava eu: perfumada, solteira, desempregada, financeiramente insegura e planejando ser mãe. Essa era minha crise. Mas eu tinha preciosos meses diante de mim, sem sérias responsabilidades, e decidi que meu mantra naquele ano seria "receber, receber, receber". Deixar o universo vir a mim. E fazer o que desejava fazer, não o que eu achava que devia fazer. Gravidade zero.

* * *

Samuel Palmer, renomado e entusiasmado professor de astronomia, prometeu nos ensinar as leis do universo sob a cúpula revestida de cobre que cobria em outros tempos o então maior telescópio do país.

A aula inaugural daquela noite era sobre luminosidade — ou a qualidade de emitir ou refletir a luz — e decididamente tinha algo atraente. Um belo homem, de nariz longo e reto, olhos azuis ou verdes e cabelos castanhos caindo sobre a testa estava sentado à minha frente. Sua jaqueta de couro preto, pendurada na cadeira, roçava meus joelhos. Com uma expressão calma e paciente, ele ouvia as divagações de uma aluna de olhos ariscos à sua esquerda.

Imaginei que éramos muito mais velhos e que ele estava sentado ao meu lado, ouvindo-me com o mesmo olhar simpático. Quando saímos da sala de aula para o observatório universitário de Harvard, pensei que gostaria de ter um homem como ele. Segui-o até o alto da cúpula, de onde se viam o horizonte cintilante de Boston e as estrelas como um dossel de vaga-lumes.

— Linda noite, não é? — falei.

Ele sorriu.

— Sim.

Detectei um ligeiro sotaque. Também detectei outra mulher, pequena, com um corte de cabelo assimétrico e batom vermelho.

— O professor parece muito interessante — disse ela.

— Parece, sim.

— E felizmente explica muito bem. O que é ótimo, porque sinto dores no estômago ao pensar em estudar matemática — comentei. A mulher assentiu enfaticamente.

— Achei realmente fantástico quando ele mostrou as estrelas atraindo matéria — acrescentou o homem.

A outra mulher e eu concordamos entusiasticamente, dizendo "ah, sim" em uníssono, como se esse bonitão também pudesse atrair a matéria das estrelas.

— Meu nome é Pam.

— Mark.

Não me lembro do nome da outra mulher, honestamente.

— O que traz você aqui? — perguntei.

— Eu me interesso por astronomia há tempo e faz muitos anos que assisto aulas em Harvard — respondeu ele, com algum sotaque britânico. — É uma oportunidade maravilhosa para aprender e conhecer gente interessante. E você?

— Sou bolsista do MIT, o que significa que poderei aprender e conhecer gente interessante durante um ano.

Cheguei mais perto dele. A outra mulher afastou-se. Entramos na cúpula escura, onde eu quase não podia ver o contorno do rosto de Mark.

— O que você faz quando não assiste às aulas? — perguntei, baixinho. Ele disse que trabalhava com tecnologia da informação.

— Sempre achei jornalismo uma profissão fascinante, mas é preciso muito talento — respondeu.

Eu corei.

— Você ficaria surpreso se soubesse que não há glamour algum no jornalismo.

Percebi que ele me olhava quando dei um passo à frente e observei, pelo telescópio, os planetas brilhantes. Esperei a sua vez e fizemos algumas perguntas ao palestrante. Só um pequeno grupo continuou por ali. Quando a visita ao observatório terminou, desci as escadas e segui com Mark pela calçada. Nossa conversa tornou-se imediatamente pessoal. Ele era de uma região do País de Gales cujo nome era impossível pronunciar e tinha descoberto uma meia-irmã na Austrália.

— Meus pais se divorciaram quando eu tinha 2 anos e raramente vejo meu pai — explicou. Contou também que sua mãe, Ruth, ficou chocada quando uma conhecida perguntou, no supermercado, por Mark e pela outra filha do pai dele. "*Que* outra filha?", quis saber ela. Depois de alguma investigação, Ruth descobriu que o pai de Mark teve uma filha com uma mulher que mais tarde se mudou para a Austrália.

— É incrível que eu tenha uma afinidade consaguínea com um completo estranho — disse, com seu sotaque galês, enquanto descíamos o morro do observatório e chegávamos às ruas vazias e silenciosas.

— Você falou com ela?

— Sim, muitas e muitas vezes pelo telefone. Considerei-me filho único durante quatro décadas e, de repente, descobri que não sou — explicou.

"Então ele tem pelo menos 40 anos", pensei. "Ótimo. E não usa aliança."

— Tenho alguém no mundo. Isso é novo para mim.

Chegamos à rua onde Mark estacionara o carro.

— Quer uma carona? — perguntou.

Era tentador. E perigoso. Eram quase onze horas da noite e eu não o conhecia, embora sentisse, no fundo, que estaria segura com ele. Mais do que segura.

— Não, mas obrigada pelo convite — respondi.

Ele sorriu.

— Foi um prazer conhecer você. Boa noite, Pam.

— Boa noite.

Sorri por todo o caminho até o metrô. Até chegar em casa. Até ir para a cama. Não me sentia assim havia anos.

Minhas mãos não sossegavam e minhas pernas estavam bambas, como se eu tivesse ingerido muita cafeína.

Na manhã seguinte, sentada ao lado de Debbie na aula de biologia e tentando prestar atenção na matéria sobre genética, escrevi no meu caderno de notas: "Conheci um galês lindo ontem à noite" e mostrei a ela, que abriu um largo sorriso e me cutucou, curiosa por detalhes.

Cheguei cedo para a aula de astronomia na semana seguinte. Mark chegou tarde e sentou-se junto à porta. Nossos olhos se encontraram e trocamos um "oi" mudo. No intervalo, peguei minha bolsa e meu caderno e sentei-me perto dele. Depois da aula, ele jogou o caderno dentro de uma mochila e virou-se para mim. Dessa vez, vi que seus olhos eram azuis.

— Você conhece o Caffé Paradiso? Quer tomar um café comigo?

"Lógico", pensei.

— Tudo bem — respondi. — É uma boa ideia.

Fomos até a cafeteria, pedimos nossas bebidas e nos sentamos perto da janela. Os outros liam ou conversavam.

Contamos as histórias das nossas vidas. Cresci aqui, fui para a faculdade, viajei. Mark morava num modesto subúrbio ao norte de Boston. Tinha cidadania americana havia quase vinte anos e viajava muito, inclusive para a Índia. Sua vida social era cheia: ele via filmes com amigos, assistia às aulas e interessava-se por política internacional. Era formado em engenharia mecânica e pensava em fazer outro curso de graduação em alguma área criativa, como fotografia ou cinema.

Mark tinha um tom tranquilo e me ouvia com aquela mesma expressão que vi pela primeira vez na semana anterior. Mas parecia mais triste naquele dia. Ele colocou um pouco de creme no café e mexeu.

— Você está envolvida com alguém? — perguntou.

— Não — respondi, surpresa. Ele era bem direto. — E você?

— Sim, Pam, sou casado há muitos anos. — A colher escorregou dos seus dedos e caiu no chão. Quando ele baixou a cabeça para pegá-la, xinguei a mim mesma. Droga. Droga. Droga. Droga. Como pode ser? Como não percebi os sinais? Por que tive tão pouca sorte?

— Ou, melhor, tenho um relacionamento complicado e vários outros relacionamentos — disse ele, com um ar entediado, como se já tivesse explicado a mesma coisa antes. Perguntei-me quantas outras mulheres ele conhecera nas aulas e convidara para tomar café. Depois, disse que ele e a esposa tinham vidas independentes.

— Desculpe-me, mas o que significa isso?

— Nossos outros relacionamentos são uma forma de conseguir o que não temos em casa. Um companheirismo que não existe entre nós.

Ele parecia tão triste que era difícil pensar nele como um cafajeste, mas eu estava ouvindo apenas sua versão da história. A história do "casamento infeliz" era muito velha.

Considerando essa exceção, Mark me pareceu inteligente e interessante. Se eu conseguisse lidar com a situação, ele poderia se tornar um amigo e nada mais. Ele me deixou numa esquina perto do meu apartamento e mandei-lhe um e-mail no dia seguinte: "Obrigada pela carona, pelo *cappuccino* e pela conversa na noite passada."

Digitei com cuidado para escrever corretamente a palavra *cappuccino*.

Ele respondeu na mesma noite.

"Foi um prazer. Você disse que vai sair nesse fim de semana? Se não for, que tal nos encontrarmos em algum lugar para tomar um drinque? Ou dar uma caminhada na margem do rio Charles?"

Durante a aula da manhã seguinte, Jackie e Debbie me perguntaram sobre o galês. Sacudi a cabeça e disse que ele era casado. Jackie, que estava noiva, suspirou e bateu levemente na minha mão. Sentamos num enorme auditório do MIT, cheio de rapazes e moças que faziam anotações o tempo inteiro, absolutamente concentrados nas palestras. Os estudantes de Harvard examinavam o Facebook.

— Ah, Pam! Que pena! — disse Debbie. — Não se preocupe. Você vai encontrar alguém. Nós vamos encontrar alguém.

— Não estou preocupada — menti.

Por mais atraída que eu estivesse por Mark — e eu estava muito atraída —, quis deixar claro que sob nenhuma circunstância eu me envolveria com ele em termos amorosos. Ponto final. Aceitei seu convite para sair naquele domingo e ensaiei repetidamente o que eu diria.

Era um animado dia de outono; o bairro estava cheio de estudantes e de pessoas que faziam compras, comiam ou andavam com cachorros. Decidimos andar pela avenida Massachusetts até Harvard e descer para o rio, parando num bistrô ao ar livre. Esperei a hora certa para fazer minha declaração, mas ela não chegou. Finalmente, tive de falar.

— Estive pensando numa coisa. Talvez seja algo completamente sem sentido, e nunca tenha ocorrido a você, e não quero supor que sim, talvez eu esteja errada, mas acho que preciso ser compreendida pelo menos por mim, talvez não por você. — Eu falava aos borbotões, longe do discurso articulado e sucinto que tinha ensaiado. — Acho que há uma atração entre nós, e sei que outras mulheres não se importam com sua situação, mas você se abriu comigo e quero que fique registrado que nunca me envolverei com você.

Pronto. Prendi a respiração.

— Que fique registrado? — repetiu Mark, rindo.

— Sim — falei, corando. — Que fique registrado. Sou jornalista, lembra?

— E muito meiga — disse ele.

"Será que ele ouviu o que eu disse?", pensei. Ele não pode falar coisas assim!

— Compreendo inteiramente. É uma boa decisão. Mas podemos ser amigos, certo?

— É claro que sim.

— Ótimo.

Pedi licença para ir ao banheiro. Eu esperava sentir algum alívio emocional, mas não era tão simples. Eu estava arrependida.

— É estranho me sentir assim? Não querer me envolver com você? — perguntei quando voltei à mesa. A maioria dos estudantes que passava por nós na calçada usava fones de ouvido, mas, mesmo assim, falei baixo.

Mark disse que amizades com mulheres às vezes se transformavam em outra coisa e que ele teve dezenas de amores: casos com mulheres adultas quando era ainda adolescente, encontros em aviões, múltiplos casos com francesas. Tudo parecia exótico para meus ouvidos relativamente inocentes. Ele foi criado por mulheres e as amava. E elas o amavam, isso era óbvio.

No encontro seguinte, sentamos num pátio de pequenos tijolos em Harvard Square, onde um guitarrista dedilhava músicas dos Beatles. Mark tinha largado o emprego para dar consultoria numa empresa perto dali, ligada a motores aeroespaciais. Seu horário de trabalho seria menos rígido e a locomoção, mais rápida. Mas ele deixou cair os ombros e seu rosto se anuviou quando falou sobre seu casamento. Disse que seus amigos insistiam para que ele se separasse.

— Eles acham que meu casamento é terrível.

Depois, contou que a esposa era maníaco-depressiva, num estágio grave, com dificuldade para se controlar. Um ano antes, tinha sido internada no hospital McLean por várias semanas após um período violento e raivoso.

— A pessoa que amei e a quem tentei ajudar por tanto tempo não existe mais — constatou ele.

— Você já pensou em deixá-la? — perguntei. Eu estava curiosa. Tinha de admitir que um pedaço de mim se animava com a ideia de Mark se tornar um homem solteiro.

— Sim, e a deixei, mas não por muito tempo. Eu me sentia responsável; foi sempre uma falsa despedida. Pode haver períodos de calma, mas sei que as recaídas virão.

Eu havia namorado um maníaco-depressivo e conhecia outras pessoas com essa doença. O que Mark disse era convincente, e não uma tática de sedução. Era um simples relato de desespero.

Naquele outono, segurei um coração humano pela primeira vez, na aula de anatomia. Tinha o tamanho de, ao menos, dois punhos meus, com válvulas delicadas e veias que transportavam sangue por espaços mínimos. Parecia um órgão promissor, com inúmeras possibilidades para qualquer pessoa.

— Realmente — disse Donna, minha melhor amiga —, não se pode lavar demais as mãos depois de segurar um coração.

Relutei em dizer que também segurei um cérebro e que a neurociência me encantara mais do que qualquer outra área. Esse campo, adormecido sob vários aspectos por tanto tempo, voltara à vida com avanços em genética e mapeamento. Pela primeira vez, psicólogos trocavam ideias com químicos, e biólogos moleculares conversavam com geneticistas, tentando associar comportamento e biologia. E eu estava começando, só começando, a compreender essas questões.

Minha mãe, que se tornou psicoterapeuta tardiamente, na meia-idade, mandava-me artigos e discutíamos saúde mental. Eu me entusiasmava ao pensar que ter um filho seria uma alegria pessoal e uma fascinante experiência de observar uma mente se desenvolvendo ao aprender e crescer. Uma experiência real de tudo que eu havia estudado.

— As coisas acontecem mais depressa do que você pode imaginar — disse minha mãe. — Aprendi mais observando você do que você aprendeu comigo.

De tempos em tempos, ela perguntava se eu tinha conhecido alguém *interessante*. Ela sabia que eu não desistiria de encontrar um amor só porque meu plano de ser mãe solteira, que nunca esteve longe dos meus pensamentos, estava se tornando cada vez mais real.

No meio de setembro, Beth e eu fomos ao lago Walden. Nadamos tanto quanto conseguimos nos dias quentes e, quando esfriou demais, passamos a caminhar na ciclovia. Naquele dia, o sol havia aparecido e dois falcões de rabo vermelho circulavam sobre as árvores, cujas folhas começavam a se tornar amarelas.

Beth sentia-se melhor — um pouco inconformada com o peso que ganhara durante a gravidez interrompida, mas o pior havia passado. Eu também me sentia melhor sobre estar sozinha.

— Sua bolsa de estudos parece ótima. E muito interessante — disse ela.

— Não é uma troca perfeita para o amor e uma família, mas é maravilhoso.

— Sim, compreendo — assentiu, olhando para mim quando pisamos nas primeiras folhas secas. — Então é uma boa hora para perguntar se você quer os frascos de esperma que ganhei da Carey.

— Boa ideia! — falei, rindo e jogando um graveto na água. — Gastei muito tempo com homens sem perspectiva. Talvez seja o momento certo para considerar outras opções.

Beth era o tipo de mulher que jamais me diria para largar um namorado, especialmente se soubesse que eu não estava pronta para ouvir isso. Ela me deixaria ler nas entrelinhas, usando frases como "espero que tudo funcione como você quer". Depois, esperaria que eu caísse em mim.

— Carey me deu os frascos no dia em que me conheceu. Provavelmente não fazia ideia da magnitude da sua doação. Você é uma das minhas melhores amigas. Não posso dar a você um novo namorado, mas *posso* dar um frasco de esperma.

— De Carey para você, de você para mim.

— Precisamente. Você sabe que pode ficar com os frascos. — Ela estalou os dedos e disse: — *Voilà*. Os sete frascos são seus.

— Tem certeza de que está pronta para abrir mão deles?

Eu sabia que a oferta era um reconhecimento tácito de duas coisas: Beth acreditava que Phil era o homem certo para ela e que eu estava preparada para ser mãe ainda que sozinha.

— Phil é um cara legal — falei.

Eu estava sendo sincera. Beth e Phil tiveram uma briga que podia surpreender quem não conhecesse seus lados mais ternos, mas eu entendia o quanto eles se gostavam.

Ela concordou.

— OK — falei, estendendo o braço para apertar a mão dela. — Eu aceito.

— Talvez você nunca tenha de usá-los.

— Talvez.

Beth sentiu minha melancolia.

— Se usar, ótimo. Se não usar, melhor ainda. — disse ela, dando um tapinha nas minhas costas quando fizemos a curva na ciclovia. Uma toalha listrada estava pendurada no galho de uma árvore à beira da água e vi braços e pernas se movendo a distância. Era alguém determinado o suficiente para enfrentar a água fria.

— Espero encontrar alguém, mas é bom saber que os frascos de esperma estão lá.

Eu não tinha muita noção das credenciais do doador 8282. Só sabia que ele era um cientista muito alto, que tinha agradado tanto à Beth quanto à Carey, duas das mulheres mais brilhantes que eu conhecia.

Logo depois dessa conversa, o relacionamento de Beth e Phil entrou numa fase problemática. Eu esperava que as coisas dessem certo porque queria que eles fossem felizes juntos. Não contei a ela, mas meu lado egoísta temia que ela quisesse os frascos de volta se ficasse sozinha de novo. Nesse caso, eu teria de procurar outro doador — um processo desanimador, mas não impossível. Carey e eu combinamos um almoço. Ela disse que estava muito feliz por eu ter ficado com os frascos.

Não foi realmente um almoço. Foi um festival de doces, incluindo bolo de cenoura com cobertura, pão de banana e chá numa cafeteria. Carey e eu conseguimos os últimos lugares disponíveis antes que alguns estudantes enchessem o balcão e os baristas gritassem os pedidos. Falamos um pouco sobre o doador 8282 e as dificuldades que talvez eu enfrentasse, como mãe solteira, para conhecer alguém.

— Eu gostava da companhia de Neil até o dia em que ele disse que não amava Liliana. No futuro a amaria, mas, por enquanto, não — disse Carey. — O amor pela minha filha me preenche tão completamente que talvez ele tenha se sentido preterido. E fui obrigada a me perguntar se eu poderia ficar com alguém que não amava minha filha.

Ela apontou meu lábio sujo de cobertura, e limpei a boca.

— Eu compreendo como você se sentiu. Mas é justo exigir que ele ame sua filha como você? — perguntei.

— Sim, sim, sim! Vejo padrastos que se apaixonam pelos filhos das suas esposas. — Ela mencionou uma amiga que estava namorando um homem que tinha dois filhos adolescentes. — Veja meu pai! E Liliana é adorável, não é?

Dividimos o último pedaço de pão de banana. Depois, Carey falou algo que me surpreendeu.

— Às vezes, pergunto-me se amo tanto Liliana que não consigo amar mais ninguém, não consigo abrir espaço no meu coração para mais ninguém. E nem sei se quero.

Eu tinha visto Carey lutar para encontrar e manter um parceiro. Não podia acreditar que estivesse desistindo do amor. Eu amei de várias formas — como filha, irmã, namorada, amiga e dona de cachorro. Mas nunca como mãe. Depois que Carey sugeriu que o amor por um filho pode preencher a vida de uma mulher, fiquei ainda mais curiosa a esse respeito. Agora, com o doador 8282, eu poderia descobrir.

Achei que Mark apreciaria o balé Kirov, que estava se apresentando numa sala de concerto da pequena região onde se concentravam os teatros de Boston.

— Você gostaria de almoçar e ver o balé? — perguntei.

— Seria ótimo. E o que acha de uma taça de champanhe depois? — respondeu ele.

Aquilo parecia demais com um encontro. Minha grande amiga Ellen me contara, com detalhes, o caso que teve com um homem "permanentemente separado", que durou muito mais do que ela pretendia.

— Conte para suas amigas e para mim o que você faz com ele e crie parâmetros rígidos — disse ela. — O segredo gera tentação. Acredite, eu sei.

Telefonei de novo para Mark.

— Desculpe-me, mas tenho um compromisso pela manhã que talvez demore e não vai dar para almoçarmos juntos. Mas podemos nos encontrar no teatro e tomar um café ou um chá antes da apresentação?

Se ele percebeu o que eu estava tramando, não comentou.

— É claro, Pam, o que for melhor para você. Estou animado.

Naquele dia, vesti calças largas e uma blusa preta com mangas compridas e gola rulê. Nenhum pedacinho do corpo estava exposto ou poderia sugerir uma segunda intenção. Mark, por sua vez, entrou no grande saguão de decoração renascentista francesa usando sobretudo e terno escuro, parecendo o próprio James Bond. Com um grande esforço, não segurei a mão dele quando nos sentamos e as luzes apagaram.

Terminado o espetáculo, inventei uma desculpa para não tomar champanhe com ele.

— Tenho um longo dia amanhã, com um seminário cedo e aulas até tarde... — Na volta para casa, paramos por um instante em frente ao meu prédio, no carro aquecido de Mark. As centelhas entre nós eram quase palpáveis.

— Tive vontade de pegar sua mão durante o balé — disse ele, lendo meus pensamentos.

Eu assenti.

— Quero que conheça uma pessoa que faça você feliz, mas fico triste em pensar que não estaremos juntos. Eu poderia me apaixonar por você — continuou ele. — Na verdade, já me apaixonei.

Eu estremeci, mas abri a porta do carro e senti o ar frio.

— Simplesmente não posso — falei.

— Lá vai você fugir do carro — disse ele, com um sorriso doce.

Eu saí e corri pelos degraus da entrada. Ele foi para casa e para a esposa.

Há uma razão para a expressão "coração partido". Ele realmente se sente partido pela tristeza.

— Mark disse que me amava — escrevi no meu diário. E foi tudo que escrevi. Era tudo que eu podia suportar.

Na noite seguinte, ele me telefonou e deixou um recado: "Obrigado pela tarde maravilhosa e por ser tão sincera sobre seus sentimentos. Eu gostaria, como você sabe, que as circunstâncias fossem diferentes. Ser seu amigo é difícil, mas vale a pena."

Virei-me na cama a noite toda e, antes de o sol nascer, resolvi ligar o computador. A gata pulou no meu colo e enroscou-se ali; permaneci imóvel diante da tela brilhante. Ouvi uma sirene tocar ao longe e caminhões de lixo passarem pela rua.

"Preciso respeitar e aceitar que suas circunstâncias refletem seus desejos, em algum nível, mas procuro um homem que não tenha de dividir o coração com ninguém", digitei, no escuro. "O que você me disse não era inteiramente inesperado. Fiquei feliz e triste. Ser sua amiga é difícil, mas vale a pena."

Fechei o laptop, tirei a gata do meu colo com cuidado e voltei para a cama.

Mark disse que compreendia, mas sabíamos o que poderíamos sentir um pelo outro se tivéssemos a oportunidade. "Espero que encontre um companheiro maravilhoso que compartilhe a vida com você. Vê-la feliz me deixará feliz também."

Sua mensagem foi bondosa e carinhosa, deixando-me lisonjeada. Percebi que eu não podia mais me imaginar sem ele e que parte de mim não excluía a possibilidade de um futuro relacionamento. Por enquanto, eu confiava nele. Tinha conhecido seus amigos, alguns também amigos da sua esposa, e todos confirmaram a situação do casamento dele. Eu não via incoerências. Duas amigas minhas conheceram Mark, gostaram dele e o acharam honesto.

Mas eu não queria sofrer e tinha de considerar se estava pronta para abandonar meu alto nível moral depois de tantos anos reiterando-o. A esposa de Mark me preocupava também. Se eu acreditava francamente que o casamento era sagrado, quaisquer que fossem as circunstâncias, se queria ser uma irmã para todas as mulheres, e não só para minhas amigas, o certo seria terminar esse relacionamento imediatamente.

Pouco depois da minha formatura na universidade, fui traída por um namorado que se apaixonou por uma das minhas melhores amigas. Nunca os perdoei. Confortei esposas e namoradas cujos companheiros tiveram casos extraconjugais. Beth sofreu muito quando seu marido a deixou por outra mulher, e agora eu poderia causar essa dor a alguém.

Por outro lado, eu não conseguia abrir mão dele.

"Mark, sua mensagem lembrou-me de como me sinto. Parece que nos conhecemos há muito mais do que um ano", escrevi.

Nós não nos falávamos. Só nos escrevíamos. Ele respondeu uma hora depois: "Pam, sinto o mesmo. Você é muito especial para mim. Só tive esse sentimento de afinidade com duas outras mulheres em toda a minha vida — uma atração imediata e a sensação quase definitiva de ter encontrado a pessoa certa. Uma alma gêmea."

Era o momento de decidir. Mas nada aconteceu. Trocamos e-mails superficiais durante alguns dias. Meu coração pesava como chumbo. Eu repetia a mesma fala — que começava a parecer gasta e desonesta — excluindo a possibilidade de um relacionamento: "Acho que você sabe que eu gostaria que ficássemos juntos se você fosse livre. Talvez eu precise dizer isso em voz alta mais uma vez."

Decidimos nos ver no dia seguinte, sem mais explicações. Mark trouxe uma garrafa da nova safra de Beaujolais Nouveau, e nós nos sentamos no meu deque, acima das novas folhas do outono. Era minha época favorita do ano; o lançamento anual da temporada de Beaujolais Nouveau estava entre os rituais favoritos de Mark. Ele segurou a taça com as duas mãos e inclinou-se para a frente, apoiando os cotovelos no joelho.

— Quando conheci você, meu coração ganhou vida novamente, Pam — disse ele, olhando dentro dos meus olhos. — Eu quero ficar com você. Diga o que você quer que eu faça.

— Quero que você não seja casado. E quero que faça terapia. — Afinal, eu era filha da minha mãe.

— OK.

Pusemos as taças na mesa. Ele segurou minhas mãos. Não nos beijamos e não transamos, embora meu quarto estivesse a poucos passos. Ficamos sentados ali, junto das árvores.

Contei o que aconteceu para Donna, uma linda mulher de Boca Raton, de cabelos cacheados e olhos azuis. Donna se envolvia com diversos homens simultaneamente e trabalhava como jornalista em tempo integral, viajando pelo mundo todo, de Dubai a Iowa. Quando necessário, usava capacete e colete à prova de bala. Em casa, tinha sutiãs e calcinhas organizados nas gavetas e oferecia chás de panela e coquetéis tão requintados que podiam competir com Martha Stewart.

— Tenho algumas perguntas — disse ela. De uma repórter para outra. — Que implicações financeiras ele sofreria se deixasse a esposa? Ela paga os estudos dele? É americana ou inglesa? O que ele está estudando, afinal? Quantos anos ele tem?

— Mark tem 43 anos. Sabe que quero me casar, então, estamos pensando em morar juntos e assumir um compromisso. Mas ele sabe que não nos tocaremos enquanto ele não organizar a vida dele. Mais alguma pergunta?

— É claro que sim — disse ela, fingindo indignação. — Vocês morariam juntos e não se tocariam? Como assim? Eu já fui no seu apartamento e sei que você só tem um quarto.

Nós nunca tínhamos nos beijado. Expliquei a ela que sexo estava fora de cogitação até que ele falasse com a esposa.

— E quanto à imigração? Qual é a nacionalidade dela? Em que país eles se casaram? Na Irlanda, por exemplo, o divórcio só é concedido depois de quatro anos de separação, eu acho. Espero, sinceramente, que eles tenham se casado na Inglaterra. Eles têm alguma propriedade em conjunto?

A esposa dele era americana. Eles tinham uma casa.

— Estou preocupada com o plano de saúde — continuou Donna. — Queria que você se casasse com um homem que tivesse um plano garantido pelo emprego antes de engravidar. Procriar é muito caro.

Logo depois da conversa com Mark, fui a Chicago.

Robert, um amigo magro e bonito do tempo do colégio, assistiu a uma peça comigo no centro da cidade. Depois, saímos para tomar drinques. Lembramos dos tempos em que éramos nerds e dos anos em que frequentamos a medíocre estação de rádio da escola, quando fitas cassete de oito faixas ainda estavam em alta. Ele me contou que agora era um executivo bem-sucedido e que terminara um namoro longo. Falei sobre minha bolsa de estudos e um pouco sobre Mark. Robert pareceu preocupado com o desenrolar dos acontecimentos.

Falei também que, de qualquer forma, eu queria engravidar nos dois próximos anos, talvez com o esperma do doador que passara de Carey para Beth e de Beth para mim. Conversar sobre esse assunto com Robert foi relativamente fácil, pois sua mãe dava aulas de educação sexual na nossa escola e ele tinha uns seis irmãos.

— Eu sei que Mark quer ter filhos, mas ainda é muito cedo para saber se ele estará pronto quando eu estiver — expliquei.

Robert ajeitou o corpo fingindo que estava num primeiro encontro.

— Com o que você trabalha? — perguntou. — Quais são seus hobbies? E, a propósito, o que acha de uma menina e um menino?

Eu ri.

Ficamos ali, junto à janela, tomando coquetéis fortes típicos do inverno e vendo pedestres cheios de casacos voltando para casa na neve. Eu disse que planejava organizar minhas finanças e fazer testes de fertilidade antes de tentar engravidar. Ele assentiu, com um ar compreensivo.

Olhei para aquele rosto que eu conhecia desde meus 13 anos, e perguntei, rindo:

— E aí? Quer ser pai?

Ele respondeu sem hesitação.

— É claro que sim.

Fiquei espantada.

Robert disse que confiava em mim e que sabia que estaríamos sempre ligados um ao outro.

— Seremos sempre amigos — disse ele.

Ele estava na mesma fase que eu: cansado de esperar a pessoa certa para constituir uma família. Perguntei se pensaria diferente se conhecesse alguém, e ele respondeu que não. Eu não podia dizer o mesmo, especialmente com Mark em cena, e ele compreendeu. Não discutimos detalhes. Achei que tentaríamos inseminação artificial; Robert era como um irmão para mim.

— Se formos adiante com esse plano, posso ficar em Boston e você em Chicago?

Ele disse para eu não me preocupar.

— A gente dá um jeito — garantiu.

Lágrimas de felicidade escorreram dos meus olhos. Quando acordei na manhã seguinte, sem saber se aquilo fora um sonho, telefonei para Robert.

— É verdade. Não foi um sonho — disse ele, e imaginei seu largo sorriso. — Vai ser divertido. Mande notícias para mim.

Muito informal, muito Robert, como sempre.

Ainda assim, tive dificuldade para acreditar. Eu tinha três opções de pais para meu filho: um doador anônimo, uma possível alma gêmea ou um amigo da vida inteira. Assim que aceitei os frascos de esperma e parei de procurar freneticamente um marido que começasse uma família comigo, encontrei um amor e pais potenciais com os quais nunca sonhara.

Minha mãe me visitou no Natal para conhecer o homem casado por quem sua filha se apaixonara. Eu não deveria ter me preocupado. Assim que ele apareceu na porta, com rosas para mim e cravos para minha mãe, o rosto dela se iluminou.

— Está vendo como ele é? — comentei, pegando meu buquê e dando-lhe um beijo no rosto.

Minha mãe, cheia de sorrisos, deu-lhe dois beijos.

— É ótimo conhecer você — disse ela.

Ficamos ali, sorrindo, por um instante.

— É um prazer conhecer você, Joan — respondeu ele, segurando sua mão. — É uma pena sua filha ter se envolvido com alguém numa situação tão complicada.

— A vida é complicada — observou minha mãe. — E, em última instância, levou você a ela. E ela a você.

Fomos a um restaurante escuro o suficiente para nos sentirmos à vontade, mas não chique o bastante para nos intimidar. Durante o jantar, conversamos sobre estudos, trabalho e o País de Gales. Apertei a mão de Mark para que ele soubesse que estava se saindo bem, embora não parecesse particularmente nervoso.

A certa altura, deixei a mesa, e, quando voltei, Mark e minha mãe estavam abraçados, e ela secava as lágrimas. A sobremesa estava intocada. Mark desculpou-se mais uma vez por ter me causado qualquer dificuldade e, como eu esperava, minha mãe confiou em mim. Viu à sua frente mais do que um homem que tinha um casamento aberto, mas um marido que apoiara a esposa nas horas difíceis e que agora desejava monogamia e amor.

— Ele é exatamente o homem bondoso e inteligente que sempre imaginei para você — disse ela.

— Que bom você pensar assim — replicou Mark, com os olhos cheios de lágrimas. — Porque amo muito Pammy. — Minha mãe chorou um pouco mais.

Para Mark, conhecer um membro da minha família e constatar que ela era sensata e amorosa foi um alívio.

— Meu coração sabe que você é a única para mim — garantiu-me ele depois.

Mark queria que eu me comprometesse com ele imediatamente, mas eu precisava que ele terminasse o casamento antes. Em pouco tempo, percebemos que já estávamos comprometidos e que essa era a menor das nossas preocupações.

Ele tentou ser cuidadoso com a esposa. Disse, primeiro, que estava vendo um terapeuta; semanas depois, que estava se mudando para seu próprio apartamento; finalmente, que o casamento estava terminado. Ela sabia sobre mim e, um dia, deu-me um recado dele quando telefonei para sua casa por engano em vez de ligar para o celular.

— Mark pediu para avisar a você que está um pouco atrasado — disse ela, sem demonstrar emoção.

"Que relacionamento estranho", pensei. Ainda assim, senti um remorso imediato e profundo ao ouvir sua voz. Quando ela encontrou um bilhete meu entre as coisas dele, senti-me ainda pior. Ela deve ter notado que, ao contrário dos outros relacionamentos de Mark, esse parecia sério. Havia dias em que ela concordava em se separar; em outros, rejeitava a ideia furiosamente. Às vezes, não falava com ele. Em parte por ter mudado sua medicação, mas certamente por ter sido magoada por nós.

Embora Mark fizesse tudo que disse que faria, eu ainda me sentia insegura devido aos meus relacionamentos anteriores fracassados. Quando éramos apenas amigos, ele me contara, talvez mais do que deveria, sobre seu passado sexual, e eu não tinha certeza de que poderia satisfazê-lo pelo resto da vida — ou qualquer outra mulher. Ele tinha nadado num oceano e agora eu era o único peixe no aquário. Também me perguntava se seus amigos compreenderiam que nossa relação era diferente e que os limites não poderiam ser transpostos de tempos em tempos. Ele disse que sim.

— Tenho certeza de que meus amigos nos apoiarão e nos desejarão o melhor — disse ele.

Mas não foi bem assim. Uma mulher continuou a sondá-lo mesmo depois de dar-lhe parabéns pelo novo amor. Outra ignorou minha presença e flertou com ele durante um jantar em que sentamos um em frente ao outro. Mas, apesar de ter demorado a notar o que estava acontecendo, Mark pôs um ponto final nisso mesmo à custa daquela amizade.

Não passamos nosso primeiro dia dos namorados juntos porque viajei com meu grupo de bolsistas para o México. Vimos as pirâmides e subimos a Sierra Chincua, um santuário de borboletas no alto das montanhas. Mark e eu trocamos presentes antes da viagem, para serem abertos mais tarde. Dei-lhe um livro de poemas de amor; ele me deu um diário de couro marrom macio, enrolado num laço vermelho. O cartão mostrava duas criaturas fofas se abraçando em frente a um coração enorme, que se erguia como um sol nascente atrás de uma montanha. Quando abri o cartão, vários corações dourados e estrelas metálicas cor-de-rosa caíram no chão do quarto do hotel.

"Seja minha namorada e obrigado por dividir a vida comigo", dizia o cartão. Abaixo, Mark escreveu: "É isso o que desejo: dividir a vida com você."

Na primavera, estávamos em pleno amor. Até mesmo Donna, minha amiga mais cética e protetora, aprovou nosso namoro.

— Estou muito feliz por você — gritou ela após conhecê-lo, agarrando minhas mãos e girando-me pela sala até eu quase trombar no balcão da cozinha. — *Finalmeeeeeeente!* Ele é maravilhoso. E um gato também!

Mark gostou de Donna. Gostou também de Beth e Phil, e, como eu, torceu para eles se entenderem. Beth também gostou de Mark, mas não pôde deixar de rir dos seus bilhetes de amor.

— Você nunca *me* escreve bilhetes de amor — disse ela para Phil, rindo. — O que você escreveria?

Phil era o tipo de sujeito que trazia flores sem razão ou comprava um novo equipamento de escalada de que ela precisasse, mas bilhetes de amor não faziam parte do seu repertório.

Ele pensou por um instante, sorriu e disse, secamente:

— Você não me chateia!

Eu mantinha meu plano de ter um filho em dois anos e tive de dizer a Robert que minha relação com Mark se tornara séria.

— Estamos planejando um futuro juntos. Não sabia como dizer isso sem lhe magoar ou deixar você na mão — contei a ele na ocasião seguinte em que estive em Chicago.

— Pam, sempre estarei feliz se você estiver feliz — disse, sorrindo. — Nós sabíamos que isso poderia acontecer. E aconteceu. Você pode me contar qualquer coisa.

— Eu sei, eu sei. Então você não se importa de ser meu substituto se tudo der errado? — perguntei. Ser um substituto era uma ideia horrível. E injusta.

— Não.

"Que sujeito incrível", pensei.

— Eu sei que você será pai um dia, com ou sem mim. E um grande pai.

— Serei. — Ele parecia seguro e bem, o que me deixou aliviada.

É claro que eu esperava ardentemente que Mark fosse meu companheiro e pai do meu filho. Mas não podia contar que seu cronograma coincidiria com o meu.

Mark e a esposa tentaram chegar a um acordo amigável, mas, ao longo dos meses, a saúde mental dela degringolou e sua família interveio para proteger seus bens. Ele continuava a estudar para terminar os créditos necessários e revalidar seu diploma universitário nos Estados Unidos, caso decidisse cursar uma graduação. Mark vivia exausto em meio a um divórcio, uma nova namorada, o emprego e os estudos, mas deu conta do recado e o admirei por isso.

Poucos dias depois da conclusão da minha bolsa de estudos e do fim do curso universitário de Mark, meu pai me telefonou.

— Poppop está muito doente — disse, usando o apelido que meu irmão e eu déramos ao pai dele. — É difícil dizer quanto tempo ele ainda tem, mas acho que você deveria vir para cá.

Poppop tinha as sobrancelhas de Brejnev e, como o ex-ditador soviético, estava habituado a ser o centro das atenções. Não era o tipo — especialmente depois que minha avó morreu — que fazia agradecimentos nos seus últimos dias após passar a vida julgando as imperfeições dos outros. Depois de várias semanas ao seu lado, senti uma falta enorme de Mark.

Mark passou um fim de semana em Chicago e conheceu meu último avô, meu pai, Ben, e meu padrasto, Patrick. Ele o fez nas piores circunstâncias possíveis, enquanto meus outros namorados nunca visitaram minha cidade natal nos melhores tempos. E o fez com enorme boa vontade.

Tive medo de dizer ao meu pai que me apaixonara por um homem casado, como qualquer filha teria, deixando-o preocupado. Mas vi que gostou de Mark pela forma calorosa como o recebeu e chorou junto a ele quando ficaram sozinhos na sala de espera. Até mesmo Poppop aprovou minha escolha.

— Peça a ele para se sentar perto de mim. Quero ver a cara dele — disse meu avô, apertando um botão para subir a cabeceira da cama quando Mark entrou no quarto do hospital. Mark tentou ser respeitoso e quase não falou. O quarto, com um sofá baixo e uma longa janela lateral, cheirava a antisséptico e suco de maçã.

— Ele parece bom para minha neta — aprovou Poppop, fazendo uma falsa careta. — E é bonitão também! — Meu avô morreu duas semanas depois.

Não era como se eu precisasse de outras confirmações de que Mark era o homem certo para mim. Estávamos mais apaixonados do que nunca e ele falava, brincando, dos meus desejos nada sutis de estar com ele, vivermos juntos e termos uma família.

— Eu vejo tudo diante de mim agora: as crianças, o cachorro, a casa — disse ele, fingindo horror.

— Não se esqueça dos banheiros separados! — falei, dando-lhe um beijo.

Ele chamava isso de "plano divino". Mas éramos apenas humanos.

O bolo

Beth: — Você teve seu bolo.

Carey: — E eu não acreditava.

Pam: — E é engraçado porque a maioria das mulheres tem famílias. Não é exatamente uma notícia de primeira página.

Carey

NA CABANA EM NEW HAMPSHIRE, senti uma mudança fantástica, como se um circuito tivesse se fechado entre Sprax e eu e uma nova corrente pudesse passar por nós três. Tive um vislumbre do maravilhoso sentimento que poderia surgir de uma família quando ela é sua. "Aqueles que têm sua própria família", pensei, "são as pessoas mais ricas do mundo". Você vê seu companheiro no seu filho, e vice-versa, e ama ambos ainda mais. Na cama, você sente pele contra pele e não precisa saber quem está ali porque ama seu marido e seu filho e sente-se feliz por estar com eles.

Tivemos muitos percalços e vivemos como num sonho. Nas fotos da cabana, vejo um halo brilhante em volta de Liliana, que finalmente terminou seu trabalho como cupido.

Será que ela também nos ensinou a amar? Para a maioria dos casais, a transição entre a busca por um parceiro e a aceitação acontece por meio do casamento. No nosso caso, foi nossa filha quem nos ajudou. Creio que também nos ajudou a sentir que somos ainda mais únicos um para o outro num mundo com um milhão de possíveis parceiros. Poderíamos namorar outras pessoas pelo resto da vida, mas, entre todas as possibilidades, nossa filha querida tinha apenas um pai e uma mãe. E ela certamente nos uniu milhares de vezes. Mas não lhe dou esse crédito: o que ela fez foi nos ajudar a crescer um pouco.

Levamos Liliana para ver o filme *Irmão Urso*, da Disney, que tinha algumas cenas bastante fantasmagóricas e psicodélicas das luzes do extremo norte, que erguiam o personagem principal e o transformavam em urso. Mais tarde, perguntei a Sprax se essas luzes, que ele finalmente vira numa geleira remota na sua viagem ao Alasca, também o transformaram.

— As luzes me deram uma intensa sensação de sorte e prosperidade... Mais ou menos como saber que eu já tinha muitas coisas que queria, só faltava vê-las.

— Que tipo de coisas?

— Família, por exemplo...

Liliana começou a falar e se animava, formando frases como "quer ler livro?" e "não quero isso!".

— É tão incrível — disse Sprax. — Faz quase dois anos que ela nasceu e há sempre uma novidade.

Eu esperava que continuássemos nos sentindo assim em nosso relacionamento. Às vezes, sentia-me transbordante; às vezes, nervosa. Era um desafio sentir-me bem fisicamente ao lado de Sprax. Ali estava ele, ainda atlético, e eu, com os cinco quilos a mais que se recusavam a sumir por mais que eu tentasse, com olheiras e fios de cabelos brancos.

— Agora consigo compreender melhor a necessidade por um compromisso formal — expliquei a Liz. — Ouvir aquele poderoso "sim" deve neutralizar algumas dessas desagradáveis dúvidas de autoestima.

Completei 43 anos. Coisas ruins estavam acontecendo: minha tia estava morrendo de câncer no pâncreas; minha irmã, Morgan, tinha problemas; eu não estava grávida. Mas ainda me sentia abençoada.

Fomos a uma cidade perto de Albany para o casamento de Paul, um amigo de escalada de Sprax. Fazia quase trinta graus negativos naquela noite; nem mesmo em Moscou senti tanto frio. Eu estava na minha fase fértil, mas era difícil imaginar que alguma célula desejasse se multiplicar em um mundo tão gelado. No meio da cerimônia, tive uma forte crise de enxaqueca. Levei Liliana para o quarto do hotel, dirigindo com cuidado pela estrada gelada, e dormi. Sprax voltou mais tarde. Só nossa suprema dedicação ao dever — e o excesso de espaço na cama king size, que evitou que acordássemos Liliana, que dormia conosco — convenceu-nos a tentar pela última vez naquele mês.

Gosto de pensar que concebi naquela noite. Eu estava a ponto de marcar uma consulta com um especialista em fertilidade e levar as informações sobre minha ovulação nos últimos quatro fracassados meses quando meu teste de gravidez deu positivo.

Não ousei ficar muito feliz. Se eu era velha quando tive Liliana, era verdadeiramente idosa para ter outro filho. As chances de um aborto eram de quarenta a cinquenta por cento. O e-mail que mandei para Liz, na manhã seguinte, contando a novidade, tinha como assunto a frase: "Sabemos que isso não quer dizer muita coisa, mas..." Deixei também um recado para Bob, meu obstetra, perguntando se ele me aceitaria como paciente se a gravidez avançasse. Ele telefonou dois minutos depois para me dar os parabéns e marcar um ultrassom para a sétima semana de gravidez.

Não tive sintoma algum nas primeiras semanas, a não ser mais cansaço. Eu me apalpava incessantemente e apertava os mamilos para checar se estavam doloridos, o único sinal revelador. Quando Sprax me levou para o exame, meu coração pesava como chumbo. De certa forma, o ultrassom que fiz durante a gravidez de Liliana não apagou o trauma da primeira vez, quando confirmou meu aborto.

— Você tem filhos? — perguntou a técnica que nos atendeu.

— Tenho — consegui responder enquanto ela começava o procedimento. — Uma.

— Mas agora vai ter outro! — disse ela, apontando o lindo coração que batia perfeitamente na tela.

Caí em prantos e só então percebi como estava com medo. Quando ficamos sozinhos, Sprax me beijou.

Tudo era uma experiência compartilhada, tão diferente da última vez.

Mas o tempo passava lentamente, muito lentamente. Na minha 12ª semana, quis fazer uma biópsia das vilosidades coriônicas para checar os cromossomos. A chance de aborto era de um por cento, talvez um pouco mais do que a amniocentese oferecia, mas eu tinha visto o que Beth e outras amigas viveram após esperarem mais tempo; eu queria saber o mais cedo possível e queria ter certeza. Só então começaria a acreditar nessa gravidez.

Alguns dias depois, mais cedo do que eu esperava, a geneticista me telefonou. Nem tive tempo para me apavorar. Ela disse que os cromossomos pareciam ótimos e que seria um menino. "Um menino!", repeti. Sprax estava sentado na cama, ao meu lado, vendo-me agradecer efusivamente à geneticista; nós nos olhamos, incrédulos. Tínhamos tirado a sorte grande: uma menina e um menino.

— Há tanto por esperar — disse ele.

"Parecem palavras de preocupação", pensei.

Era tanta sorte que eu não podia acreditar. Aquilo estava além da nossa expectativa.

Pensei que em breve seríamos iguais a qualquer família de classe média, morando nos subúrbios da cidade, numa casa com cerca branca e média de 2,2 filhos. Logo nós, que durante tanto tempo parecíamos um caso perdido. Sentia meu amor por Sprax aprofundar-se e, ao mesmo tempo, achava difícil acreditar que tivéssemos chegado a esse ponto de felicidade e harmonia.

Liliana me surpreendia, como sempre, dizendo coisas como "pode ser, mas não tenho medo de você!" Ela estava um pouco mais consciente dos seus 2 anos: quando se sentia frustrada, dava gritos horríveis, e, a certa altura, achou que um berro "mããããããe!" significava "não".

Ela sabia recitar "Humpty Dumpty" e cantar o alfabeto. Ficava muito animada com pequenas coisas: "Uma formiga! Uma formiga!" E adorava ligar seu pianinho eletrônico e gritar "dance comigo!"

Ela ia à aula de artes comigo, à aula de música com meu pai e à aula de ginástica com Sprax. Tentamos matriculá-la num maternal e descobrimos que a deliciosa escolinha no nosso quarteirão era considerada a "Harvard dos maternais", só que era um pouco mais difícil conseguir uma vaga ali do que entrar para Harvard. Tive a primeira experiência do que era "mexer os pauzinhos" pela minha filha. A escola valorizava diversidade, ao estilo de Cambridge, e apelei para minha condição de mãe solteira, embora agora ela só existisse no papel. Depois, usei toda a minha experiência para convencer, numa redação, que eu queria que a primeira experiência da minha filha no mundo acontecesse no ambiente que a escola oferecia.

Sprax conseguiu um novo emprego numa empresa de óptica em Cambridge e pôs seu apartamento à venda. Mudou-se oficialmente para minha casa e encheu o porão com caixas e equipamentos de escalada.

Minha barriga crescia. Certo dia, enquanto me vestia, Liliana entrou no meu quarto.

— Minha barriga está grande porque seu irmãozinho está lá dentro! — falei.

— Então você comeu meu irmãozinho? — perguntou ela, arregalando os olhos.

Num dia úmido, Beth e eu saímos para uma caminhada perto do lago Hammond, um lugar calmo próximo a um imenso shopping. Com preocupação maternal, começamos a falar sobre Pam.

— O que você achou de Mark? — perguntei.

— É difícil dizer... Não passei muito tempo com eles, mas acho que ela está feliz.

— Eles me parecem feitos um para o outro. Não sei se ela ainda vai precisar dos frascos de esperma.

— Espero que não.

— O que me preocupa é ela ser tão magra. Talvez não tenha gordura suficiente para engravidar com facilidade.

Eu queria que Pam ficasse grávida imediatamente. Para ser sincera, também gostei de sentir que, pelo menos sob esse aspecto, era uma vantagem não ser uma sílfide.

Perto da trigésima semana de gravidez — são quarenta, no total —, tive um sangramento mínimo. Foi só uma pequena mancha cor-de-rosa no papel higiênico, mas entrei em pânico. A enfermeira do consultório de Bob disse que provavelmente não era algo grave, apenas meu canal vaginal se alargando um pouco, mas que eu podia marcar um horário para ser examinada. Bob disse que, em geral, esse pequeno sangramento não era nada, mas mesmo assim parei de fazer exercícios, de realizar trabalhos pesados em casa e de pegar Liliana no colo. Não senti mais nada, mas Leeza observou que minha barriga estava mais baixa.

Quando completei mais uma semana, fui cortar os cabelos. O salão era uma verdadeira comédia; os cabeleireiros implicavam com o proprietário porque ele dissera que tinha um pequeno corte no dedo que segurava a tesoura e, por isso, não podia trabalhar.

Quando terminaram o corte e me levantei, senti a calcinha molhada.

Eu não sabia o que era. Paguei a conta e, enquanto saía, senti gotas escorrendo pela minha perna. Que droga! Meu short ficou ensopado. Entrei no carro, liguei para o consultório de Bob e disse-lhe que eu estava perdendo líquido; depois, liguei para Sprax e disse-lhe o mesmo, seguindo para o hospital sem conseguir me concentrar no caminho. Alguma coisa estava errada, alguma coisa estava muito errada! Era claramente perda de líquido amniótico e isso não deveria acontecer.

Entrar no Hospital Geral de Massachusetts com o short completamente ensopado trouxe à tona uma sensação de vergonha reminiscente da infância. Eu parava a toda hora para juntar as pernas e secar as gotas que escorriam. O elevador levou um tempão para chegar. No consultório do obstetra, corri até a recepcionista e disse:

— É uma emergência. Estou perdendo líquido.

Na sala de exame, a enfermeira usou um pedaço de papel para coletar uma amostra do líquido que molhava minha calcinha. Ela saiu da sala para analisar o material. Depois, voltou e disse que eu seria internada.

Avisei Sprax por telefone, tentando, em vão, não chorar.

Na sala de triagem, no andar de cima, uma enfermeira atenciosa disse que minha gravidez estava adiantada e que tudo parecia muito bem.

"Muito bem" não me pareceu exatamente "muito bem". Ela ligou um monitor que mostrava os movimentos do feto e do meu útero e injetou um soro intravenoso.

Bob chegou alguns minutos depois e me deu um abraço longo, de que eu precisava.

— Você falou que em geral não é nada, mas às vezes é alguma coisa — falei.

— O que vou dizer é preocupante, mas você tem cinquenta por cento de chance de manter a gravidez por mais uma semana. Agora, o importante é o bebê permanecer dentro de você pelo máximo de tempo possível, mas precisamos estar atentos ao risco de infecção.

Ele explicou que, se eu chegasse a 34 semanas, os pulmões do bebê seriam examinados para checar seu estágio de desenvolvimento, e ele decidiria quando fazer o parto.

Enquanto eu conversava com Bob, Sprax chegou. Ele pingava suor porque tinha vindo de bicicleta apesar de todo aquele calor. Seu ar era soturno, porém controlado. Ficou ao meu lado e, quando minhas contrações amainaram, nós cochilamos.

Uma enfermeira da UTI Neonatal apareceu e informou que o bebê estava muito bem, mas que podia haver dificuldades e contratempos pelo caminho.

Ela disse que se eu entrasse em trabalho de parto, provavelmente os pulmões do bebê estariam tão pouco desenvolvidos que ele precisaria de ventilação artificial por alguns dias, mas seria improvável que tivesse uma hemorragia cerebral a ponto de causar problemas neurológicos mais tarde.

O que ouvi foi "hemorragia cerebral".

Ela continuou, explicando que o bebê precisaria se alimentar por via nasal, porque eles só conseguem assimilar a sequência sugar-engolir-respirar depois de cerca de 35 semanas. Seria colocado numa incubadora moderna, chamada "Girafa", que permite que as enfermeiras realizem procedimentos sem mover os bebês. Meninos prematuros tendem a demorar um pouco mais para se recuperar do que meninas, mas talvez ele pudesse ser levado para casa quando completassem os nove meses de gestação, talvez até antes.

Foi muito difícil aceitar que as coisas não seriam perfeitas — difícil para a menina mimada dentro de mim assimilar que essa gravidez estava seguindo pelo caminho errado, apesar das minhas premonições anteriores. Foi ainda mais difícil aceitar que teríamos um bebê prematuro, ligado a tubos e monitores numa incubadora, sem poder ser tocado durante a maior parte do tempo. E para cada história de bebês prematuros que se desenvolveram bem, eu ouvia histórias de prematuros que tiveram problemas e que transformaram sua sobrevivência meramente em um milagre.

À noite, transferiram-me para a enfermaria de obstetrícia, e Sprax trouxe Liliana para uma rápida visita. Ela não queria ir embora. Sprax me disse mais tarde que ela havia dito "mamãe" duzentas vezes no carro.

Foi uma noite dura. Eu estava chorosa, agitada e aterrorizada, sem conseguir dormir com todos os soros e aparelhos de pressão e entre as inúmeras idas ao banheiro para expulsar a quantidade de líquido que estavam colocando dentro de mim. Deitada no escuro, cometi o grande erro de pensar na minha mãe e desejar que ela estivesse ali. Então, as lágrimas ensoparam meu rosto. Minha companheira de quarto me ouviu e conversou comigo. Disse que também tinha chorado na sua primeira noite.

Era tão estranho estar naquele lugar, e as coisas haviam mudado tão rapidamente! O medo de perder o bebê se misturava ao desamparo, à preocupação com Liliana e ao sentimento surreal de estar num hospital em meio à tanta confusão. Senti também profunda falta de entidades espirituais às quais me voltar. Rezar "por favor, faça com que esse bebê fique bem" só ajudou um pouquinho. Tentei meditar e controlar minha respiração. Tentei imaginar que eu flutuava sobre um parque. Pensei no meu amor por Sprax e por Liliana como um refúgio ou uma fonte de ajuda. Pensei nos amigos, na minha família e nas manifestações de carinho dos colegas de trabalho. Mas nada ajudava muito.

Concentrei-me no que Beth chamava de "reconstrução cognitiva". Disse a mim mesma que a medicina moderna daria um jeito em qualquer coisa, que eu estava no melhor lugar possível, que esse repouso podia ser um tempo maravilhoso para dormir, ler, pensar, escrever e aprender. Era tudo verdade, mas não adiantava. Tentei anular a criança mimada dentro de mim e substituí-la por uma adulta que aguenta os golpes da vida e lida com o que acontece sem esperar a perfeição dos contos de fadas. Até parece.

No fim, concluí que se leva um dia para absorver um choque dessa proporção. Pelo menos um dia. No final daquele primeiro dia, Sprax disse que não podia acreditar que aquilo tudo tivesse acontecido em tão poucas horas. Eu estava muito melhor na manhã seguinte e ousei pensar que manteria o bebê além das 34 semanas.

Os dias se misturaram. Passei da marca de 32 semanas. Na internet, lia intermináveis relatos sobre a ruptura prematura de membranas. Quase todos tinham finais encorajadores, permeados de histórias desconcertantes de mulheres que, enquanto assistiam à televisão, perceberam subitamente um jato sair de seu corpo. Por quê? Ninguém sabia responder.

Certa noite, perto das duas horas, minha companheira de quarto, Sharon, acordou com cólicas e percebeu que estava tendo uma hemorragia, com contrações a cada seis minutos mais ou menos. As enfermeiras chamaram o médico, que decidiu transferi-la novamente para a enfermaria no andar superior. Dava para perceber o pânico e o medo na sua voz fraca. Tentei encorajá-la, mas ela disse que achava que não conseguiria — não em termos de sobrevivência, mas em relação a manter a gravidez um pouco mais. Embora fossem grandes as possibilidades de o bebê ficar bem, senti imensa dor por ela. Levei muito tempo para dormir no quarto vazio.

— Parece que estamos num campo de batalha — contei a Sprax no dia seguinte. — Você se apega às companheiras e algumas lhe são tiradas.

Passada uma semana inteira, o médico disse que minha chance de chegar às 34 semanas crescera. Bob disse que estava feliz por me ver tão bem. Eu estava me ajustando à situação. A única coisa difícil era o medo, conforme vários sentimentos inesperados surgiam em mim e várias cores e coágulos estranhos apareciam nos meus absorventes sanitários. Toda vez que ia ao toalete, eu pensava que não podia passar a vida com medo.

— Foi uma falta de sorte, mas, em todo o resto, tivemos muita sorte — falei a Sprax certa noite.

Tivemos muito tempo para pensar em nomes. Sprax — era sua vez de escolher — estava quase decidido por Tulliver, uma mistura criativa de algumas de suas letras favoritas. Não gostei muito desse nome tão fora do comum, mas imaginei uma multidão num jogo de basquete gritando "Tul-li-ver! Tul-li-ver!" e acabei concordando com o nome, com certa hesitação.

De repente, na manhã seguinte, senti-me particularmente estranha e perdi o foco da visão por um instante, um sinal definitivo. Em poucos minutos, eu ardia em febre e as contrações voltaram. Isso significava infecção. Tinha chegado a hora.

Conversei durante a cesariana, já acostumada e feliz por o fim estar próximo. Sprax estava mais quieto, mas segurava minha mão com firmeza.

Tully enganou o médico que fazia a cesariana. Uma semana antes, um exame de ultrassom mostrara que ele estava de cabeça para baixo, mas, durante a cesariana de emergência, os obstetras ficaram chocados ao perceber que ele tinha virado. A primeira parte a aparecer foi um pé esquerdo, grande e roxo.

Ele estava um pouco preso e só saiu com algumas contusões que mostravam orgulhosamente sua luta. Mas, para meu grande alívio, estava em relativa boa forma para um bebê prematuro: pesava quase 2,7 quilos, meio quilo a mais do que esperávamos, media 45 centímetros, uma medida razoável até para um bebê nascido no tempo certo, e pôde respirar bem desde o início. Chorou, como era esperado, ficou rosado, e não parecia afetado pela infecção que apressou seu nascimento. Eu imaginara terríveis possibilidades, mas a maioria dessas perspectivas desapareceu tão depressa que mal pude pensar sobre elas. Não foi um nascimento simples e alegre, mas ousei pensar que não seria trágico. Nas horas seguintes, Tully digeriu bem e começaram a bombear meu colostro e leite para os tubos de alimentação imediatamente.

Ele ficou apenas dois dias na UTI Neonatal; depois, foi levado para um agradável berçário onde seria alimentado e monitorado. Aos 12 dias, passou da incubadora para um berço; um exame de ultrassom mostrou que seu cérebro era normal. Ainda assim, demorei a me tranquilizar, com medo de que alguma coisa ocorresse enquanto ele estivesse no hospital — uma infecção, um erro ou uma casualidade — e ele pudesse adoecer e até morrer.

Tully era um bebê lindo, ao menos para mim. As visíveis marcas das placas cranianas deixavam sua cabeça semelhante a uma grande noz; suas feições eram regulares e definitivamente masculinas. Ele abria os olhos por breves instantes e olhava para cima com aquele olhar vago dos recém-nascidos. Eu lembrava a mim mesma de que, em termos técnicos, ele ainda era um feto. Tinha um triângulo louro descendo para a testa, como sua irmã quando era bebê, e as pernas também se pareciam — longas abaixo dos joelhos —, mas seus pés eram enormes.

Liliana deitava-se no sofá e dizia, com voz de bebê: "Eu sou Tully", fingindo ser pequena demais para fazer qualquer coisa. Tully passou um mês no hospital e pesava apenas três quilos quando veio para casa. Mas, então, começou a ganhar peso e a crescer, como que disposto a ultrapassar os outros prematuros. Leeza foi mais uma vez heroica, alimentando-o muito bem, sem se impressionar com seu pequeno tamanho e decidida a deixá-lo mais forte. Alugamos uma balança que verificava alterações de miligrama e, uma vez por dia, tínhamos a certeza de que ele continuava a crescer. Parte da sua nuca era achatada, um fenômeno comum agora que bebês dormem de costas para evitar uma morte súbita. Levamos Tully a um especialista, que recomendou um travesseiro ortopédico feito sob medida, em que ele se recusava ruidosamente a dormir. Nós o mantínhamos virado para um lado, usando travesseiros, e aceitamos que, se mantivesse aquele achatamento, ele simplesmente não rasparia a cabeça quando crescesse.

Incluindo o tempo que Tully passou no hospital, o exaustivo período de cuidar de uma criança recém-nascida durou dois a três meses mais do que o habitual. Ficamos mais cansados do que podíamos imaginar. Sprax dava as mamadeiras à noite e copiava compulsivamente centenas de CDs para o computador, encomendando outros para criar uma sólida coleção.

Às vezes, eu achava que estava deprimida, mas concluía que era exaustão — o que não queria dizer que não fosse depressão também. Quando via outras mães com crianças pequenas, minha primeira reação era solidariedade ao pensar no cansaço que sentiam, mais do que na alegria que os bebês traziam. Tentei não desejar que essa fase passasse rápido, mas não adiantou. Sonhava com um tempo em que eu poderia *dormiiiiiiiiiiir*.

Numa festa no maternal de Liliana, um brilhante crítico literário me disse que tinha sido surpreendido pela enorme diferença entre ter um e dois filhos. Exatamente! Falei que ser mãe solteira de uma filha foi muito mais fácil do que ser mãe casada de dois.

Comprei um DIU — dispositivo intrauterino. Quando uma mulher tem um bebê prematuro, suas chances de engravidar novamente multiplicam-se sete vezes. Eu dizia a todo mundo que era incrível como você passava de querer um filho a todo custo a não querer outro de jeito nenhum.

Mas havia momentos incríveis: o sorriso de Tully, ouvir Liliana dizer "eu te amo", alguns momentos roubados na cama com Sprax. Uma conhecida perguntou a ele como era ser um homem casado e com filhos, e Sprax respondeu que às vezes não conseguia acreditar que aquilo era real. Não falou como quem tivesse ganhado na loteria, mas a resposta tampouco teve uma conotação negativa. Era simplesmente difícil acreditar que a vida pudesse mudar *tanto*.

O inverno se fez sentir. Tully teve prisão de ventre, e só o velho truque russo de Leeza de enfiar uma ponta de sabão na sua bundinha conseguiu ajudá-lo. Ele começou a ingerir comidas sólidas um pouco cedo demais, em termos técnicos, embora nunca soubéssemos se devíamos considerar sua idade segundo o dia em que deveria ter nascido ou o dia em que realmente nasceu. Escrevi uma carta para o editor do *Boston Globe,* Marty Baron, dizendo que estava louca para voltar a trabalhar. Expliquei que meu respeito pelas mães que ficavam em casa para cuidar dos filhos tinha crescido exponencialmente, assim como minha certeza de que não queria isso para mim.

Liliana progredia na escola e declarava constantemente "eu sou um rinoceronte!" ou "eu sou um dinossauro!" Sprax e eu procurávamos uma nova escola para ela e enfrentamos a dura realidade de que era praticamente impossível conseguir uma vaga nas escolas privadas de Cambridge e de que não tínhamos garantia de encontrar lugar para ela numa escola pública perto da nossa casa.

Então, juntamos nossas economias e compramos outra casa, um pouco além das nossas possibilidades, em estilo vitoriano, num subúrbio com excelentes escolas; uma área que em Boston equivalia ao Upper West Side ou a Brooklyn Heights. A casa precisava de reparos, e meu pai nos ajudou enormemente. A mudança foi exaustiva. Fiquei tão estressada que um dia, depois de descarregar a caminhonete, bati em mim mesma com o porta-malas: estava distraída demais para tirar o rosto do caminho.

Fizemos o que Sprax dissera, um dia, ser o compromisso mais significativo na vida de um casal: comprar uma casa. Mas pareceu muito normal. Ter uma hipoteca juntos não era nada comparado a ter uma criança pequena e um prematuro.

Quando Tully tinha cerca de 6 meses, nós o levamos para conhecer os avós de Sprax no Arizona, que tinham 92 anos. Os pais dele nos encontrariam lá.

Fiquei um pouco magoada por seus pais não mencionarem que estavam felizes por Sprax e eu termos resolvido nossos problemas. Sua mãe, Emeline, falou que, quando levamos Liliana para conhecê-la, eu dissera que não havíamos sido feitos um para o outro.

— Eu disse isso, sim — protestei —, mas por causa do comportamento dele naquela época.

Mas ela continuava em dúvida.

Voltei a trabalhar e quis me atirar aos pés de Marty para demonstrar minha gratidão. Mas apreciava meus dias de folga também, buscando Liliana no maternal. Durante nossa caminhada para casa, brincávamos de caça à sombra — o que a fazia rir descontroladamente; eu também admirava os olhos azuis de Tully acima de sua boca sorridente melada de papa de laranja com damasco. Na época em que procurava um namorado pela internet, eu dizia no meu anúncio que queria um homem com "um forte traço de doçura". Sprax tinha esse traço e passou-o a Tully. Até as enfermeiras do hospital comentavam que ele era um bebê doce — mas concluí que diziam isso a todas as mães, porque, afinal, como poderiam saber?

Sprax e eu saíamos à noite uma vez por semana. Um dia, estávamos sentados de frente um para o outro num restaurante barulhento quando ele disse:

— É muito melhor sair e comer bem com alguém que você ama do que arrumar o que falar numa festa.

No verão, estávamos todos estabelecidos. Liliana, com 3 anos e meio, entrou para uma nova escola e imediatamente fez amizade com duas meninas, Madison e Gabrielle. Começaram os encontros para brincar. Tully tinha quatro dentes e já se segurava nos móveis e empurrava nossas mãos quando tentávamos ajudá-lo a andar. Liliana era uma irmã boazinha e protetora, que tentava ensinar a ele como o mundo funcionava.

Pode parecer bobagem, mas um dia confessei a Sprax meu peso real, dizendo a ele que não conseguia sair dos 82 quilos (medindo quase 1,80m) desde o nascimento de Tully. Uma confissão que eu nunca teria feito.

Eu não sabia se essa aceitação provinha da idade ou da maternidade. Nós amamos nossos filhos e aprendemos que não são perfeitos, mas são a fonte do amor mais profundo e verdadeiro — e é fácil constatar que todos somos crianças dignas de amor, não obstante nossas piores imperfeições. "Se maternidade significa isso, é uma boa coisa", pensei.

Numa noite de verão, Sprax e eu saímos para dar uma volta num caiaque usado que tínhamos comprado recentemente. Parecia uma banheira achatada e pesada, um contraste gritante com o elegante Selkie de fibra de vidro que tive na minha juventude.

O caiaque era uma grande metáfora: meu maravilhoso Selkie era muito mais rápido e manobrável; remar nele era uma grande aventura. Por outro lado, ali eu podia me recostar e realmente conversar com Sprax enquanto ele remava e, se levássemos as crianças, haveria espaço para todos. Estávamos juntos e era impossível não sentir nostalgia pelos velhos tempos, mas era melhor assim. Além do mais, esse período não duraria para sempre: nossos filhos cresceriam e teríamos mais tempo novamente.

Começou com Sprax dizendo coisas como "devíamos nos casar". E eu dizendo "hum, hum!"

Então, certo dia, ele se ajoelhou ao lado da mesa da cozinha e perguntou:

— Quer se casar comigo?

Eu ri e respondi:

— Acho que sim.

Havia só um pequeno detalhe. Tínhamos de casar até o final do ano se quiséssemos economizar milhares de dólares em taxas pela venda da minha casa em Cambridge. Isso determinou o *timing*. Se não fosse essa circunstância, não sei quando casaríamos. Certamente não naquele ano que incluía criar um bebê prematuro, vender uma casa e reformar outra. Mas nos casaríamos em algum momento.

Começamos a avisar aos amigos que faríamos um casamento muito simples, no cartório, e mais tarde comemoraríamos, quando eu pudesse lidar com alguma logística. "Não se ofendam", dissemos. "Só convidamos as crianças."

Primeiro, levamos as crianças ao cartório para preencher os papéis; não entendi bem as instruções do notário e precisamos fazer tudo mais duas vezes até acertarmos, mas, por fim, conseguimos. Mais uma linda metáfora do nosso relacionamento, é claro.

No caminho para o carro naquele dia, Sprax disse:

— Você devia me dar os parabéns. Estou me casando com a mulher mais maravilhosa do mundo.

Falei alguma coisa semelhante para ele. Estávamos mais felizes do que o normal. Achei que, depois de tudo que passamos, o casamento seria uma mera formalidade. Mas não foi.

Liliana tinha uma preocupação:

— Mamãe e papai continuarão sendo meus pais? — perguntou ela ao meu pai.

Ele lhe assegurou que sim.

Eu estava ocupada demais com a casa, as crianças e o trabalho para pensar numa data para o casamento, mas, quando resolvemos que seria dentro de uma semana, tudo começou a se tornar real. Meus colegas do trabalho compraram um bolo. Eu corei e comecei a chorar quando eles o entregaram, sentindo-me, de alguma forma, uma impostora.

O cartório não poderia nos atender no dia que escolhemos, então decidimos levar um juiz de paz para um parque nas redondezas. Ele fora recomendado pelo notário e era um ex-piloto com um rabo de cavalo grisalho e uma gravata de couro sulista. Tendo se oferecido para realizar uma bênção apache durante a cerimônia, concordamos alegremente.

Num impulso, tirei uma semana de folga, fiz uma limpeza de pele, cortei o cabelo e comprei um vestido de veludo marrom num brechó. Não quis usar branco; algumas resistências críticas aos ideais românticos permaneciam vigorando em mim. Na manhã daquele dia, Sprax jogou uma longa partida de basquete, barbeou-se com cuidado e vestiu um terno cinza que tinha desde os 20 e tantos anos. Usei mais maquiagem do que usara desde o nascimento de Liliana, havia quatro anos, e fiz um penteado "descuidado", que se desfez ainda mais durante o dia.

Era um perfeito dia de outono, fresco e dourado, em New England. No fim do dia, o sol de outubro lançava feixes oblíquos de luz sobre a rotunda ao lado do lago do parque Larz Anderson, um enorme oásis montanhoso em South Brookline. A rotunda me chamou a atenção numa visita anterior ao parque. Só depois da cerimônia descobrimos que ela era chamada de "templo do amor".

Eu havia pensado em convidar apenas meu pai, mas, no último momento, chamei também minha irmã, Morgan, e Liz, que veio de Washington, D.C. O padrinho de Sprax foi seu querido amigo Tim, um inventor bondoso e tão aventureiro que nunca sabíamos se ele estivera construindo canoas na África ou velejando num pequeno barco para Cuba. Leeza e a família apareceram, após receberem uma multa de trezentos dólares por excesso de velocidade para chegarem a tempo. As crianças também estavam presentes; Liliana, como dama de honra, e Tully, com 1 ano, no carrinho de bebê, como testemunha resplandecente numa roupinha de marinheiro.

Com um vestido roxo e cheio de babados e os cabelos dourados iluminados pelo sol, Liliana cumpriu muito bem sua função, jogando repetidamente, com cuidado, pétalas laranjas em volta da rotunda. Quando enfim a fizemos parar, ela perguntou:

— Posso ser dama de novo outro dia?

Len, o juiz de paz, leu a bênção dos apaches em voz tão fraca que tivemos dificuldade para ouvi-lo:

Agora vocês não sentirão a chuva, pois um será abrigo para o outro. Agora não sentirão mais frio, pois um aquecerá o outro. Agora não haverá mais solidão, pois um será companheiro para o outro. Agora são duas pessoas com uma vida diante de si.

Voltem para sua morada e comecem uma vida juntos. E que seus dias sejam felizes e numerosos.

Sprax e eu estávamos diante dele. Olhamo-nos por mais tempo do que nunca, e juro que senti uma energia digna de ficção científica, um *shazzam!*, correndo entre nós. Eu achava que seríamos ainda mais felizes se nos casássemos. Mas não tinha ideia de que a cerimônia seria tão poderosa. Lá estávamos nós, fundindo nossas mentes como vulcanos. Como se a energia do casamento nos libertasse de todas as nossas dúvidas, inseguranças, pecados e deslizes.

Não acredito muito em votos de casamento. Quero dizer, acredito que, independentemente do que digam na cerimônia, as pessoas agirão da forma mais sensata conforme seu relacionamento esteja cinco, dez, 15 anos mais tarde. Mas meus votos foram sinceros, e Sprax pronunciou suas palavras com profunda convicção.

— Com este anel, caso-me com você e prometo ser fiel no amor agora e nos anos futuros...

Apesar de toda a magia, a cerimônia foi, de certo modo, desconfortável. É surreal obedecer às regras de um ritual ao qual nossa cultura confere uma importância cósmica. Senti-me obediente de uma forma não inteiramente agradável. Em geral, prefiro ser antropóloga à nativa. Então, apesar de tudo, fiquei um pouco contente quando a cerimônia terminou e assinamos a certidão de casamento.

— Aaah... Aah! — balbuciou Tully.

— Mamãe, vamos para o parquinho! Está na hora de brincar! — disse Liliana.

Passamos para uma mesa de piquenique perto do parquinho, pisando sobre as folhas secas. Servimos champanhe e cortamos um bolo florido.

Meu pai fez um brinde:

— Carey. Sprax. Vocês não chegaram a esse casamento pela forma convencional, mas vocês não são convencionais. O importante é que parecem se amar muito, e isso vale mais do que qualquer coisa. Desejo que tenham uma vida longa e feliz juntos aos seus dois maravilhosos filhos. *Mazel tov!*

Bebemos à nossa saúde.

— Podemos voltar para o parquinho? — perguntou Liliana. Como não foi atendida, começou a comer, escondido, pedacinhos do glacê do bolo.

Liz fez um brinde também:

— Liliana e Tully, vou contar uma história para vocês. Seus pais são muito corajosos. Sua mãe foi para a Rússia ainda na época da Cortina de Ferro e seu pai escala geleiras e penhascos escarpados. Carey e Sprax, essa coragem será muito útil ao entrarem nessa nova jornada. É mais uma aventura. Desejo-lhes muita alegria e peço que mergulhem nesse caminho juntos, confiem no seu amor, acreditem um no outro e se segurem.

— Êêêêê! — gritou Tully.

Tim perguntou a Liliana se ela queria dizer alguma coisa.

— Eu amo minha mamãe! — anunciou ela.

— E onde eu fico? — perguntou Sprax.

— Eu amo meu papai!

Tim foi o terceiro a brindar.

— Sempre dou conselhos aos outros com base nas suas vidas. Vocês são meu exemplo de pessoas inteligentes que encontraram uma forma de serem felizes. — Após uma pausa, ele concluiu: — Não estraguem tudo!

Liliana provava sistematicamente todas as cores do glacê do bolo. Ela, que nunca gostou de comer, estava animada com o açúcar e com seu recém-descoberto paladar.

— Mamãe, papai, acreditam que estou comendo bolo?!
Eu não gostava de bolo! Experimentei o glacê laranja, amarelo e roxo! Posso experimentar o verde, por favor? Posso comer um pouco do verde? Posso comer um pouco do verde?

Leeza, elegante num conjunto de couro preto, conversava com Liz em russo.

— Não sei se é melhor casar aos 20 ou aos 40 anos — disse ela. Leeza teve a filha, Dasha, com 19 anos, e o filho, Kostya, dois anos mais tarde, ainda na Ucrânia. E formou-se em engenharia aeronáutica pouco depois.

— É difícil aos 40 — comentou Liz.

— É difícil aos 20 também.

Liliana gostou dos noivos que decoravam o bolo e declarou que eles eram o "troféu do casamento".

— Quem casa, ganha! Mamãe, você ganhou o troféu!

— Obrigada, querida.

— Agora vamos comemorar! — anunciou Liliana. — Vamos para o parquinho!

A adaptação

Pam: — Você consegue manter sua identidade
        quando sua vida muda completamente?
Beth: — A resposta apropriada é "tudo é para o
        melhor". A resposta honesta é um pouco mais
        complicada.
Carey: — Quem tem tempo para pensar sobre essas
        coisas?

Beth

PHIL NÃO FOI EMBORA. MAS não gosto de lembrar os quatro dias em que mal nos falamos.

Ele ficava até tarde no trabalho; depois, ia a algum lugar. Eu saía com amigas, dormia ou fingia dormir quando ele chegava em casa e cobria a cabeça com um travesseiro para dormir no sofá. Arranjei um trabalho que me fizesse sair de casa cedo.

Na quinta noite, ao voltar do trabalho, Phil disse:

— Quero ficar aqui. Mas não no sofá. — Após uma pausa, suspirou e acrescentou: — Quero levar meu travesseiro para o quarto para tentarmos ter um futuro e um filho juntos.

Tirei uma garrafa de vinho da geladeira e subimos para o deque. Ele pegou uma garrafa de uísque quando passou pelo armário de bebidas.

— Preciso de uma coisa mais forte — disse ele.

Estávamos nos últimos dias quentes daquele verão.

— Quero pedir desculpas — falei quando nos sentamos. Ele abriu as duas garrafas. — Sou egoísta às vezes. Eu te devo um grande *mea culpa*. Não te dei a chance de tomar uma decisão.

— Não deu.

Ele tinha morado sozinho durante muito tempo até eu implantar esse esquema doméstico inverso de engravidar, morar junto, nos separar, nos conhecermos e tentar engravidar mais uma vez.

Ele se serviu de uma dose de uísque.

— Provavelmente nunca irei ao Himalaia, mas você também não. Abrir mão do resto da vida não é tão amedrontador na segunda vez. Vivendo e aprendendo.

— Não desista do Nepal. Estou falando de um filho, não de uma prisão.

Ele bebeu um gole do uísque.

— Certo, foi o que eu disse.

Ouvi o conselho de Carey e comprei o monitor de fertilidade Clearblue. Meu ciclo era de cerca de 31 dias, e não de 28 como eu previra, o que mudava ligeiramente meu período de ovulação. Mas com o monitor de fertilidade não era preciso adivinhar. Então, *voilà*. Engravidei na semana entre Natal e Ano-Novo. Sincrônica, coincidente e estranhamente, a primeira gravidez teria terminado nessa semana. Fiquei petrificada.

Se algum dispositivo me dissesse, a cada minuto, que tudo estava bem, eu o teria comprado imediatamente. Acho que nenhuma mulher com mais de 35 anos considera sua primeira gravidez um sonho tranquilo; é um pesadelo pensar, 24 horas por dia, que seu feto pode ter defeitos genéticos. Resolvi marcar uma biópsia das vilosidades coriônicas.

No fim de fevereiro, Phil e eu visitamos minha família no México, em uma vila ao norte de Puerto Vallarta. As coisas melhoraram. Na verdade, as coisas estavam bem. Nós nos sentíamos à vontade juntos. Nadamos, surfamos, vimos o sol se pôr na baía Banderas com meus pais, meus irmãos e suas famílias, sentamo-nos ao sol, brincamos com meus sobrinhos, comemos *tortillas* e esperamos. A biópsia estava marcada para dois dias depois da nossa volta. Quando chegamos ao aeroporto, constatamos que o voo saíra quatro horas antes. Não havia explicação. Apenas confundimos os horários.

Estávamos no período de férias escolares. Não havia passagens disponíveis para os três próximos dias. Voltamos para casa. Telefonei para o Brigham and Women's Hospital, um dos dois lugares em Boston que faziam esse tipo de biópsia. A secretária foi lacônica. Não havia lista de espera para casos de cancelamento.

Liguei imediatamente para o hospital Beth Israel, a única outra opção. A recepcionista me acalmou. Não, os cromossomos do feto não mudariam porque eu perdi o voo. Não, eu não era uma péssima mãe. Ela agendou a biópsia para uma semana depois da nossa chegada em Boston. O protocolo exigia que os exames fossem avaliados pela geneticista do próprio hospital. Esclareci que não queria ouvir amenidades quando ela ligasse com os resultados. Eu conhecia as estatísticas. Eu sabia que tinha um ano a mais.

Fiz a biópsia sozinha, achando que o procedimento era rotineiro e que Phil não precisava perder o trabalho para me acompanhar. Não queríamos saber o sexo do bebê, como na primeira gravidez, porque para nós o sexo era uma forma de identidade, e isso era muito assustador. A biópsia foi desconfortável, mas meus anos de visualização criativa e relaxamento com base em respiração me acalmaram, mesmo enquanto um tubo plástico passeava pelo meu canal vaginal e pela delicada placenta.

Então, veio o telefonema.

— Aqui é Lisa, a geneticista. A biópsia foi ótima. Está tudo bem.

— Está tudo bem — repeti.

— Sim. Parece que está tudo muito bem.

— Obrigada — falei, sem saber o que dizer. Apenas abri e fechei a boca.

— OK — disse ela. — Imagino que deve ser um imenso alívio. Estou contente por ser a porta-voz da boa notícia. — Ela esperou que eu agradecesse, mas não consegui falar. Depois de um instante, ela acrescentou: — Agora vai começar a parte boa.

Eu posso ser estoica diante de grandes problemas, mas choro por qualquer motivo: comerciais de televisão, shows com animais, coração partido, alegria. Depois que desliguei o telefone, chorei. Liguei para Phil e encontrei-me com ele no seu escritório. Ele saiu mais cedo e fomos a um restaurante de comida chinesa.

— Olá — falei quando chegaram os pratos fumegantes. — Meu nome é Beth. Parece que terei um filho seu.

— Prazer em conhecê-la — disse Phil, apertando minha mão. — Que bom saber. — Ele deu aquele sorriso que eu não vira por muito tempo.

Boston oferece uma miríade de opções para quem vai ter um bebê: hospitais, maternidades, centros de orientação para gestantes, enfermeiras, parteiras. Mas o que eu queria ficava a quatro quarteirões da nossa casa: um ótimo hospital, com uma grande ala de maternidade e com o Dr. Reed. Eu não queria pesquisar o método Lamaze, o método Bradley, nascimento na água, pomada de ervas ou pomadas farmacêuticas. Eu não era a favor do "nascimento silencioso" promovido pela cientologia. Queria tanta medicina ocidental quanto possível. Muita gente argumentaria que os melhores tratamentos não estão nos hospitais, mas eu não acredito. Se fosse preciso fazer uma cesariana, eu faria. Só queria ter um bebê saudável. Minha amiga Katie teria seu segundo filho na mesma época que eu. Ela me mostrou fotos do Centro de Nascimento de Cambridge, que me pareceu uma pousada com cortinas floridas, vasos com narcisos e poltronas estofadas. Balancei a cabeça, concordando, mas sabia que nunca abriria mão dos linóleos esfregados, dos antissépticos e dos uniformes.

Em março, fiz uma trilha com minha amiga Anne no deserto de Utah. Percebi que me movia mais devagar e não tentei manter um ritmo mais rápido. Numa tarde, peguei o carro para passear pelo deserto e passei por várias comunidades mórmons. Vi mulheres 15 anos mais novas do que eu que já tinham cinco filhos.

Foi um dia difícil. Senti inveja e ansiedade. Por fim, disse a mim mesma: "Vou ser mãe", uma declaração incrível e verdadeira.

Comprei um aparelho de ultrassonografia Doppler. Quando minha ansiedade aumentava, eu me deitava na cama, aplicava o gel na barriga, colocava os fones de ouvido e ouvia os rápidos e incríveis batimentos cardíacos. Fechava os olhos e relaxava.

Em agosto, Carey entrou em trabalho de parto, e Tully nasceu antes do esperado. Os acontecimentos perderam a sincronia. Esperávamos que meu bebê nascesse primeiro. Nós nos empenháramos muito para chegar à maternidade do Hospital Geral de Massachusetts, mas essa não era uma corrida que valia a pena vencer. Queríamos apenas o normal.

Tully era pele e osso quando nasceu. Fui vê-lo no hospital mais de uma vez, onde Carey o ninava numa cadeira de balanço durante horas.

Sentei-me ao seu lado e observamos aquele pequeno bebê enroscado no colo da mãe não com uma alegria leve e pura pela sua chegada ao mundo, mas com tensão e medo de amá-lo tanto nesse início de vida.

— Não corte o cabelo — disse ela. — Tenho certeza de que foi isso que precipitou tudo. Fui cortar o cabelo e entrei em trabalho de parto.

É claro que ela estava brincando, mas qualquer mãe assustada com a chegada do seu recém-nascido quer uma explicação, por mais absurda que seja, para o fato de seu bebê estar na UTI neonatal e não em casa. Havia sempre uma razão para ter medo, e a prova estava aí. Muita coisa pode acontecer. Há um termo em iídiche, *kineahora,* que significa que não devemos nos sentir seguros demais para não sermos arrogantes e cairmos do cavalo. Então, precavi-me até o fim.

Meu parto foi marcado para 21 de setembro. O equinócio veio e passou. Em 22 de setembro, comecei a sentir contrações. Fiquei na sala, deitada no sofá; conforme as horas passavam, as dores agudas e fortes me deixavam sem ar.

Às três horas da madrugada, Phil me levou para o hospital. Quando me examinou, a médica disse que eu tinha apenas três centímetros de dilatação.

— Eu sei que é doloroso — disse ela, com um grau de solidariedade que não pude determinar —, mas, como você mora perto, talvez queira ir para casa e esperar a dilatação aumentar.

Eu queria ficar, mas Phil me ajudou a descer as escadas como se eu fosse uma velha e voltamos para casa. Fiquei lá 12 horas e, em certo ponto, quando Phil e eu não estávamos cronometrando as contrações nem olhando um para o outro, telefonei para Carey.

— Está doendo muito! — falei.

Ela riu de um jeito doce, experiente e brejeiro.

— Eu sei. Mas vale muito a pena.

Às três horas da tarde, cheguei ao hospital e fui colocada numa cama.

— Você está com oito centímetros — disse o residente. — Por que não veio antes?

Ali estava eu, de volta à maternidade do Hospital Geral de Massachusetts. Ao lado do quarto onde estive um ano antes. A primeira enfermeira que me viu, uma defensora do parto normal, deu-me uma bola enorme, sobre a qual me equilibrei no box do chuveiro durante três horas. Começou o jogo dos Red Sox e, enquanto me ajudava a contar as respirações, Phil olhava por cima do ombro para ver a partida. Seis horas se passaram. Outra enfermeira perguntou se eu queria uma anestesia epidural.

— Posso tomar? — perguntei. Eu havia voltado para o box do chuveiro. — Posso tomar agora?

— Podia ter tomado há horas — respondeu. Percebi que, para agradar à primeira enfermeira, esperei ter um parto normal. Essa segunda enfermeira não se importava, então tampouco me importei.

— Quero uma epidural, sim. — Depois de outra contração, continuei: — Quero agora! — Eu fazia caretas e me curvava tanto quanto uma mulher com quase vinte quilos a mais pode se curvar. Arrastei-me para fora do box e, ainda molhada, deitei na cama. Quando a enfermeira saiu do quarto para chamar o anestesista, percebi que era uma das plantonistas que estava no hospital na noite em que tive o aborto. Ela não me reconheceu. Mas, mesmo tonta, lembrei-me da sua ternura e do seu rosto imediatamente.

Depois que tomei a anestesia, tudo mudou. A médica de plantão, grávida de sete meses, entrava no meu quarto, via como eu estava e seguia em frente. O jogo dos Red Sox continuou por 12 turnos e me distraiu bastante depois que a dor diminuiu.

Seis longas horas depois, a médica pediu que eu começasse a fazer força. Nada aconteceu, a não ser mais dor. Chegara a hora de mudar o equilíbrio do mundo com a chegada de mais uma alma, mas, ainda assim, nada aconteceu. O residente usou uma gigantesca ventosa de sucção roxa, que lacerou o couro cabeludo do bebê, mas não houve movimento. Quando mãe e filho começaram a mostrar sinais de febre, a médica decidiu mudar a tática. Em segundos, fui tirada do quarto, Phil vestiu um avental, a médica desapareceu e cheguei a uma sala de cirurgia. Outro médico, baixinho, colocou-se sobre um tamborete. Meus braços foram presos. A anestesia foi administrada e me senti tonta. Phil estava por ali, falando comigo ocasionalmente. Uma pequena cortina foi colocada sobre a minha barriga, mas vi que ele olhava para baixo e erguia os olhos em pânico. Houve um corre-corre no centro cirúrgico, com portas se abrindo e fechando, um verdadeiro caos. Fiquei deitada ali, sem entender nada. Outra enfermeira debruçou-se sobre mim, mais uma plantonista que estava presente na noite do meu aborto. Tentei explicar e agradecer. Ela sorriu.

Então, o bebê chorou. Eu tinha conseguido. Nós tínhamos conseguido.

Alguém apareceu por trás de uma cortina, carregando meu filho. Meu menino mínimo, enrugado, rosado, com dez dedos nos pés e dez dedos nas mãos. Tive de esperar para segurá-lo, mas ele estava ali. Nós três estávamos naquela sala. Havia muito mais gente, mas não importava. Minha família estava ali.

— É ele — falei, chorando, quando Phil apareceu por trás da cortina. — Ele está aqui!

— Está. É ele. Você conseguiu. Ele está aqui — disse Phil.

— Ele realmente está aqui.

Um asiático sorridente, ainda com um avental cirúrgico, deu-nos parabéns.

— É um bebê muito bonito — disse ele.

Eu não tinha ideia de quem ele era. Olhei para Phil e perguntei, em voz baixa:

— Quem é ele?

A cirurgia foi mais complicada do que esperávamos por causa de um grande fibroma. A obstetra grávida tinha feito o parto de dois gêmeos e uma cesariana pouco antes. Após começar minha cirurgia, ela percebeu que não seria tão simples e — com minhas tripas para fora e meu filho monitorado numa mesa aquecida da sala — chamou um segundo cirurgião para terminar o procedimento.

Nunca soube o nome dele (o nome da médica estava na certidão de nascimento). Foi como um Zorro numa máscara cirúrgica.

Nós tínhamos um bebê. Um menino. O bebê Jones tinha um machucado na cabeça e estava entubado, mas era perfeito. Tínhamos uma lista de nomes para meninos e meninas, mas a sugestão final, feita por Phil no dia anterior, venceu. Bebê Gareth. Bebê Gareth Daniel. Seu segundo nome foi escolhido pela minha mãe em homenagem à minha avó Dorothy e a Durl, irmão de Phil. Passamos três dias calmos no hospital; depois, fomos enxotados do ninho.

Gareth era um bebê lindo e tranquilo. Phil tirou umas semanas de férias, e passamos a andar pela vizinhança como pais orgulhosos, convencidos de que o nosso bebê era a mais milagrosa entre todas as crianças.

Gareth e eu fizemos aulas para pais novatos e percebi que eu não era a única mãe que não sabia muito sobre os choros, chiados e tosses do meu glorioso e charmoso montinho de alegria. As coisas entraram num ritmo e, embora continuássemos a olhar pasmos para Gareth, sacudindo a cabeça, a vida voltou ao "normal".

O único detalhe que não parecia inteiramente normal era minha idade. Enquanto eu empurrava meu primeiro carrinho de bebê aos 41 anos, outras mães de Beacon Hill eram jovens, animadas, enfeitadas, ricas e tradicionalmente americanas. Eu me sentia incrivelmente velha, gorda, amarfanhada e judia.

Então, conheci mulheres que eu nem sabia que existiam: a multidão de mães com quase ou mais de 40 anos. Uma, entre elas, aposentara-se precocemente de uma linha aérea depois de vinte anos de serviço. Outra era corretora de imóveis e vivia com o namorado. Sua filha se tornou a melhor amiga de Gareth. E havia Carey, é claro.

— Estou me sentindo velha — confessou Carey um dia na redação do *Globe*, enquanto tomávamos café.

— Nós *somos* velhas — falei, com convicção.

— Somos experientes, experientes — corrigiu ela, com voz sonolenta.

— O que não nos deixa necessariamente mais sábias.

— Porém mais pacientes.

— Porque nos movimentamos tão lentamente e estamos sempre cansadas.

Havíamos vivido com intensidade, esperado e nos esforçado para ter filhos. Muitas namoraram até os 40 anos; várias precisaram de remédios de fertilidade. Denise, a corretora de imóveis, e eu não planejamos a gravidez.

O jornal *Guardian*, de Londres, publicou um artigo com o título "Nosso estranho medo de mães mais velhas". Acho que não éramos tão assustadoras assim, mas existíamos. O número de mulheres grávidas com mais de 40 anos dobrou entre 1991 e 2006. E continua aumentando. Somos uma legião.

Algumas amigas minhas seguiram outros caminhos. Depois dos 40, uma delas passou um mês no Cazaquistão com seu companheiro para voltar para casa com um filho adotivo. Outro casal foi à Etiópia adotar uma filha. Uma amiga foi ao Colorado e voltou para casa como mãe solteira de uma menina de 2 semanas. Outra é solteira e está grávida de sete meses de um doador de esperma. Meu primo Laurie e a esposa têm três filhos, todos irmãos biológicos, concebidos através de um doador de esperma.

Outras amigas — algumas solteiras, algumas em relacionamentos estáveis — consideraram com cuidado a opção de ter filhos e decidiram não ter.

— Não é para mim. Disso eu sei — disse uma delas.

Phil não queria filhos, mas amava Gareth incondicionalmente. Para um homem que nunca pensara em ser pai, ele sequer olhou para trás. Na cama, eles dormem no mesmo travesseiro.

Há bebês com mais quilometragem do que Gareth, mas ele viajou bastante. Desde o início, tiramos fotos dele nas praias do Caribe, atravessando geleiras das Montanhas Rochosas nas costas de Phil, passeando por campos de lavanda em Provence, em frente à torre Eiffel, brincando nas piscinas que se formam nas praias do Havaí e na costa de Cape Cod. Espero que ele tenha essas lembranças confusas, porque eu sei que tenho.

Continuei a escrever para o *Globe* enquanto contava com a ajuda de uma Mary Poppins com sotaque irlandês. Phil e eu tentávamos sair todas as sextas-feiras à noite. Eu lia livros que não falavam apenas de desenvolvimento infantil.

Pedi a uma amiga solteira e sem filhos que avaliasse minha personalidade.

— Eu mudei? — perguntei a ela. — Quero realmente saber. Não estou perguntando se pareço cansada. Quero saber se ainda sou a mesma.

— Vou ser franca — respondeu ela. A pausa que se seguiu não pareceu boa. — Você não foi absorvida pelo seu filho. Pode ter menos tempo, mas não acho que mudou.

Porém, era difícil conciliar minha vida e o trabalho. Meu editor me repreendeu por erros que cometi.

E eu tinha mudado. Num dia frio de janeiro, perto de uma pizzaria na rua Charles, vi um homem parado à minha frente. Era Russell.

— Oi — disse ele.

— Oi. — Eu não o teria notado se ele não parasse diante de mim.

Russell apontou para o canguru no meu peito, onde eu carregava Gareth.

— É seu filho?

— É meu. Não sou a babá.

— Uau! Quem diria — disse ele, sacudindo a cabeça.

Sacudi a cabeça também.

— É incrível, mas é verdade.

Não havia nada mais a dizer. Ou nada mais que eu tivesse vontade de dizer. A mágoa era antiga e foi substituída por coisas muito melhores. E que diferença fazia? Eu tinha meu lindo menino.

Celebramos o segundo aniversário de Gareth num pub na rua Cambridge, em Boston, com meus pais e meus amigos Marie e Jake. Comemos nuggets de frango e bolo de chocolate. Gareth não parava, correndo a toda hora por trás do bar. Não sabíamos quanto dessa energia era dele e quanto fora herdada dos pais, que adoravam percorrer o mundo.

Em uma noite quente de outubro, Phil e eu fomos jantar na zona norte de Boston, em um restaurante romântico na rua Hannover, e sentamo-nos numa mesa próxima à movimentada calçada. Era um dia de semana, mas o restaurante estava lotado.

— Estou muito feliz com a nossa vida — disse Phil. — Estou muito feliz com você, muito feliz com nosso filho, estou muito feliz com tudo.

— Eu também. Estou feliz com tudo — repeti. Eu estava olhando para um homem bom.

Phil balançou a cabeça, fez uma pausa, segurou minhas mãos, olhou para elas e olhou para mim de novo.

— Então, quer se casar comigo?

Eu não esperava aquela pergunta. Não era uma coisa com a qual eu sonhasse e sequer tive tempo para imaginar como seria.

— Quero — respondi, com sinceridade. Ele me deu um anel de safira.

Esperei meses para procurar um lugar para o casamento.

— Você reparou — disse Marie, acertando em cheio — que adiar a procura do local para o casamento é negligenciar a proposta de Phil?

Pam ofereceu-se para me ajudar e, por fim, livrei-me da minha paralisia nupcial. Era verdade: se eu fosse me casar com Phil, teria de assumir a responsabilidade e organizar o casamento. E precisei admitir que poderia manter minha identidade mesmo casada.

Muita gente diz que o primeiro casamento é um treino para o segundo. Russell foi um bom instrutor. Ensinou-me que é importante casar com alguém que goste de estar ao seu lado e que compartilhe seus interesses e prazeres. Não só sua religião ou seu endereço. Alguém que torne você uma pessoa melhor, alguém que você não ameaçaria com um descascador de cenoura.

Phil não era Russell.

Em última instância, tive de admitir que casamento não é uma prisão perpétua, pelo menos não como geralmente é definido. Casar com Phil não era um passo para o encarceramento. Era um ato de amor. Então, respirei fundo e pensei no que ganharia sendo casada em vez de temer o que eu poderia perder.

* * *

O Grand Isle Lake House era um hotel do fim do século XIX, com as típicas mansardas, num vasto gramado à beira do lago Champlain. Era bonito, mesmo no dia frio e chuvoso de inverno em que o vimos pela primeira vez. Foi o único lugar que visitamos. Marcamos o casamento para um sábado à tarde no início de julho.

A chuva desabou meia hora antes da cerimônia, ensopando as lavandas espalhadas pela grama, as cadeiras brancas e as samambaias que formariam uma moldura à nossa volta diante do lago azul. Tivemos de nos casar na varanda lateral, branca e estreita, sob toldos de plástico que nos protegiam da chuva, rodeados de 150 amigos queridos e espremidos ali.

Comecei a chorar assim que passei pela porta. Tínhamos comprado as alianças numa pequena joalheria de Boston, onde confeccionaram também uma pulseira de prata decorada com estrelas para Gareth. A cerimônia foi breve e fizemos nossos votos.

— Estava muito frio na noite em que conheci você — falei para Phil.

— *Quando penso naquela noite em janeiro, naquele frio, nas nossas machadinhas de gelo encostadas numa parede em Harvard Cabin, no seu gorro usado, nos seus goles de uísque e no bolo de chocolate, não é difícil ver como chegamos aqui, nessa quente tarde de julho. Eu te procurei assim que voltei das montanhas. E, evidentemente, você me procurou também.*

"Não sei se acredito no destino, mas acredito que às vezes encontramos o que queremos e precisamos. Você e Gareth são mais do que eu esperava, e você é certamente o que preciso.

Nós somos muito, muito sortudos, e acho que fomos abençoados por alguma coisa maior do que nós mesmos.

"Como dizia minha sábia avó: nós desejamos uma vida repleta de felicidade, mas essa felicidade depende de nós. Nós nos tornamos responsáveis um pelo outro. Nossas ações, nossas palavras, nossa sinceridade e nossa honestidade contam. Nem tudo depende de esperança.

"Hoje esqueci minhas apreensões e minhas decepções amorosas.

"Espero passar o resto da vida com você e com nosso querido filho neste mundo maravilhoso que nos cerca, com as pessoas que nos amam. Farei o que puder para nos manter seguros e, quando passarmos por adversidades, protegerei nossa forte e pequena família.

"Por favor, fique comigo para sempre."

Naquele dia, Phil saiu sozinho para pensar nos seus votos. Segurando minhas mãos ao falar, ele olhou dentro dos meus olhos.

— Procurei por você também. Não me lembrava do seu último nome, mas sabia que encontraria você... Eu gostava de quem éramos antes de Gareth e gosto de quem somos com ele. Gosto de ver Gareth crescer e gosto de vê-lo com você... Você me inspira.

A chuva parou. O sol saiu. Depois da cerimônia, escapamos e sentamos em duas cadeiras brancas dobráveis. Não falamos muito, apenas bebemos vinho. Phil pegou minha mão e colocou-a no joelho.

— Foi perfeito. Um pouco úmido, mas perfeito.

Gareth dançava com os primos na varanda, mordendo a nova pulseira. A grama cheirava a lavanda pisoteada. Todos ficaram até tarde, dançando e jogando bocha no gramado enquanto o sol se punha atrás do lago.

— Ei! — chamou Carey quando me aproximei da mesa onde Pam e ela estavam. — Sente aqui.

— A festa está linda — disse Pam, erguendo seu copo. Todos os convidados daquela mesa dançavam ou corriam atrás de vaga-lumes com as crianças.

— Não posso dizer que sempre esperei por isso — falei.

— Talvez não tenha esperado o suficiente — disse Carey.

— Exatamente! — concordou Pam.

— Agora só falta a Pam — brincou Carey, erguendo o copo.

Mark estava chutando uma bola de futebol no gramado. Nós três olhamos para ele e nos olhamos.

— Vamos brindar a isso — falei, sorrindo, e batemos nossos copos.

A babá de Gareth falou que quando o levou para o quarto ele ainda ficou horas dançando e cantando no seu berço portátil.

Mais tarde, Phil e eu sentamos nos degraus da varanda. A bainha do meu vestido estava enlameada; as calças dele tinham perdido o vinco.

— Parece o glacê de um bolo — comentei. — Como se já tivéssemos tudo. Temos nossa família e estamos felizes com a vida que tivemos. Esta parece uma incrível vida extra que eu não sabia que existiria.

Ele me beijou. Depois, jogou pôquer com os irmãos até três horas da manhã enquanto caí no sono.

Minha amiga Jode, que mora no Colorado, veio para o casamento e perguntou se gostaríamos de ir com ela a Montreal.

Nós nos cutucamos, prontos a dizer "infelizmente temos de voltar para casa", mas lembramos que Phil havia largado o emprego e planejara ter seis meses de folga para viajarmos juntos. Fomos então a Montreal, onde assistimos ao festival de jazz e passamos três dias dançando pela cidade, subindo o monte Royal e comendo *moules frites* e croissants. Foi nossa lua de mel perfeita: dias ensolarados e a companhia do nosso filho e de uma grande amiga.

Quando voltamos para Boston, um corretor de imóveis telefonou. Ele queria nos mostrar uma casa num subúrbio arborizado, perto da cidade e da casa de Carey e Sprax.

— Acho que vocês deveriam ver essa casa — sugeriu. — Já tivemos uma oferta por ela.

Nosso plano era fazer as malas e passar uns meses na Nova Zelândia. Em vez disso, mudamo-nos para uma casa a poucos quilômetros de onde vivíamos.

Quando me tornei mãe, o tempo seguiu um curso paralelo. Havia o tempo regular — dos relógios, dos dias, do trabalho, do passado e das obrigações — e o tempo de Gareth. A distância entre seus aniversários, seus marcos, sua nova escola, seus avanços extraordinários e seus momentos difíceis. As horas assistindo a *George, o curioso* quando eu estava cansada demais para sugerir uma ida à biblioteca, uma caminhada, um livro, um museu ou um quebra-cabeça. Seus ataques de raiva e seus chutes. Sua vida inseparável de nós, mas, ao mesmo tempo, inteiramente independente.

* * *

Não conheço muitos pais que diriam à mãe do seu filho que não se importam que ela faça um safári na África. Quando relutei, sentindo renascer meu antigo medo de um desastre, Phil me encorajou e me convenceu a aceitar o convite da minha amiga Claudia para uma aventura de vinte dias.

A viagem foi rápida, muito rápida. Depois de um voo de volta de 38 horas, cheguei em casa.

Foi Gareth quem abriu a porta de casa, fazendo-me chorar. A babá lhe entregou flores para me dar. Ajoelhei-me no chão de madeira da varanda e abracei-o várias vezes.

— Senti muita falta sua. Muita!

Ele me abraçou também e me beijou uma centena de vezes. Naquela mesma noite, ele teve um ataque de raiva e gritei com ele; depois me senti culpada durante vários dias, achando que provavelmente ele ficara confuso com a minha ausência. Eu estava cansada e desapontada por não ser uma noite perfeita. Mas isso faz parte da vida. Perfeição é quando Phil e eu podemos sacudir os ombros e admitir que nem tudo está sob nosso controle e seguir em frente. Um pouco alegres, um pouco cegos e, quando necessário, com alguma precaução.

Viajar e voltar para casa me fez valorizar mais uma vez o que tenho. Tenho um companheiro em todos os sentidos da palavra. E ninguém mais será a mãe de Gareth. Sinto grande conforto em saber que há uma pessoa neste mundo para quem sou completamente insubstituível. Mais tarde, ele terá namoradas, companheiras e talvez alguém que ame para sempre. Mas, mesmo assim, serei sua mãe. Para ele, sou indelével.

A amizade

Pam: — Nós compartilhamos uma experiência, mas não aquela que esperávamos.

Carey: — É bom ter amigas que passaram pela mesma coisa.

Pam: — Eu tive sorte de ter você. E você também.

Beth: — Amigas que podem mostrar o caminho adiante.

Pam

ERA UM DIA DE VERÃO sem nuvens. Beth estava grávida de oito meses. Invejei sua barriga enquanto ela andava pesadamente pela areia quente e entrava no mar. Phil a observava atentamente. Mark passou correndo por eles, mergulhou, levantou e sacudiu a cabeça como um cachorro. Seus cabelos escuros dançaram em volta do rosto e o peito branco e magro brilhou na água azul.

Para mim, Mark era um homem fora do comum. Ele construiu um computador a partir do zero e tirava lindas fotos. Lia livros sobre a Índia colonial e gostava de comédias inglesas baratas. Fazia artes marciais e preparava *sorbet* em casa. Sabia ouvir e nunca me fez sentir boba e atrapalhada, nem quando eu fazia coisas bobas e atrapalhadas como trancar o carro com as chaves dentro ou queimar o jantar.

Mark protegeu os olhos com a mão e acenou para mim na areia. Acenei para ele, que mergulhou novamente. Nós tínhamos ido a um casamento em Rhode Island e era a primeira vez que ele passava um fim de semana inteiro com meus amigos. Embora estivéssemos bem e todos os sinais indicassem felicidade futura, Beth percebeu que a recente onda de casamentos e de chás de bebê talvez não tivesse sido fácil para mim. Ela sabia tão bem quanto eu que uma coisa é estar no caminho para casar e ter filhos e outra, bem diferente, é chegar lá.

— Espero que você consiga o que deseja — disse-me naquele dia, ajeitando-se sobre uma toalha na areia e esticando-se, sobre a enorme barriga, para tirar grãos de areia que haviam grudado nas suas pernas. — Tenho certeza de que conseguirá — continuou, apertando meu braço com carinho.

Casamento não estava nos nossos planos. Mark precisava de um descanso, algo que eu compreendia. Disse a ele que em algum momento um anel me faria feliz, seria um símbolo tangível do nosso compromisso, e que, um dia, faríamos uma pequena cerimônia com nossas famílias e amigos. Sem pressa.

Mas ter um filho era diferente. Um ano se passara desde que comecei minha bolsa de estudos e resolvi ser mãe. Eu não queria adiar a conversa com Mark sobre a possibilidade de ter um filho, com ou sem ele. Eu não podia adiar.

Um dia, notei que meus seios estavam doloridos e minha menstruação não tinha vindo. Fiquei chocada, feliz e temerosa em relação ao que aconteceria com meu corpo, meu relacionamento e minha vida. Mark estava lendo na sala, mergulhado num livro sobre a Índia.

— Acho que estou grávida.

— Verdade? — perguntou ele, arregalando os olhos e fechando o livro.

— Não tenho certeza, mas tive alguns sintomas.

— Que tipo de sintomas?

— Para começar, minha menstruação não veio.

— É bom fazer um teste. — Pragmático. Não era a reação que eu esperava.

Uma gravidez acidental nunca me ocorreu, por mais idiota que possa parecer. Nós sempre usamos proteção. ("Um diafragma?", comentou minha mãe mais tarde, sacudindo a cabeça.) Eu sempre planejava tudo. E esperava planejar também o momento do nascimento do bebê. Pensava que teria uma casa melhor e um salário maior, embora minhas perspectivas tivessem melhorado. Eu conseguia complementar minha renda com artigos para revistas e como produtora de rádio freelancer. Além disso, meu avô me deixara uma generosa herança. Generosa o suficiente para que eu pudesse trabalhar por meio expediente enquanto criava um filho, o que seria uma imensa vantagem.

Eu sabia que tive sorte sob vários aspectos. Mas isso não bastava, porque eu queria desesperadamente ser mãe. Portanto, apesar do momento, da tensão com Mark e de todas as dúvidas, torci para que a gravidez fosse confirmada.

— Pare de se preocupar — aconselhou Donna. — Se acontecer, não importa quando, será uma bênção. Ninguém está realmente pronta.

Mas não tivemos de esperar muito.

Antes que qualquer teste pudesse indicar que eu estava grávida, tive um sangramento muito mais abundante do que uma menstruação normal. Trocava os absorventes a toda hora e, finalmente, preferi me lavar no chuveiro. Liguei para Mark, e ele veio imediatamente. Mesmo que não pudéssemos confirmar o aborto, as cólicas eram mais dolorosas, expelindo um sangue escuro e coágulos que me fizeram estremecer de nojo e de tristeza. Era estranho chorar por uma coisa que podia ter sido ou não.

Mark fez o que pôde para me consolar. Mas eu sabia que minha tristeza não era permeada de alívio, como ocorria com ele.

O sangramento e as cólicas duraram vários dias e fiz um check-up para saber se estava tudo bem. Estava. Mas, enquanto Mark e eu continuássemos a transar, eu podia engravidar de novo, e não queria que aquela cena se repetisse. Precisávamos conversar sobre nossa situação e decidir se eu deveria considerar outras opções.

Não era uma conversa possível para minha mãe ou para a mãe dela nas suas épocas. Era uma discussão do século XXI, ainda que o assunto estivesse entre os mais velhos do mundo: amor, compromisso, filhos, *timing*. Como constituir uma família.

Contei a Mark sobre o esperma congelado do doador 8282 e sobre Robert e garanti — precisasse ele ou não dessa garantia — que Robert não tinha qualquer ligação romântica comigo e que queria apenas ser pai. Estávamos sentados nas empoeiradas cadeiras de plástico da varanda do apartamento alugado de Mark, que ficava no segundo andar e mostrava um pequeno pátio. Ouvíamos uma voz infantil no andar inferior.

Mark falou que só estaria pronto para ter um filho dentro de um ou dois anos. Uma criança era algo sério e cedo demais para ele. Há pouco tempo, ele ainda cuidava de uma pessoa, a esposa, e precisava de um descanso antes de ser responsável por outra, um filho. As coisas entre nós tinham andado depressa demais.

Nesse ritmo, seu divórcio coincidiria com o curso para gestantes.

— Seria bom que nossa relação se estruturasse mais — disse ele. — Até chegarmos ao momento em que naturalmente teremos filhos. Mas não devemos forçar tudo no início.

Não teríamos filhos agora — era o que ele estava dizendo. Será que não queria filhos durante um longo tempo? Ou nunca? Eu estava diante do dilema paradoxal e doloroso de ter encontrado minha alma gêmea e talvez perdê-la porque Mark não estava pronto para ser pai.

Ele sentiu que as coisas iam rápido demais. Eu senti que as coisas iam devagar demais. Para aliviar a pressão entre nós, apresentei ideias alternativas que me pareceram imediatamente loucas.

— Se eu engravidasse de um doador de esperma ou de Robert, poderíamos continuar juntos?

Ele me olhou perplexo, como se dissesse "ficou *maluca*?"

— Como exatamente isso funcionaria?

— Não sei. — Eu não tinha pensado nos detalhes.

Mark pareceu frustrado. Chutou a pintura lascada das ripas de madeira do chão até levantar uma ponta estilhaçada.

— Não quero seguir por esse caminho. Quero ter uma relação normal — disse ele.

Concordei que seria constrangedor, para dizer o mínimo, e que nem eu saberia lidar com a situação. Como se percebesse minha impaciência, a criança do andar inferior começou a chorar. Não aguentei mais e perguntei:

— Você quer ter um filho? Eu te amo. Não quero ter que perder você. Mas quero ser mãe e meu tempo está se esgotando. Eu realmente preciso saber.

— Sim, sim, eu quero ter um futuro com você, e isso inclui filhos.

— Quando? — Ficamos em silêncio durante vários minutos.

— Daqui a um ano, digamos. — Era como se tivéssemos nos afastado da beira de um precipício e voltado à nossa relação com um renovado senso de compromisso.

No dia em que completei 39 anos, em novembro, acordei no quarto de Mark. Um tênue raio de sol brilhava entre as cortinas, criando uma linha no chão e por cima do edredom. Já acordado, ele pôs a mão debaixo do travesseiro e tirou uma caixinha quadrada, de veludo azul, amarrada com uma fita branca.

— Parabéns, meu amor — disse ele.

Dentro da caixinha, encontrei uma aliança de ouro branco, simples, porém elegante. O anel de uma lata de refrigerante teria bastado para mim.

"Há um ano, quando você estava em Chicago, senti tanto a sua falta! Agora, um ano depois, você é mais importante do que minha própria vida", escreveu ele no cartão de aniversário. "Eu te amo."

Mark e eu tivemos um inverno calmo e feliz. Víamos filmes de *O Gordo e o Magro* deitados num colchão inflável na sua sala e passeávamos em volta do lago Walden, cuja superfície estava cravejada de cristais de gelo. Líamos livros em frente à lareira, fazíamos amor, comíamos chocolate e bebíamos champanhe na cama. Ouvíamos música country e conversávamos à luz de velas quando ficávamos sem eletricidade por causa das tempestades.

Paramos de falar em ter um filho, o que não me incomodou. Eu estava gostando desse período de paz depois do drama dos últimos meses.

Terminada minha bolsa de estudos, procurei firmar-me como jornalista de ciências freelancer. Produzia programas de rádio e escrevia artigos para sites, jornais e revistas, criando certa rotina de trabalho. A vida fora de uma redação movimentada demais, como Beth e Carey sabiam, podia ser muito boa.

Com a proximidade da primavera, Mark entrou num novo estado de espírito. Ele adorava seu apartamento de "solteirão", arrumado do seu jeito, com as novas toalhas de banho penduradas e pratos e canecas novos e brancos. Aquilo me fazia rir. Gostava de vê-lo no seu próprio espaço, e ele me fazia sentir melhor ao dizer que essa vida não duraria muito e que seria bom interrompermos nossa hibernação com uns dias de folga.

— Seria bom se nossa vida consistisse em um quarto, uma praia e uns restaurantes por alguns dias — sugeriu ele. — Nenhuma distração. Nenhuma complicação. Só nós. — Nós. Será que ele sabia o quanto essa palavra significava quando dita por ele?

Uma colega me recomendou um lugar paradisíaco na ilha Harbour, nas Bahamas: inúmeras praias, calor e luz. Mergulhamos, pedalamos, nadamos e vimos a supermodelo Elle Macpherson passeando no seu conversível. Sob uma tenda de listras vermelhas na praia, Mark virou-se para mim e disse:

— Minha vida com você tomou um rumo melhor.

Eu sabia que a minha também tomara. Nos vídeos desses dias, feitos por Mark com o braço esticado, nós nos beijávamos e ríamos e a areia rosada invadia a água do translúcido mar turquesa que molhava nossos pés. Tudo era fácil e feliz.

De volta a Boston, a chegada da nova estação, que sugeria um renascimento, não passou despercebida por mim. Fazia mais de sete meses que tínhamos conversado sobre a possibilidade de termos um filho, e eu estava ansiosa para retomar essa conversa. Falei que devíamos pensar em morar juntos. Mark disse que o outono seria uma época conveniente. Pensei que tentaríamos engravidar logo depois, exatamente dentro do meu plano de dois anos de espera. Quando junho chegou, comecei a procurar apartamentos em Cambridge, onde nos sentíamos em casa.

Por sorte, Jackie, nossa amiga do MIT, e o marido estavam deixando seu apartamento perto de Harvard Square, um imóvel amplo, com um quarto, três lareiras, um pátio privativo e um aluguel razoável. Mark e eu fomos ver o apartamento, ainda que ele não esperasse que essa busca começasse tão cedo. Mas achamos que o lugar poderia funcionar para nós.

Ao voltarmos, paramos num mercadinho. Entre os corredores de pães e de laticínios, Mark, segurando uma caixa de arroz junto ao peito, disse, com ar de pânico, que precisava me dizer uma coisa.

— Preciso de mais tempo antes de morarmos juntos. Achei que ficaria no meu apartamento até o fim do contrato. Esse era o plano original. — Seu contrato expirava em novembro.

Quando nos conhecemos, ele fez tudo que disse que faria: separou-se da esposa e começou a terapia. Mas, então, passou a hesitar em seguir adiante, e achei que um pouco de liberdade lhe dera vontade de provar mais.

Larguei o carrinho no corredor, fui para o carro e caí em lágrimas. Não foi meu melhor momento, uma vez que sempre o encorajei a dividir seus sentimentos comigo. De volta ao apartamento, ele disse que não tinha dúvida sobre nossa relação. Mas era a mesma velha história: tudo rápido demais para ele e lento demais para mim.

— Eu precisava me abrir para você entender minha necessidade de ter meu próprio espaço — disse ele.

— E o que espera que eu faça com essa informação? — perguntei. Eu continuava visivelmente abalada. Sentei-me na ponta do sofá, pronta para escapulir ao primeiro sinal de rejeição.

— Espero que você compreenda.

— E o que isso quer dizer?

Queria dizer que, por mais que desejasse ficar mais dois meses em seu apartamento, ele estava disposto a cancelar o contrato desde que tivesse muito tempo para si próprio na nossa nova casa.

— OK, agora entendi — falei. Mesmo assim, passou pela minha cabeça que ele podia estar aceitando a ideia só para eu me sentir melhor.

No dia seguinte, 1º de setembro, assinamos o novo contrato.

Talvez tenha sido o tranco que levei ao ouvir Mark dizer que se sentia pressionado, embora ele garantisse que estava tudo bem. Talvez fosse a mudança, que, mesmo para melhor, era uma mudança. Eu nunca morara com um homem e não me mudava havia oito anos. Talvez porque, apesar de tudo estar bem entre nós, e por mais positivo que isso fosse, eu tinha dificuldade em confiar no nosso relacionamento.

Talvez tenha sido a sucessão de doenças e de mortes na família que me deixou exaurida e mais angustiada do que nunca. Meu avô morreu; depois, minha tia. Uns meses depois, meu padrasto, Patrick, foi diagnosticado com um câncer de esôfago em estágio terminal.

Talvez estivesse angustiada porque, como jornalista, escrevia principalmente sobre tragédias e desastres. Essas notícias vendem. Eu presenciava cenas ensanguentadas de acidentes de carro e de assassinatos. Conheci crianças que estavam morrendo e entrevistei parentes enlutados. Vi casas destruídas por tempestades e a fuselagem arrebentada de um avião cuja frente se partiu em pleno ar, deixando os passageiros a céu aberto.

Eu me preocupava com minha mãe e com Patrick. E me preocupava com Mark, com meu pai e meu irmão Ben. Preocupava-me com tudo e com todos. Imaginava Mark morrendo num acidente de carro a caminho do trabalho. Imaginava ladrões entrando na casa da minha mãe ou ela se afogando ao nadar no lago Michigan. Imaginava Ben levando um tiro e meu pai tendo um ataque cardíaco.

Minha mãe, que também era angustiada e que agora tratava pessoas angustiadas, chamava isso de "horribilismo" — ou seja, pensar constantemente em coisas horríveis. Mark tinha outra palavra para isso: "controle". Eu pedia que ele fizesse coisas que, na minha cabeça, reduziam riscos. Mas, na cabeça dele, eu estava simplesmente mandando nele.

Meus pedidos eram mais ou menos assim: "Prometa que não vai dirigir pelo túnel Big Dig." Ele concordava. "Você pode, por favor, marcar um check-up no seu médico? Você não faz exames há dois anos." Ele assentia. "Devíamos comprar as entradas esta semana, antes que se esgotem." Ele revirava os olhos.

Mark levou algum tempo para entender que eu tentava minimizar minha ansiedade com planejamentos, o que não tornou a situação mais fácil, mas às vezes a tornava menos irritante. Esse estado de espírito de "copo meio vazio" estava se tornando desconfortável até para mim. Eu não queria ser uma mãe neurótica e superprotetora e imaginava que essa atitude desgastaria Mark nos anos futuros. Eu queria melhorar, por isso decidi voltar para a terapia.

— Talvez você consiga começar a acreditar que há outros finais — sugeriu minha terapeuta, Alice, uma mulher esbelta e elegante, de cabelos ruivos e pele clara, que falava com uma autoridade gentil. — Bons finais. Finais felizes.

Passei a repetir um mantra na minha cabeça: "Mark pode ir trabalhar e voltar para mim são e salvo. Mark pode ir trabalhar e voltar para mim são e salvo. Mark pode ir trabalhar e voltar para mim são e salvo." Eu achava que Alice era uma boa profissional, inteligente e centrada, e sabia que me ajudaria a compreender esses últimos anos e a viver com menos ansiedade e medo de perdas. Eu queria ser feliz, sem medo de que a alegria e o amor desaparecessem.

Fiz 40 anos.

Meu irmão Ben, recém-casado com Dena, ligou para dar os parabéns.

— Acredita que estou fazendo 40 anos? Uma loucura.

— Eu sei! Isso quer dizer que estou ficando mais velho também.

— Como vocês estão? — perguntei.

— Muito bem, mas trabalhando demais. Como está o novo apartamento?

Olhei para as pinturas e fotografias que tínhamos começado a pendurar, para o suporte de panelas acima do fogão e para a pilha de caixas de papelão usadas num canto.

— Bem. Já desempacotamos *quase* tudo. Como vai Dena?

— Ótima.

Trocamos notícias rapidamente: Mark, mamãe trabalhando demais e papai se exercitando pouco.

— Alguma novidade sobre um bebê? — perguntei. A típica irmã inoportuna. Eu sabia que eles queriam filhos, mas isso não era da minha conta.

— Estamos tentando há alguns meses. Nada ainda, mas eu aviso quando tivermos novidades!

Assim que desliguei o telefone, percebi que não queria esperar mais e tive medo de que já tivesse esperado muito. E se eu não conseguisse engravidar? O que faria? Ao mesmo tempo, descobri que ficava nervosa ao pensar em falar sobre o assunto com Mark. Seria muito mais difícil, se não impossível, considerar outras opções — o doador de esperma ou Robert — agora que estávamos morando juntos e comprometidos em termos emocionais. Mas era hora de falar.

Meus temores eram infundados. Nos últimos meses, enquanto eu esperava que Mark trouxesse o assunto à tona, ele esperava que eu desse o primeiro passo. Ele era um homem de palavra. Não esqueceu o cronograma que combinamos e disse que se eu não tivesse falado sobre isso, ele teria mencionado o assunto em questão de dias.

— Só não sabia se você estava pronta — disse ele.

— Eu estou pronta.

Começamos a tentar naquela noite.

* * *

Minha ginecologista avaliou meus níveis hormonais. Não estavam ótimos, como se eu pudesse "esperar o tempo que quisesse para ter um filho", mas eram bons o suficiente.

— Tente por três meses. Depois veremos o que fazer — recomendou ela.

Mark documentou todo o processo para sua aula de fotografia — desde checar minha temperatura pela manhã até a parafernália envolvida em tentar engravidar, como vitaminas pré-natais, gráficos de ovulação e o monitor de fertilidade Clearblue, sugerido por Beth e Carey. Havia quem achasse as fotos estranhas, mas para mim eram lindas. Eu gostava de ver o prazer com que Mark registrava essa época da nossa vida. Gostei também de sentir sua nova energia enquanto seguia pelo caminho criativo que desejava havia tanto tempo.

No dia dos namorados, trocamos cartões, doces, brinquedos eróticos e poções aromáticas. Ficamos na cama por um longo tempo. Cinco dias depois, fiz um teste de gravidez, embora não esperasse estar grávida. Eu estava convencida de que levaria algum tempo para engravidar, talvez um ano. Era mais curiosidade do que qualquer outra coisa.

Descobri como se fazia um teste de gravidez. Tirei o plástico, desencapei o bastão, fiz xixi nele (e achei impossível não molhar meus dedos), mantive o bastão reto e esperei três minutos, imaginando se conseguiria distinguir as fracas linhas.

Mas o treino bastou: positivo. Inegavelmente positivo. Cor-de-rosa. Eu estava grávida. Fiz outro teste e obtive o mesmo resultado. Tentávamos havia menos de dois meses.

Voltei para a cama e bati no ombro de Mark. Ele acordou, com cabelos desgrenhados, um olho semiaberto e um sorriso. Eu adorava vê-lo assim pela manhã. Ele assentiu em silêncio e contei a novidade.

— Parabéns, querida. Que maravilha! — disse ele, deitando-se de costas para que eu pudesse aninhar a cabeça entre seu ombro e pescoço. Seu corpo sempre irradiava muito calor. — Você descobriu por acaso?

— Sim, acredita? É emocionante!

— É claro que acredito. Sempre soube que conseguiríamos — disse ele, beijando o alto da minha cabeça.

Saboreamos aquele momento deitados ali. Por um segundo, lamentei não termos mais tempo para nós dois. Eu havia esperado tanto por ele e mal tivemos tempo para explorar o mundo juntos. Considerando a minha vontade de ter um bebê, foi um sentimento surpreendente.

Mark e eu nos vestimos e fomos até a farmácia comprar mais testes de gravidez para termos certeza. Ao ver uma mulher empurrando um carrinho, senti-me pairando entre dois mundos — o mundo das mulheres com filhos, empurrando *carrinhos,* e o mundo das mulheres sem filhos. Nem melhor nem pior. Só muito, muito diferente. Depois de mais quatro testes, estávamos convencidos da gravidez.

Fotos tiradas naquela manhã mostram-me junto ao balcão da cozinha — com um vaso de rosas vermelhas e um copo plástico com urina —, com um *close* do meu rosto, sério, molhando um bastão no xixi. Em outra foto, parte do meu rosto aparece contra o céu azul, e as linhas nos cantos dos olhos são prova do meu sorriso. Em uma terceira, estou telefonando para minha família, com a mão no rosto, sorrindo para Mark. A expressão era de felicidade e incredulidade.

— Ponha o telefone na barriga para eu falar com o bebê! — disse minha mãe. Meu pai chorou.

"Mark parece absolutamente encantado, como se não acreditasse no que seus olhos veem", escreveu a mãe dele, Ruth, no e-mail que nos mandou do País de Gales. "Dizem que grávidas têm uma 'aura', mas você está radiante mesmo nessa fase inicial!", continuou ela.

"Que dia", pensei. Espero que tudo continue bem.

A semana tinha sido intensa. O divórcio de Mark terminara quatro dias antes. Ele havia buscado uma divisão justa dos bens, que eram muitos, mas acabou ficando com pouco mais do que seu Taurus de nove anos   um modesto fundo de aposentadoria. Nesse mesmo dia, meu pai soube que tinha um câncer de cólon e que precisaria ser operado.

Mais ou menos nessa época, um desconhecido virou-se para mim no metrô e me fez um dos maiores elogios de toda a minha vida. Com certeza notou que eu estava precisando.

— Você se parece com alguém. Você se parece com uma boa lembrança.

Era estranho ter tantas notícias boas e más ao mesmo tempo. Tentei manter todas elas sob perspectiva. Mark e eu marcamos a primeira consulta pré-natal e descobrimos a data prevista para o parto: 1º de novembro, dia do aniversário da mãe dele.

Chegou o primeiro dia da primavera e, com ele, o primeiro sinal do nosso bebê. Parecendo meio alienígena, meio girino, o embrião se desenvolvia bem. Chorei, aliviada, ao ver seu batimento cardíaco, um ponto movendo-se como louco na tela. Ficamos tão absortos diante dos contornos estranhos da placenta e das membranas fetais que poderíamos observar essas imagens durante horas ou dias. Mark mostrou a imagem impressa à minha ginecologista, uma das milhares que ela já viu. Mas, para nós, a única.

"Esse é um filho do amor", pensei.

As imagens do ultrassom foram escaneadas e enviadas para nossa família. Em razão do seu tamanho, o embrião foi apelidado de Sementinha de Papoula e estávamos torcendo para que fosse uma menina. Minha mãe me mandou um CD com uma trilha sonora para os enjoos matinais e uma caixa de chocolates endereçada a "Mamãe e Papai". Meu pai mandou um cheque estampado com patinhos amarelos para a "comida do bebê".

As semanas se passaram e fui ficando inchada, melancólica e cansada. Havia cortado o café, o que não ajudava, e tive variações hormonais incríveis. Desisti das aulas de cerâmica por causa dos metais dos esmaltes e recusei trabalhos porque tinha tanta náusea que não conseguia me sentar por muito tempo diante do computador. Nossa vida sexual cessou quase completamente porque Mark percebia meu desconforto.

Com quase dois meses de gravidez, notei manchas de sangue na minha calcinha. Com medo de que fosse o início de um aborto, telefonei para Mark e para minha médica. Fizemos um ultrassom. Tudo estava bem. O feto já tinha cerca de cinco centímetros, com 163 batimentos cardíacos por minuto. Podíamos ver os dois hemisférios do cérebro, o cordão umbilical, braços, pernas e até dedos. Aliviada, percebi que, apesar de tudo que senti nos dias ruins — como eu era boba —, eu queria muito esse bebê.

Carey, que já passara por um aborto, sabia como uma mancha de sangue podia ser preocupante. Passei a tomar mais cuidado, a não fazer tanta jardinagem e nem levantar peso, o que parecia me fazer sangrar. Carey normalmente me dizia quando eu estava exagerando, mas não disse dessa vez.

— Graças a Deus existe o ultrassom — disse ela ao telefone, um dia, quando voltava do trabalho. — É muito difícil não se culpar, mas, se por acaso alguma coisa der errado, você precisará ter cem por cento de certeza que não foi por culpa sua. Então, descanse tanto quanto precisar.

Eu sabia quão profundamente ela analisava tudo, por isso suspeito que se sentiu culpada pelo aborto que teve. Não importa que isso seja uma das ocorrências mais naturais do mundo. É uma perda terrível que pode suscitar todos os tipos de emoções, e eu me senti agradecida por ela tentar me poupar de qualquer remorso futuro.

— Você tem razão. Se houver algum problema, precisarei ter minha consciência tranquila.

— Por outro lado, é ridículo — continuou. — Quantas mulheres ficam grávidas enquanto precisam carregar dois outros filhos e ficam bem?

Alguns dias depois, Mark e eu fomos ao hospital para uma consulta com a geneticista, exigida antes que se pudesse fazer a biópsia das vilosidades coriônicas. A médica explicou que defeitos genéticos podiam ser causados por erros em um ou mais genes passados ou herdados dos pais, por um cromossomo ausente, excedente ou danificado ou por uma mistura de fatores genéticos e ambientais. Os riscos aumentavam com a idade da mãe, e os defeitos eram geralmente causados por um erro ocorrido quando o óvulo e o esperma se juntavam. A maioria desses defeitos resultava em aborto. Mas alguns, não.

Tivemos bons resultados de um teste de translucência nucal, que relacionava uma estimativa da espessura do pescoço do embrião com o risco de síndrome de Down. No teste seguinte, porém, o médico inseriu uma agulha comprida no meu útero (não sei o comprimento porque não olhei) e coletou células da placenta que seriam examinadas. Os resultados ficariam prontos em duas semanas.

Meus testes deram negativos para fibrose cística e doença de Tay-Sachs, entre outras doenças hereditárias, mas a geneticista disse que, no segundo trimestre de gravidez, com base na minha idade, havia uma chance entre setenta de o bebê nascer com síndrome de Down e uma entre quarenta de haver anomalia cromossomial. O que equivalia a cerca de 2,5 por cento.

— Muito bom — disse Mark.

Fomos a outra parte do prédio para fazer o teste. Deitei-me; um avental de papel me cobria da cintura para baixo e outro fora colocado acima dos seios e da barriga. Mark ficou ao meu lado, segurando minha mão. Eu tinha de virar o pescoço para ver o ultrassom; vimos o médico mover a sonda pelas imagens confusas antes de dizer que teria de adiar o teste por uma semana. As medidas anteriores indicavam que o embrião tinha cerca de 11 semanas, mas talvez tivessem sido superestimadas. Ainda assim, tudo parecia bem.

Quando voltamos, uma semana depois, o médico começou o procedimento explicando que aquilo poderia ser arriscado, uma vez que parte do meu intestino estava no caminho do útero. Ele moveu a agulha para baixo e para cima enquanto Mark o observava; fechei os olhos e estremeci, com a sensação de ser beliscada por dentro. Mas o exame correu bem e só restava esperar. Mandamos mais imagens da Sementinha de Papoula com um bilhete feliz. Vimos na tela o desenvolvimento das suas mãos e até dos ossos brancos e brilhantes.

"Incrível ver os dedinhos pequenos e as longas pernas (com certeza são seus genes em ação)", escrevemos para nossos pais. "Segundo o médico, a Sementinha de Papoula está crescendo dentro dos parâmetros esperados e tudo (que pode ser visto) se encontra no devido lugar. Mandaremos mais notícias."

* * *

Minha mãe mal podia conter seu entusiasmo. Quando me visitou em Boston, percebeu que minhas calças jeans estavam muito apertadas e insistiu que comprássemos roupas de gestante.

— Que tal essa? E essa? — Ela andava rápido pela loja, como uma criança que comeu açúcar demais. Voltou com os braços carregados, trazendo ainda mais roupas para o provador. Depois de me mostrar calças de moletom elásticas, ofereceu-me suco e barrinhas de cereais e sugeriu que eu comprasse um travesseiro de corpo.

— Você está com fome? Está com sede? Isso não é *lindinho*? — perguntou ela, jogando para mim mais uma blusa larga, que marcava apenas a cintura.

Seu entusiasmo era contagioso. Gastamos centenas de dólares com lindas saias largas, blusas, camisolas de seda e calças com elastano para acomodar minha barriga nos meses de verão. Eu era oficialmente uma mulher grávida.

Dias depois, Mark e eu passamos um longo fim de semana em Martha's Vineyard, onde estivéramos nos dois verões anteriores. Ficamos numa pousada na área rural de West Tisbury, gerenciada por uma doula — uma mulher que ajuda antes e depois do parto — e pelo seu marido, um ex-pescador. Armadilhas para lagostas e conchas marinhas decoravam o gramado e a varanda do quintal. Quando ela soube que eu estava grávida, deu-nos um CD com músicas para acalmar recém-nascidos.

Mark e eu planejávamos relaxar e fazer juntos, pela primeira vez, uma matéria de turismo para o *Boston Globe*. Eu escreveria o artigo; ele se encarregaria das fotos. Minha náusea tinha melhorado e eu estava ótima. Esqueci a preocupação com o pré-natal e me concentrei no trabalho.

Na manhã escura e nublada de segunda-feira, meu celular tocou. Era Karen, a geneticista.

— Você provavelmente estava esperando meu telefonema — disse ela.

— Sim — falei, chamando Mark.

— O teste foi inconclusivo.

— Como assim? — Eu esperava uma única palavra: "bom" ou até "ruim". Mas não um resultado ambíguo.

— Sinto muito. Havia um cromossomo extra em todas as células examinadas, ou seja, uma trissomia do cromossomo 22, mas é difícil dizer se o feto será afetado porque são células da placenta. Por isso, o teste foi considerado inconclusivo.

— Como saberemos? — perguntei.

— Vamos marcar uma amniocentese para daqui a duas semanas — respondeu ela. Dava no mesmo se ela tivesse dito dois anos.

— O que significa trissomia do cromossomo 22? — Ela nos informou que a síndrome de Down era resultado de uma trissomia do cromossomo 21, mas que a trissomia do 22 era um problema raro e pouco conhecido.

— Pam, você quer saber o sexo? — perguntou a geneticista.

— Sim, por favor — falei, sem pensar.

Como se quisesse quebrar nossos corações em mais um milhão de pedaços, ela disse que era uma menina.

Voltamos de Martha's Vineyard um dia antes do planejado. Era estranho estar naquela ilha, distante da família e dos amigos. Assim que chegamos em casa, procurei sistematicamente todos os sites científicos e médicos disponíveis. Mark enfiou-se para o escritório e não apareceu mais. Eu tinha aprendido na terapia a não esperar pelo pior. Mas o pior estava chegando, chegando, *chegando*.

— Estou tentando pesquisar ao máximo, mas continuo em estado de choque e é difícil assimilar todas essas informações — disse a Betsy, uma grande amiga que se sentava ao lado de Carey no *Boston Globe* e uma das pessoas mais criativas que eu conhecia quando se tratava de enfrentar um problema.

— É claro que é. Vou ajudar você a encontrar o que precisa — disse ela. Pelo telefone, eu podia ouvi-la digitar os detalhes que eu lhe dava. — Como Mark está?

— Está apavorado com a possibilidade de algum defeito sério no embrião. Se o próximo exame indicar que o problema está na placenta, tudo bem, vamos seguir adiante. Se não, vamos interromper a gravidez. Mas nem posso pensar nisso depois de chegarmos até aqui. Parece surreal. — Ao ouvir minhas próprias palavras, comecei a chorar.

— Ah, Pammy, sinto muito, sinto muito. É horrível não saber o que vai acontecer.

Descobri que era extremamente raro eu não ter abortado. Em casos de trissomia completa do cromossomo 22, a mãe aborta no primeiro ou no segundo trimestre; os bebês que sobrevivem morrem pouco antes ou depois de nascerem. Perguntei-me se meu esforço para evitar um sangramento teria impedido um processo natural de rejeição.

A trissomia parcial do cromossomo 22, em que só algumas células são afetadas por um cromossomo extra, tampouco é um problema simples. A placenta não se desenvolve de forma adequada, causando complicações no feto e acarretando inúmeros defeitos, pequenos e grandes: cérebro pequeno, má formação das orelhas, pescoço atrofiado, problemas renais e cardiovasculares, fenda palatina, polegares defeituosos, anomalias gastrointestinais, pés tortos, pelve contraída, convulsões e tantos outros.

Na internet, li sobre experiências de outros pais. Havia relatos de cirurgias múltiplas, crescimento lento e retardo no desenvolvimento, mas poucos eram esperançosos. "Tive um filho com trissomia do cromossomo 22, que nasceu em 1993 e morreu em 1997. Quem desejar informações, mande-me um e-mail", escreveu uma mãe.

Mark e eu vimos fotos de fetos com essa trissomia que nos deixaram de cabelos em pé.

— Eu não quero isso. Sei que não se pode ter garantias, mas quero um filho saudável — falei.

Numa manhã, Mark acordou e virou-se para mim na cama. Seus olhos mostravam que ele não tinha conseguido dormir. Acariciei seu rosto, marcado pelo travesseiro.

— Ninguém merece passar por essa espera — disse ele.

Nossa família deu-nos amor e apoio, mas foi difícil informá-los sobre os últimos acontecimentos quando me telefonaram porque senti que meu corpo decepcionara a todos, o que me envergonhava. Eu tinha pesadelos, sonhando que estava pulando de um telhado para fugir de alguém; que não conseguia memorizar vinte páginas do roteiro de uma peça do colégio; que estava sangrando num banheiro público e tentava esconder o papel higiênico manchado.

— Nós continuamos a rezar e a amar muito vocês — consolou minha mãe.

Beth entendia meus sentimentos. Compreendia que eu me sentia como uma farsante com aquela barriga e que não queria ser considerada grávida porque talvez essa situação não durasse muito tempo. Não queria ver as pessoas sorrindo para mim e perguntando pelo sexo do bebê ou quando ele nasceria; sentia-me culpada por não ter entendido a profundidade do trauma dela.

Estávamos sentadas no sofá, onde eu passava grande parte do tempo cochilando e vendo televisão. Eu tinha tirado o robe e vestido uma calça de moletom e uma camiseta quando ela telefonou e disse que viria me visitar.

— Não posso acreditar que você passou por tudo isso. Só agora compreendo como se sentiu ao receber a notícia — admiti. — Sinto muito não ter dado tanto apoio.

— Não tem problema. Como você poderia ter entendido? Eu preferia que você nunca entendesse — disse ela. — Você sabe que se quiser falar sobre sua ansiedade ou ficar sentada aqui com outra pessoa além de Mark, mesmo sem abrir a boca, é só me avisar. — Ela queria dizer que *eu estava precisando fazer essas coisas.*

— Uma boa ideia. Obrigada.

Uma vizinha adolescente passou com o cachorro em frente ao meu apartamento, conversando ao celular. Um casal idoso que parecia perdido parou perto da minha porta para checar um mapa. Se tivesse minha energia habitual, eu teria me oferecido para ajudá-los. Mas apenas olhei para Beth, pus os pés em cima de um banquinho e suspirei.

— Se quiser um drinque, não vou contar a ninguém. Eu sei que a espera é exaustiva.

— Tenho horror de pensar em abortar.

— Espero que não precise, porque é uma experiência terrível. Pior do que você imagina — avisou Beth. — Mas, se abortar, terá de saber que tomou a decisão certa.

Esperei um instante, hesitando em fazer a pergunta, sem saber se seria certo ou justo.

— O que você faria?

Como era minha amiga e sabia o que era querer uma resposta quando ela não existia, Beth me respondeu:

— Ficaria agoniada e tentaria reunir o máximo de informações, mas interromperia a gravidez. Foi o que fiz. Achei que seria a melhor decisão. Fiquei arrasada, mas não me arrependo.

— E como você e Phil ficaram? — Mark e eu tínhamos passado por momentos estressantes, mas nada parecido.

— Era diferente. Phil e eu mal nos conhecíamos e, por isso, tivemos mais tempo para nos compreender. Levei um verão inteiro para me recuperar e só soube que estava melhor quando quis empurrar grávidas para o lado, mas não mais acabar com todas elas.

Enquanto o tempo passava, eu lia novos artigos e revia publicações de pesquisas com títulos como *Mecanismo molecular de rearranjos do cromossomo 22q1*. Fiquei feliz por minha bolsa de estudos ter me ensinado alguma coisa útil para decifrar parte da densa linguagem técnica, mas quase não consegui. O que as outras pessoas faziam?

Busquei pesquisadores de genética do mundo inteiro. Ninguém podia me dizer quais eram as probabilidades de meu filho nascer normal nem ousava oferecer conselhos, embora fosse o que eu queria. "É difícil dar aconselhamento com referência à trissomia 22 porque há pouquíssimos casos estudados", disse um deles.

Desesperada, tentei localizar uma cientista canadense que tinha estudado mais do que ninguém esse distúrbio. Talvez ela pudesse me dizer alguma coisa. Mandei e-mails para seus antigos colegas, mas ninguém sabia como entrar em contato com ela.

Mark me levou para fazer o ultrassom antes da amniocentese. A primeira técnica chamou uma colega. Juntas, examinaram a tela do monitor brilhando no escuro e apontaram para um ponto vermelho brilhante, que indicava o coração.

— Pode haver um problema ali — disse a primeira —, mas não temos certeza.

Teríamos de esperar mais uma semana para fazer outro ultrassom. Elas pareciam preocupadas. Pior, o feto era pequeno, tinha atraso de desenvolvimento de pelo menos uma semana e a placenta não aderira completamente ao útero. Percebemos que ele sempre fora pequeno, o que fez com que mudássemos a previsão da data do parto pelo menos duas vezes e adiássemos a primeira biópsia das vilosidades coriônicas.

Minha ginecologista chegou e reviu as informações enquanto eu esperava na maca, com a barriga ainda melada por causa do gel.

— O que você acha? — Minha voz tremia. Eu segurei a mão de Mark.

— Tudo indica que você tem uma gravidez anormal — informou ela.

— O que isso significa? — perguntou Mark.

— Não parece nada bom.

O estresse já tinha atingido a nós e ao nosso relacionamento. Mark achava que não conseguiria aguentar meses sem saber o que aconteceria. Nosso bebê tinha o equivalente a uma bomba-relógio nos seus genes. Até eu admiti que ele teria de lutar muito para nascer, se conseguisse. Os defeitos físicos e o crescimento lento, combinados com a anomalia genética, forçaram-nos a tomar uma decisão. Concordamos em interromper a gravidez no dia seguinte; nossa médica, sem opinar diretamente, sugeriu que talvez fizesse o mesmo.

Mark estava confiante na nossa decisão. Mas eu, não. No dia anterior, consegui o e-mail do marido da cientista do

Canadá, para contatá-la por meio dele. Sem ter a quem apelar, fiz minha última tentativa quando chegamos em casa.

"Eu sei que é impossível julgar, mas sua opinião será muito apreciada nesse momento difícil", escrevi, detalhando a situação.

Mais tarde, antes de deitar, chequei meus e-mails e tomei um susto. Havia uma resposta dela, dizendo, em primeiro lugar, que não tinha ideia de que fosse tão difícil localizá-la. Ela continuou:

"A trissomia do cromossomo 22 não é compatível com o desenvolvimento normal do feto. O fato dos seus últimos ultrassons terem mostrado um crescimento fetal com atraso e anomalias cardíacas em potencial sugere que é mais provável que o embrião (placenta e feto) tenha essa trissomia."

Ela disse também que eu podia telefonar para sua casa se precisasse perguntar alguma coisa importante. Como o fuso horário era diferente, eu ainda tinha tempo e liguei. Faltavam menos de 12 horas para eu ir para o hospital.

Ela explicou que nossa situação era extremamente rara e que, pela sua experiência, todos os sinais apontavam para uma tragédia em termos de formação. Além disso, estaríamos poupando o mundo de mais uma criança com defeitos tão grandes; seria uma crueldade não abortar. Ela foi clara e confortante. Desliguei o telefone sabendo que havíamos tomado a decisão certa.

Na manhã seguinte, quatro meses depois do dia em que descobri que estava grávida, levantamos cedo. Enfiei num armário minhas roupas de gestante, os livros de bebê, as imagens dos ultrassons e as fotografias tiradas.

Minha mãe e meu pai insistiram em ir conosco, e agradeci a generosidade e o apoio inusitado. Quantos pais divorciados pegariam um avião para acompanhar o aborto da filha? Eles esqueceram a tristeza pelo fato de que não seriam avós e vieram tomar conta de nós.

Usei o supositório que a médica prescreveu. Nua e sozinha no meu banheiro, comecei a ter cólicas e percebi, num instante de horror, que a gravidez terminara. Muitas amigas minhas abortaram por uma razão ou outra, mas nenhuma me contou como as coisas aconteciam. Não era um procedimento com anestesia em que eu dormiria grávida e tudo estaria resolvido quando acordasse. Começava com uma ação deliberada antes de irmos para o hospital e meu corpo ainda se sentiria grávido por um longo tempo.

Por mais que Mark e eu disséssemos a nós mesmos e aos outros que não víamos aquele feto como um bebê, uma criança real, arrependi-me pelo resto da vida de saber que era uma menina. Embora soubesse que aquela fora a melhor decisão, solucei no chuveiro, com o corpo se sacudindo contra a parede fria de azulejos, dizendo à minha filha que sentia muito. Sentia muito, muito, muito.

Meus pais estavam sentados na sala de espera do hospital quando cheguei. Uma assistente social me entregou alguns cartões em cores pastéis com poesias e ensaios sobre a dor dos pais que choravam por seus "anjinhos". Aquilo causou uma tristeza ainda maior.

No quarto do hospital, a médica sentou-se ao meu lado, falou pouco e segurou minha mão. Meus pais disseram, mais tarde, que ela havia dito que nossa decisão foi absolutamente certa. O anestesista entrou; minutos depois, perdi a consciência. Passadas algumas horas, acordei. Quando me levantei pela primeira vez, o sangue escorreu pelas minhas pernas e pelo chão. O sangramento não parava. Encabulada e horrorizada, abaixei-me um pouco para tentar secar a poça de sangue com papel higiênico antes que a enfermeira viesse me pôr na cama. Fechei os olhos, mas não consegui dormir.

Nos dois primeiros dias, Mark e meus pais se surpreenderam por eu estar relativamente alegre.

— Você está se saindo muito bem, filha — observou minha mãe.

— Você é uma mulher tão forte. Estou orgulhoso da minha filha — acrescentou meu pai.

A verdade é que eu estava em estado de choque.

Meus pais cozinharam e lavaram pratos juntos e me ajudaram a plantar flores no jardim. Uma noite, chegamos a fazer palhaçadas diante da câmera, com chapéus bobos e maquiagem. Minhas amigas deixavam comida e cartões para mim e me chamavam para passear. Meu irmão me visitou. Um amigo do colégio me enviou uma mensagem que confessou ter reescrito 25 vezes. Outro mandou um e-mail com uma simples linha: "Eu te amo."

Mark dormia comigo todas as noites. Ele tinha sido forte, mas chorou quando tomei uma taça de vinho, a primeira bebida alcoólica em meses. Lentamente, muito lentamente, comecei a desabar também.

Meu irmão disse que ele e a mulher iriam a Wisconsin com alguns amigos, e chorei porque não imaginava quando me sentiria leve e despreocupada assim novamente. Minha barriga começou a diminuir e a curva abrupta entre meus seios e o abdômen desapareceu. Eu sentia dores enquanto meu corpo voltava ao lugar, e o sangramento persistia. Era como voltar no tempo, a suprema chicotada emocional.

Os hormônios pesavam em mim. Os testes de gravidez feitos semanas depois do aborto ainda davam resultado positivo e, quando achei que as coisas não podiam piorar, notei manchas redondas na minha camiseta. O leite estava vazando dos meus seios. Eu tomava café sempre que me sentia desanimada e cheguei a um estado estranho, nem normal nem deprimida. Certo dia, minha cabeleireira abriu seu salão mais cedo para pintar meus cabelos sem que eu precisasse ouvir comentários das outras clientes e dos cabeleireiros.

Tentei não me precipitar, como Patrick me aconselhou, e me concentrei nas pequenas decisões: o que pôr no meu café ou quais sapatos usar. Mas, à noite, a tristeza me invadia, como se ela tivesse passado o dia na estrada e nos encontrássemos para passar a noite. Pensando bem, eu deveria ter tomado algum antidepressivo, apesar dos temores de Mark, ou me forçado a voltar a trabalhar.

Mark e eu fizemos terapia para tentar diminuir a tensão cada vez maior entre nós. Minha depressão suscitava nele tristes lembranças da doença mental da sua ex-mulher, o que o fazia se afastar. Ele queria me ver melhor, queria que eu voltasse a ser a mesma. Mas eu não podia apressar o processo e me sentia pressionada. Queria que ele estivesse comigo o tempo inteiro, mas ele também estava sofrendo, então eu passava horas conversando com outras mulheres num fórum anônimo on-line. O mais estranho era que, às vezes, eu ainda me sentia grávida. Apesar de saber que tudo mudara, imaginava como seria meu mês de novembro.

Uma noite, Mark foi a um pub com Phil. A conversa habitual entre eles consistia num amontoado de piadas e insultos, gargalhadas e implicâncias. Mark usava sua fria ironia britânica; Phil, seu sarcasmo grosseiro, embora eles se gostassem cada vez mais. Mas, naquela noite, por mais fechado que ele fosse, disse que tinha conversado com Phil.

Depois de algumas canecas de cerveja Guinness, a conversa chegou às expectativas de serem pais e às perdas que sofreram. Mark descreveu a Phil sua angústia diante da falta de informações e por não saber que providência tomar.

— Absolutamente frustrante! — disse a Phil. — Logo quando eu estava começando a me sentir um pai. Um pai.

— Sinto muito, cara. Eu compreendo. É uma experiência dura. — O bar estava escuro e Phil começou a chorar, mas, pelo visto, ninguém percebeu suas lágrimas.

Mark disse que ficou comovido com a solidariedade dele.

— Ele estava quase segurando minha mão, e eu me senti bem — contou-me.

Quando finalmente marquei uma consulta com minha ginecologista, ela me informou sobre os resultados da autópsia: o desenvolvimento do feto estava atrasado em um mês, havia retardo crescente e sinais de deformidades coerentes com trissomia completa do cromossomo 22. Provavelmente ele não teria nascido com vida. Ela também disse que meu exame de sangue não indicara problemas. Em breve saberíamos que os resultados do exame de Mark também foram bons, o que tornava provável uma gravidez saudável no futuro.

Essa notícia ajudou a acelerar nosso processo de cura nos meses seguintes, apesar das ocasionais lembranças daquela época terrível.

Certa tarde, Mark e eu decidimos ver uma exposição do corpo humano no Museu de Ciências, onde havia corpos plastificados de maneira única e preservados em várias poses, com espécimes anatômicos em destaque. A exposição era acompanhada de um filme em IMAX, e achei que seria um passeio fascinante.

A maior parte do filme falava sobre gravidez, tendo como protagonista uma mulher que esperava o primeiro filho. Lá estávamos nós, Mark e eu, tentando sair da nossa tristeza e vendo imagens enormes, em 3D, de um ultrassom, de embriões se desenvolvendo e de um bebê recém-nascido sendo enrolado num cobertor. Comecei a rir e a chorar ao mesmo tempo.

Carey lembrou-se da aula de anatomia a que assistira durante sua bolsa de estudos em jornalismo científico, quando estava grávida de seis meses, tendo escolhido, por acaso, um dia em que seriam discutidos defeitos genéticos.

— Todos os bebês que nascem sem intestinos e gargantas e tudo mais e.... Ssssh! — disse ela. — Sinto muito que isso tenha acontecido com vocês. O único aspecto positivo, talvez, é que, por ter sido tão invasivo, isso tenha obrigado vocês a começarem a exorcizar essa situação. — Talvez sim. Talvez não.

Em setembro, para celebrar três anos desde o dia em que nos conhecemos, Mark e eu levamos uma garrafa de champanhe para nosso professor de astronomia, Sam, que, por acaso, estava fazendo uma palestra no observatório. Mark me deu um cartão quadrado, com estrelas em preto e branco. Apesar de tudo que tínhamos passado, não nos afastamos.

No cartão, ele escreveu: "Faz três anos desde que nos conhecemos debaixo das estrelas. Você era uma estranha, mas senti que conhecia sua alma e que ela me atraía, como uma parte perdida de mim. E, nas semanas que se seguiram, soube que tinha encontrado minha alma gêmea."

Eu sentia o mesmo e escrevi para ele: "Seu amor dá sentido à minha vida, e a profundidade da sua compaixão, o calor do seu desejo e a nossa afinidade me acalentam."

Eu trabalhava como freelancer e assistia a aulas de ciências novamente, reconstruindo aos poucos minha vida apesar da data que se aproximava: o dia marcado para o frustrado nascimento. Mark estava pronto para ignorar a ocasião, mas eu não consegui.

— Podemos ir a qualquer lugar. Só não quero ficar em casa nesse dia -— disse a ele.

— Eu compreendo. Onde você gostaria de ir?

— A um lugar totalmente diferente. Uma cabana nas montanhas. O Ritz-Carlton. Ou o Fairmont. — Não queria alimentar minha tristeza. Natureza ou luxo, ou ambos, conseguiriam me distrair.

Quando chegamos ao hotel, a recepcionista nos surpreendeu com uma cortesia dada por um amigo: a suíte presidencial. Jantamos em uma mesa longa, que poderia receber dignitários, fizemos amor numa cama rodeada de antiguidades, deleitamo-nos numa banheira enorme com bolhas de sabão e tomamos café da manhã em lindos robes brancos, à uma mesa que dava para Copley Square.

Beth foi ao hotel para tomar café comigo quando Mark saiu para trabalhar e ficou boquiaberta com o tamanho da suíte. Fingimos ser celebridades descansando entre entrevistas de nossa turnê.

— Acho que vou enlouquecer se precisar repetir mais cem vezes o que estou vestindo — brincou ela. — Os flashes das câmeras estão me cegando.

— Estão me cegando também — falei, com um falso sotaque britânico, levantando o dedo mínimo para tomar um gole de café.

Quase esqueci que, se as coisas tivessem sido diferentes, eu seria mãe naquele dia.

Várias semanas depois, Mark e eu levamos sua mãe, que tinha vindo do País de Gales, à casa do meu irmão para celebrarmos o Dia de Ação de Graças. Antes da festa, Ruth conheceu minha mãe e perguntamos se elas gostariam de sair conosco. "Não, não", disseram elas, "vão vocês".

Mark e eu passamos pelos prédios de tijolos vermelhos até chegarmos ao templo Baha'i, no fim da rua. Era um dos lugares de que eu mais gostava, com sua alta cúpula rendada dando para o lago Michigan. Ao subirmos os degraus, Mark me puxou.

— Há um lugar por aqui com uma boa vista? — perguntou ele. Andaimes de construção rodeavam parte do templo.

— Vamos parar um instante. Veja como a luz forma um arco no horizonte.

Ele virou a cabeça para o céu azul brilhante e segui seu olhar. Em geral, ficávamos em silêncio em momentos assim. Ele pegou a bolsa onde carregava sua câmera e, para minha grande surpresa, tirou dali uma caixinha azul.

— Vamos, pode abrir — disse, sorrindo. Pela primeira vez, notei que ele estava um pouco nervoso e excitado.

Abri a caixinha e vi um lindo anel de brilhante. Não havia engano: era um anel de noivado, mas, como nunca tínhamos sido tradicionais, não esperava aquilo. Eu usava a aliança de ouro branco todos os dias e sempre pensei que a usaria pelo resto da vida.

— Isso representa meu amor por você — declarou ele, colocando o anel no meu dedo. O brilho da gema, a felicidade nos seus olhos, o azul do céu, o branco da cúpula. A palpitação do meu coração.

Ele disse que tinha conseguido descobrir o número do meu anel escondendo um medidor debaixo da nossa cama e que nossas mães estavam esperando para ouvir a novidade. Na verdade, achei que elas sairiam de um esconderijo atrás dos arbustos a qualquer momento. "Eu me casei com você no momento em que nos conhecemos. Você é a origem de tudo que é belo e bom na minha vida", dizia o cartão.

Nossa vida era boa. Viajamos durante um mês pela Nova Zelândia, numa espécie de lua de mel anterior ao casamento, e passamos uma semana numa ilha idílica no sul do Pacífico. Nesse curto período, engravidei, mas abortei na ilha. Embora desapontada e triste, senti-me vitoriosa porque nossa relação estava mais intacta do que nunca e nos tratávamos com carinho, o que, para mim, fazia toda a diferença.

"Nossa filha está vindo", dizia Mark. E eu acreditava nele.

Tive sintomas estranhos e febre alguns dias depois de voltarmos para casa em fevereiro. Minhas articulações doíam e eu me sentia frágil, como se pudesse quebrar. Tive calafrios, suores e diarreia durante dias, a ponto de ficar seriamente desidratada e Mark me levar ao hospital. Minhas pernas ficaram vermelhas; as plaquetas haviam caído abruptamente. Era dengue.

Passei uma semana no hospital e voltei para casa com três quilos a menos e as pernas ainda avermelhadas, mas a dor nos ossos começara a ceder — não é de admirar que chamem esses sintomas de "febre dos ossos quebrados". Umas semanas depois, voltei à vida normal. Mais do que normal: eu estava grávida.

O primeiro ultrassom mostrou que tudo estava bem. O técnico, que já nos conhecia, repetiu a informação várias vezes para nos tranquilizar.

— Podem me perguntar o quanto quiserem se está tudo bem. Minha resposta será sempre a mesma — garantiu ele, sorrindo. — Está tudo normal. — Normal. Não parávamos de repetir a palavra.

Ao ver o coração bater, aquela pequena luz pulsante, prendi a respiração, aliviada e encantada. Mas, dessa vez, tentamos não nos envolver tanto. Continuei a tomar meu café pela manhã e compreendi que cromossomos estavam além do meu controle e que eu não podia saber ao certo o que se passava num nível tão diminuto. Sabia que sentiria alívio se os outros exames indicassem bons resultados e as verdadeiras preocupações pudessem recomeçar — as rotineiras, com as quais eu achava que podia lidar.

Fiz compras na Destination Maternity (se fosse tão simples assim) e, quando a funcionária solicitou meu e-mail, pedi para ser retirada da lista de destinatários, para evitar o dilúvio de informações sobre suprimentos para bebês e revistas para pais que tínhamos recebido no ano anterior.

— Ainda estamos esperando os resultados genéticos — expliquei. Ela assentiu e, com ar sombrio, entregou-me as sacolas.

Minhas amigas ofereceram berços e tantas roupinhas de bebê que qualquer outra mulher ficaria atordoada. Mark e eu não hesitávamos em recusar, mesmo que isso significasse perder tudo aquilo que elas não tinham onde guardar. "Obrigado pela oferta", dizíamos, "mas não queremos nada até estarmos muito mais perto de ter o bebê nos braços, na nossa casa. Sabemos que vocês compreenderão".

Fizemos a biópsia das vilosidades coriônicas. Eles explicaram que a probabilidade de uma anomalia nos cromossomos se repetir dependia da anomalia ocorrida. Em geral, a chance era de um por cento ou menos. O que significava que havia 99 por cento de chance de tudo correr bem, apesar da minha idade. Karen, a geneticista, disse-nos que podíamos ter resultados preliminares dos exames em dois dias, mas às vezes ocorriam erros. Normal podia parecer anormal e anormal, normal. "Não, obrigado", dissemos. "Nós queremos ter certeza."

Passou-se uma semana. A espera era extenuante. A ansiedade que eu segurava durante o dia transformava-se em pesadelos à noite. Certa vez, pus os braços em volta de Mark para acordá-lo.

— Você não está preocupado? — perguntei.

— Não. E espero que você não se preocupe tanto, meu bem. Não adianta — tranquilizou ele, tirando uma mecha de cabelo que cobria meu rosto e segurando meu queixo. — Não podemos controlar o que vai acontecer. Podemos apenas esperar o melhor.

Demorei para perceber que ele estava passando muito tempo no computador, no escuro do seu escritório, com fones de ouvido e os olhos colados na tela. Ele não admitia, mas estava ansioso também.

Não tínhamos ideia do que nos esperaria nos próximos meses. Eu abortaria esse mês ou me prepararia para o curso de gestantes? Meus pais viriam me consolar ou comemorar conosco? Eu não criava expectativas porque sabia que um cenário podia ser facilmente substituído por outro.

Telefonei para Karen numa sexta-feira. Ela disse que nos ligaria na segunda de manhã se tivesse os resultados, ou à tarde, se tivesse uma explicação de por que os resultados estavam demorando tanto. A segunda-feira chegou e se foi. Entramos na terça-feira. Fazia 12 dias desde o exame, sem resultado algum. Não pude esperar mais. Fui até a Target para andar pelos corredores cheios e anônimos. O que eu estava procurando não estava naquelas prateleiras.

Entre as seções de lingerie e de bolsas, meu celular tocou. Era Mark.

— Karen telefonou. Está tudo bem. É uma menina.

As palavras fluíram dele. Dava para sentir sua felicidade, seu alívio e o quanto desejava me dar a notícia por telefone. Parecia surreal; sua voz distante, as luzes fluorescentes, os carrinhos de compras vermelhos. Nós teríamos um bebê. Uma menina.

— Verdade? Está brincando? Verdade? Está tudo bem? — Minha voz pedia para ele dar a notícia de novo, de novo, de novo.

— Sim, querida, está tudo bem. Perfeitamente normal — falou ele, rindo.

— O que ela disse exatamente? — perguntei.

— Disse "Aqui é Karen. Está tudo bem. Querem saber o sexo do bebê?" Quando eu disse que sim, ela falou: "É uma menina."

Eu não conseguia articular as palavras. Com os braços carregados de toalhas de papel, creme de barbear e baterias, eu queria sair da loja. Estava ansiosa para chegar em casa. Quando cheguei, atirei-me nos braços de Mark, que me recebeu com um grande sorriso.

— É tudo que desejávamos — comemorou ele.

A data do nascimento estava prevista para início de novembro. Minha mãe telefonou e suspirou, aliviada; meu pai riu. O restante da família estava exultante. Telefonamos e enviamos e-mails para os amigos mais íntimos.

— Obrigada, meu Deus! Que notícia maravilhosa — disse Anna, minha colega de faculdade. — Quase chorei quando li seu e-mail. E... é uma menina!

À medida que as semanas passavam, eu tinha dificuldade para respirar porque o bebê crescia e pressionava meus órgãos internos. Eu era claustrofóbica e precisava de janelas e cortinas abertas o tempo todo. Engordei vinte quilos e tive hemorroidas pela primeira vez. Meus dedos e tornozelos incharam. Nossa cama desapareceu debaixo dos travesseiros para o corpo.

Eu estava adorando.

Contratamos uma doula e fiz uma lista de suprimentos. Líamos histórias infantis para minha barriga à noite — *Mouse Paint* e *Goodnight Moon* — e tínhamos pilhas de livros para pais na mesinha de cabeceira. Minhas amigas diziam que eu, uma eterna estudante e jornalista, agora estudava para aprender a criar uma filha. Já tínhamos um nome. E apesar de cogitarmos milhares de possibilidades, voltávamos sempre ao mesmo porque, como Mark dizia, aquela era a filha que sempre viria.

No fim de outubro, os atendentes do Starbucks previam meu pedido quando eu me aproximava do balcão: "Um café grande e um bebê, por favor." Eles sempre riam.

Comecei a ter contrações semanas antes do previsto, às vezes durante horas. Donna me visitou na primeira semana de novembro. As contrações aumentaram enquanto montávamos um complicado quebra-cabeça de um mapa-múndi. Quando ela foi embora, todas as peças (menos as azuis dos infinitos oceanos) tinham sido colocadas nos devidos lugares, mas nada do bebê.

A data prevista passou; decidimos induzir o parto dois dias depois para evitar riscos desnecessários. A família toda veio para Chicago.

— Pronta para ter um bebê, querida? — perguntou Mark naquela manhã ao chamarmos nossa doula. No carro, havia uma pilha de travesseiros, um cooler, uma bola para ajudar durante o parto e roupas. Era um dia ensolarado de novembro, minha época favorita.

— Estou — respondi, beijando-o e piscando, com os olhos voltados para o céu.

O parto durou horas; as contrações aumentavam, diminuíam e quase paravam. O médico me deu oxitocina. As contrações vinham e iam. Meu rosto estava vermelho. Wanda, a doula, massageava meus pés inchados; Mark massageava minhas pernas; minha mãe segurava meu braço. Decidimos furar a bolsa d'água, cientes de que talvez, se as coisas não progredissem, fosse preciso fazer uma cesariana.

As pessoas nos disseram que o parto não seria como esperávamos. E não estavam brincando. Eu queria um parto normal, mas estava aceitando qualquer intervenção possível.

O fluido umbilical escorreu, quente e brando, e, de repente, senti como se meu abdome estivesse sendo rasgado com uma navalha. Não só a oxitocina chegou a um limite máximo como também não havia mais amortecimento entre o bebê e o meu corpo. Era ela contra mim, e eu contra ela. Foi a pior dor que senti em toda a minha vida.

Mark perguntara se eu estava pronta para ter um bebê. Sim. *Agora.*

Wanda pediu que eu relaxasse os ombros e respirasse fundo. Mark me acariciava e segurava a câmera de vídeo. As contrações vinham em intervalos de um a dois minutos; eu contraía os dentes. Meu corpo inteiro se contraía.

— Não aguento mais. Preciso de uma anestesia — pedi até eles entenderem que eu estava falando sério.

A enfermeira saiu. Vinte minutos depois, recebi uma epidural. Wanda disse para eu descansar. Dormi quase uma hora. Quando acordei, os batimentos cardíacos do bebê estavam mais lentos. Eu tinha dilatação de dez centímetros; ela estava ali, pronta para sair. A médica — não minha ginecologista, mas uma mulher agradável que trabalhava com ela — entrou às pressas no quarto. Mark e minha mãe seguraram minhas pernas. Mulheres em jalecos brancos juntaram-se a eles. Comecei a fazer força.

Disseram que eu estava indo bem.

— Você está quase lá...

— Só mais um pouco — incentivou a enfermeira.

Eu não acreditava mais e me concentrei na dor aguda que dava a sensação de que minha pelve racharia. Enchia os pulmões e visualizava o bebê descendo, descendo. Seguraram um espelho para que eu pudesse ver a cabecinha dela. Eu via apenas uma ponta mínima antes que ela voltasse para dentro de mim. Durante todo esse tempo, eu estava fazendo *alguma coisa*?

— Tirem esse espelho daí — pedi, gemendo. — E a câmera de vídeo também! — Eu não podia me distrair.

Depois de duas horas, apareceram os cabelos pretos. E lá estava ela, rosada, chorando e chutando. Incrível.

Querida família e amigos: Emma Lulu nasceu às vinte e uma horas e seis minutos de sábado, depois de um curto trabalho de parto. Ela é um bebê saudável, de 3,36 quilos e cerca de cinquenta centímetros. Estamos encantados! Ela parece ser uma criança alerta e feliz — e poderíamos jurar que já sabe sorrir. Tem dedos dos pés enormes e agarra nossas mãos com força! Depois da exaustão inicial, mãe e filha passam muito bem.

Epílogo Um: Carey

Fui visitar o túmulo da minha mãe outro dia. Quase não vou ao cemitério porque, para mim, ela não está lá. Mas Liz estava visitando seus sogros no centro de Massachusetts e, enquanto eu dirigia para encontrá-la, tive um pesaroso *déjà-vu*. O cemitério judaico, onde a maioria dos meus parentes de Worcester foi enterrada, ficava a dois minutos dali.

Os sulcos da estrada de terra fizeram meu carro balançar como um barco no mar. O lugar onde estacionei estava deserto; as árvores, nuas; o céu de inverno, tão cinza quanto os túmulos. Comecei a chorar assim que me encaminhei para a sepultura da minha mãe. Não só porque sentia sua falta, mas porque todos da família tinham sido cruelmente privados da sua companhia. Pior, porque *ela* estava perdendo muita coisa — não conheceu seus netos, não envelheceu com o marido leal que tanto amava.

Parei diante do túmulo parcialmente usado, onde um vazio aguardava meu pai. Ainda tinha a sensação de estar abraçando aqueles ombros frágeis e passando a mão nos cabelos cacheados e macios. Levantei os ombros e enfiei as mãos nos bolsos do casaco.

— Nós estamos bem, mamãe — falei, baixinho. — Sprax é fantástico como pai e como marido, e as crianças são deliciosas. E é claro que papai é o melhor avô que já vi.

Dei um suspiro profundo e trêmulo.

— Eu gostaria que você estivesse aqui — continuei. — Você amaria tanto seus netos e seria a melhor avó do mundo. Como você diria, é uma sacanagem. Essa é a verdade.

Limpei os olhos e o nariz, piscando com força e olhando os túmulos mais próximos. Muitos tinham seixos que mostravam que tinham sido visitados.

— Às vezes, é difícil para mim ser mãe. Não sou tão flexível quanto você. Gostaria de levar as coisas de forma mais natural. Sinto muito medo. Mas quaisquer que sejam minhas qualidades como mãe, sei que as herdei de você. Compreendo suas ações muito melhor hoje e me conforta saber que fizemos você tão feliz quanto Liliana e Tully me fazem. Que bom que pudemos fazer isso por você.

Pensei na minha amiga Robin, que morrera recentemente por causa de um câncer aos 54 anos, deixando gêmeos de 11. Ela conheceu o marido logo depois de completar 40 anos e desistir de casar. Quando soube do seu diagnóstico, disse a uma amiga que conseguira tudo que queria na vida e poderia aceitar seu destino se não fosse seus filhos.

Eu me sentiria da mesma forma. Tenho certeza. Como minha mãe, Robin foi privada de décadas de vida, mas sabia que fora muito abençoada. Eu tinha novos medos, mas uma coisa não me assustava mais: nunca ter o que é hoje para mim o centro da vida.

— Espero não morrer tão cedo, mamãe. Mas, se eu morrer amanhã, saberei que tive tudo que podia almejar.

Pensei em mim aos 39, desejando desesperadamente ter um filho. Sentia um vazio nos braços. Mas sabia muito pouco sobre o que a realização desse desejo significaria. Não sabia — e não podia entender de antemão — que minha vida seria repleta de riquezas e de mudanças, mudanças, mudanças à medida que os filhos crescessem, à medida que as arestas do casamento fossem aparadas, à medida que os anos marchassem para frente, não só para mim, mas para todos nós.

Epílogo Dois: Beth

MUITAS VEZES CHEGO EM CASA saltitante como uma menina de 10 anos, contando para Phil que fiz uma nova amiga. Posso ser um pouco cínica e cética, mas acredito que o mundo está repleto de pessoas que eu gostaria de conhecer.

Minhas amigas espalham-se pelo mundo afora; conheço algumas há quarenta anos. Mas o abraço de cada uma, fundamental para minha vida, está a apenas um telefonema, um e-mail, uma volta pelo quarteirão, uma viagem de trem, um voo de oito horas. Manter amizades exige trabalho, mas é o melhor tipo de trabalho. Nós trocamos muita coisa: risadas, companheirismo, apoio incondicional, ajuda com as crianças, conselhos, remédios que dependem de receitas, nossos corações. E fazemos de maneiras que não fazemos com os homens.

No dia em que a conheci, Carey me deu esperança. E Pam me deu Carey. Formamos um pequeno e estranho trio. Três mulheres ligadas a princípio pelo esperma de um desconhecido, pela amizade e, em última instância, por uma tripla história de amor. Sem Carey e Pam, e sem o empurrão dado pelo doador 8282, talvez Gareth não existisse.

A essa altura, cinco anos depois, não sei quem eu seria sem Gareth. Sem todos os pedacinhos dele, desde sua marca de nascença na sola do pé direito. Ele é meu filho, e eu o amo sem restrição, mas será que eu mudaria alguma coisa, se pudesse? Talvez. Eu daria a ele mais tolerância e tornaria o mundo um lugar melhor, que não o transformasse tão cedo num roedor de unhas.

Eu também roía as unhas quando era criança. Às vezes, ainda roo. Há momentos em que o mundo nos amedronta e há momentos em que eu gostaria de me esconder por uma semana. Porém, não tenho mais essa opção. Alguém depende de mim, o que também me amedronta. Sei que vou cometer erros e estou convencida de que pelo menos uma vez por dia deixo marcas negativas em Gareth. Seguro-o com muita força quando estou zangada, grito com ele e ouço minha voz nele quando se irrita. Tenho medo de não apreciar nossos bons momentos como deveria.

Mas o amor. Sinto um amor avassalador e ilimitado pelo meu filho. Por mais que ele me exaspere, tudo é esquecido em função desse amor (mas ele não entrou na adolescência ainda!).

Certa noite, muito depois de colocá-lo na cama, ouvi sua voz me chamando de forma ritmada. "Ma-mãe... Ma-mãe..." Quando abri a porta do quarto, ele me fez um sinal para deitar na sua cama do Capitão Gancho.

Ficamos deitados ali, juntinhos. Ele pôs os braços à minha volta e disse:

— Por favor, fique aqui. Fique mais um pouco comigo.

— Vou ficar para sempre — respondi.

Recentemente encontrei um papel com o resultado da amniocentese da minha primeira gravidez. Por cima, um carimbo dizia: "Paciente não quer ser informada sobre o sexo do feto." Era um menino. Sem aviso, seis anos depois, eu soube o que tinha perdido. Um daqueles momentos que simplesmente tiram seu fôlego.

Telefonei imediatamente para Pam e comecei a chorar por uma decisão da qual não me arrependia. Ela estava em Chicago, a mais de 1.000 quilômetros, mas não importava. Ela estava ali, com sua própria experiência, seu caso de "informação sobre o sexo do feto" e sua amizade verdadeira.

Acho que tenho sorte. Muita sorte. Quando parei de correr atrás do sonho, encontrei-o. Primeiro, em um freezer criogênico; depois, no meio do inverno, numa pousada com uma fatia de bolo de chocolate. Antes de conhecer Phil, eu não havia perdido a esperança de ter uma família. E a encontrei através do esperma de um doador anônimo.

Talvez essa seja uma história de tripla felicidade. Carey deu o primeiro passo, comprando os frascos de esperma. Como não precisou, passou-os para mim, e, como também não precisei, passei-os para Pam. Ela também não precisou. Creio que teríamos uma família de qualquer forma, mas superamos em muito nossas expectativas. Por isso, essas histórias não são apenas sobre filhos, mas sobre o amor.

Comecei a escrever um "livro de coisas bonitas", listando três coisas bonitas ocorridas diariamente na minha vida. É muito fácil: Gareth na banheira, Phil chegando em casa no fim do dia, colher maçãs, minha mãe me telefonando para me lembrar de ver a lua cheia com Gareth, jantar com minhas amigas, o amor. Aí estão, sem esforço algum, *seis* coisas. Seis coisas bonitas.

Epílogo Três: Pam

EMMA TEM 2 ANOS. É loura, de olhos azuis, e alta para sua idade. Começa o dia com um sorriso e se anima quando vê um livro. Sua pele é macia como uma pétala de rosa e seu corpo tem cheiro de biscoito. É uma criança deliciosa.

Vivemos no norte de Chicago. Mark e eu trabalhamos numa casa alugada a vários quarteirões do lago Michigan, perto de onde cresci. Queríamos ficar perto da minha família e mudar de ambiente.

Penso sempre se o doador 8282 deu a Carey a paciência para esperar por Sprax e a Beth a força para retomar sua vida depois de um casamento fracassado e sonhos desfeitos. Para mim, ele deu esperança. Esperança de — apesar das más escolhas que me deixaram solteira e insatisfeita até os 38 anos — manter-me fiel aos meus ideais românticos.

Ao aceitar o esperma de um doador anônimo, aceitei também a ideia de decidir minha vida em vez de esperar que ela acontecesse. Eu podia seguir um caminho não tradicional e, ainda assim, ser feliz. Confiei nesses instintos e entrei numa história de amor.

Ser mãe foi a melhor coisa que fiz, fora estar com Mark. Tenho minha "pessoinha" com os olhos dele e minha risada — minha marca registrada, que uma amiga comparou a um porco procurando cogumelos. Mas a maternidade também é extremamente difícil, como podem atestar todas as mães desde tempos imemoriais. O trabalho quando cuidamos de uma criança é simplesmente interminável. Fraldas, alimentação, banhos, roupa para lavar. Mas adoro cuidar de Emma, essa minha menina feliz. Afinal, era isso que eu desejava.

Carey disse que sua família é como um circuito elétrico fechado. Eu conheço esse sentimento. Minha energia diminui quando alguma coisa errada ocorre com Emma ou com Mark — nariz escorrendo, um desapontamento no trabalho — e brilha nos momentos de alegria — como uma nova palavra ou uma bela foto.

Terei sorte se chegar a ver meus netos, se Emma tiver filhos, mas provavelmente não verei meus bisnetos. Mark, que cresceu como filho único, e eu pensamos, às vezes, em dar um irmãozinho para Emma.

— No fundo, sou um otimista. Acredito que você pode trazer ao mundo crianças maravilhosas — disse ele uma noite, num restaurante, enquanto Emma dormia no carrinho ao nosso lado. Então, ele balançou a cabeça e sorriu. — Não posso mais imaginar a vida sem ela.

Pensamos na nossa energia e recursos. Não podemos saber ao certo se eu teria outro bebê saudável (aos 44 anos, tenho horror a possíveis defeitos genéticos) nem se nossos filhos seriam bons amigos. Não há comprovação de que nos preocupamos menos com dois filhos do que com um só — talvez o oposto seja verdade. Só sei que Emma crescerá rodeada de uma família amorosa e de bons amigos.

Nós não tivemos um chá de bebê para nossa filha, mas, quando ela completou 100 dias, algumas amigas fizeram uma festa para comemorar sua chegada ao mundo e à nossa irmandade. Mais de 12 mulheres apareceram na casa de Beth, inclusive minha mãe, trazendo vários pratos — salada de frango, salmão defumado, *bagels* e um *cheesecake* com morangos com os dizeres "Feliz 100 dias de vida" — que foram colocados na mesa decorada com tulipas brancas e cor-de-rosa e patinhos amarelos de borracha.

Cada uma deu uma contribuição extra: uma carta com conselhos e votos de felicidade para Emma. Todas as mensagens foram compiladas num lindo livro, com sua foto na capa. Escreveram sobre a época instável em que vivemos e sobre a importância da bondade, do conhecimento e da sinceridade. A carta também dizia que Sean Connery foi o melhor James Bond; que embora muitas coisas possam nos desapontar, tirar carteira de motorista nunca seria decepcionante; que ninguém sabe responder às grandes perguntas; que todos cometemos erros; que elas sempre me ajudariam a proteger e a amar Emma; e, finalmente, que ela era uma criança muito querida.

"Seus pais lutaram muito para você nascer e já a amavam anos antes da sua chegada", escreveu Beth.

Depois que tínhamos comido, conversado, bebido e rido, nos sentamos em círculo no tapete da sala. Emma aninhou-se no meu colo, agasalhada e contente, enquanto duas amigas iniciavam um antigo ritual com objetos simbólicos para predizer seu futuro. Se ela mostrasse interesse por uma agulha e linha, teria vida longa; se seu interesse fosse por um livro, seria uma acadêmica bem-sucedida.

Ajoelhada à nossa frente, Carey mostrou a Emma uma nota de 1 dólar. Nenhuma reação. Um novelo de linha preta, um pequeno pote de açúcar, um saleiro, um livro velho. Nenhuma reação.

— Que tal isso, querida? — oferecia Carey a cada tentativa, mostrando o objeto. Mas Emma enfiava na boca a barra do vestido cor-de-rosa florido.

Finalmente, mostrou a ela um caderno em branco. Emma levantou o braço direito na direção do caderno, deixando as escritoras do grupo encantadas.

Beth amarrou uma fita vermelha no tornozelo de Emma em sinal de proteção, e cada uma desejou-lhe alguma coisa especial, como se ela fosse a Bela Adormecida abençoada pelas fadas. Cada uma das minhas amigas — brancas e negras, solteiras e casadas, com ou sem filhos — desejou-lhe, segundo suas experiências pessoais, o que uma menina realmente precisa neste mundo. ("Uma lista diferente da minha geração", brincou minha mãe.)

— Senso de humor — disse Mimi.

— Inspiração — disse Lisa.

— Barriga lisa e bunda pequena — disse Maria. Criatividade. Saúde. Paz de espírito. Sabedoria. Paixão. Visão. Saber dançar. Esperança.

— Amor — disse Beth.

— Sorte — disse Carey.

— Amigas como essas aqui — falei, quase chorando.

Quando levantei para agradecer, balançando Emma nos braços, pisei num prato com bolo de aniversário. Então, Carey acrescentou ao seu desejo:

— E elegância!

Todas riram. Olhei para Carey e Beth, certa de que elas pensavam o mesmo que eu. Nós éramos mães agora e, no futuro, nossos filhos tão desejados poderiam estar diante de uma cena como essa, talvez com seus próprios filhos. Um pedaço dos seus corações exposto para todo o mundo ver.

Conclusão: o esperma

VOCÊS DEVEM ESTAR IMAGINANDO, é claro, o que aconteceu com o esperma.

O esperma não ficou para sempre nos frascos congelados. Foi usado. Depois que nós três encontramos nossos parceiros, Beth soube que Lynn, uma antiga colega da faculdade, estava pensando em ser mãe solteira aos 42 anos. Entrou em contato com ela e, depois de trocas de e-mails, os frascos foram enviados para outro freezer criogênico, dessa vez em Manhattan.

Mas Lynn tinha problemas de fertilidade, e o esperma não funcionou.

Acompanhamos seu processo a distância, torcendo por ela, e, quando se tornou claro que o doador 8282 falhara duas vezes — porque Lynn nem engravidou nem encontrou seu verdadeiro amor —, apenas lamentamos. Voltamos à vida real, com todas as suas frustrações habituais.

Alguns meses depois, soubemos da existência do Registro de Filhos de Doadores.

Trata-se de um site que permite que pessoas nascidas por meio de doação de esperma ou de óvulos tentem encontrar seus meios-irmãos. Os mais ambiciosos podem até tentar descobrir os próprios doadores, mas, em geral, deparam-se com o grande problema do anonimato.

É claro que procuramos o doador 8282 assim que ouvimos falar sobre esse registro, ardendo de curiosidade. Foi muito simples encontrá-lo no organizado quadro de postagens. Lemos uma mensagem de uma mulher que teve um filho dele e procurava frascos extras porque queria ter mais um — o sujeito já não fazia doações nem respondia às tentativas de contato.

Porém, ele trouxe sorte para muitas outras mulheres: pelo menos oito tiveram filhos usando seu esperma. Eram nove crianças. Checamos o site durante meses e, um dia, o doador 8282 — usando o pseudônimo "Redbull" — postou uma mensagem concordando em se comunicar por e-mail e oferecendo esperma a mães que desejavam dar irmãos para os filhos delas (e dele também, é claro).

Nossos frascos não geraram filhos, mas serviram a um propósito. Não queremos dizer que o esperma tinha o poder de trazer príncipes encantados. Obviamente, isso não era verdade. Mas acreditamos que uma mágica acontece no momento em que a mulher se convence de que pode alcançar seu objetivo e ter um filho por conta própria.

Este livro foi composto na tipologia Minion Pro,
em corpo 11,5/14,8, e impresso em papel off-white,
no Sistema Cameron da Divisão Gráfica
da Distribuidora Record.